山村奇譚

千年雨——著

3

共業

suncolor 三采文化

目錄

山川異域，
風月同天；
寄諸佛子，
共結來緣。

第三十七章　貔狐鐮尾

遽然崩落的泥流土石，將落雷之聲、閃電之光徹底隔絕在外，黑漆漆的洞穴裡闃寂異常。此時，從洞頂裂罅滲下的雨水滴落在潭面的響聲顯得格外清晰，夾帶令人心驚的回音。

洞口被土石流封死、洞頂裂縫又不足以讓人通過，眼見逃生無門，阿凱不禁皺了皺眉頭。他知道小胖等人一定會找人來救他們，但這個洞穴位處深谷絕壑，原本就不容易被發現，再加上洞口被土石掩蓋，更是無處可尋了。

想待在此地等候救援，幾乎是不可能的事，他一定得設法脫困才行……

正垂首凝思，懷裡的江雨寒突然動了。

「小雨？妳醒了嗎？」黑暗中看不到她的模樣，阿凱連忙關切地問。

江雨寒並未甦醒，只是似乎有些瑟縮不安地挪動著身軀，兩隻冰涼裸露的手臂朝上環抱住他的頸項。

「阿凱……等等我……不要……丟下我……等等我……」

她的臉深埋在他頸肩，微弱含糊的聲息幾不可聞，聽起來像是昏睡狀態中無意識的囈語，卻讓阿凱深感愧疚——

他記起很小的時候，有一次和村裡的玩伴們跑到山區一座多次倒閉、數度易主的廢棄遊樂園探險。

那位於地下室的演藝廳形同巨大迷宮，即使白天也暗如深夜，十來個孩童僅靠著一支手電筒，勉強在塵封的廢墟中穿行。

當時害怕不已的小雨一路緊緊抱著他的手臂，引起眾人陣陣訕笑，令他深感厭煩——他早就叫她不要跟來，她卻一定要黏著他，簡直比黏鼠板還討人厭！

於是他用力推開巴著不放的小雨，將她一個人丟在陰暗的廢墟裡。

當他和其他十幾個孩童嬉笑著跑出演藝廳的時候，耳邊還隱約聽到小雨哭喊的聲音遠遠地傳過來——

「阿凱，等等我！不要丟下我！等等我！」

結束探險之後，天色漸漸暗了，玩伴們都已各自回家吃晚飯，他計劃要將小雨一個人遺留在廢棄遊樂園，讓她受到教訓以後再也不敢糾纏他，可是想想終究於心不忍，所以又獨自跑進演藝廳，將她帶出來。

他原以為小雨會很生氣，至少罵他幾句，不過那時哭到沙啞的她只是抱著他發抖，一句話也沒說。

十多年過去了，她是不是還因為夢見當年被他遺棄在陰暗廢墟的事，而哭喊著要自己等等她呢？

阿凱心疼地攬緊她，臉頰輕靠在她微微發燙的額頭。

「對不起，我不會再丟下妳了。」

年幼時，伯公曾經希冀他長大後可以代為照顧小雨，所以他一直天真地以為，不論發生什麼事、不論他做了什麼，小雨總會永遠跟他在一起。

直到江氏一族旦夕間匆匆搬離村子之後，他才恍然明白，這世上沒有「永遠」，所能珍惜的，只有「眼前」而已。

小島田和小胖等人拿著手機照明充當手電筒，急急忙忙地在山徑上奔竄，趕著下山尋求援助。

入夜後的麒麟山幽森異常，即使朗月在天，也照不亮那荒草掩蔽的深山小路，夾道兩旁搖曳的樹影，更是如鬼如蜮。

大概是緊張加上害怕的緣故，一行人多次摔倒，卻絲毫不敢慢下腳步。

「快點！快點！等一下下大雨就麻煩了！」聽到山頂那邊傳來隆隆雷聲，小胖更加慌亂，連連回頭催促眾人。

他深知要是山區下起雷雨，不僅大大增加搜救的困難度，萬一雨勢引起土石坍方，恐怕連他們要下山求援都成問題。

「胖哥，等一下竹子鬼那邊怎麼辦啊？」飽受驚嚇的阿達滿臉鼻涕眼淚汗水，混成一團。「竹子鬼橫在那裡，我們還是過不去啊！」

「阿呆喔！阿凱都上來了，你覺得竹子鬼還在嗎？蠢欸！」小胖頭也不回地罵道。

走到白天遭逢竹子鬼攔路的地方，只見那根橫斜低垂的粗壯竹竿已經斷成兩截，委然散落於草叢間。

「這……這是辰凱先生做的？」小島田一臉愕然。

從竹竿那不規則的斷面看來，儼然是徒手折斷。

「像這麼粗殘的手法，除了老大，大概也不會有別人。」小胖輕描淡寫地說，絲毫不覺得驚訝的樣子。

「真是神力驚人，可惜辰凱先生現在……」小島田想到阿凱隨小雨跳崖，生死未卜，不禁神色黯然。

「現在怎樣？我跟你說，老大絕對不會有事的，麒麟窟他熟得很，那裡的地形山勢沒有人比他更熟，只要我們趕快去搬救兵，老大和大嫂一定不會有事！」小胖雖然心中忐忑，毫無把握，嘴上卻兀自這樣說。

「宮主不知道怎麼了，怎麼會突然起痟，把大嫂推下瀑布呢？該不會……他也被鬼附身了吧？」阿達隨手抹了抹沾滿鼻涕汗水的臉，不安地說。

「宮主那個人比鬼還可怕，出了名的鬼見愁，哪個鬼敢附他的身？鬼遇到他，逃命都來不及！」小胖不以為然地說。「我也不知道宮主突然發什麼神經，可是他這下惹毛老大了，要是老大能活著回來……呸呸呸！我他媽的在講三小朋友！老大神通廣大、福大命大、吉人自有天相，當然絕對肯定十成一定會活著回來的！」

「胖哥，你覺得雷晴和雅芙她們……真的……死了嗎？真的像山神說的那樣……」走在最後面的少年眼睛含著淚水，面露不忍。「不會真的死得那麼慘吧？活活地被分屍弄死，想到就……」

另名少年也哭喪著臉說：「這幾年村裡一直出現一些怪事，黃可馨她們才剛慘死在蘭桃坑不久，現在又……我們村子到底怎麼了？是不是風水不好，還是被什麼妖怪詛咒了啊？」

小胖沉默了一會兒，重重地嘆了口氣，「我也不知道啊！晴晴和蔡雅芙她們是不是真的死了，我也沒有親眼看到……反正，現在說這些也沒有用，我們還是趕快回村子去找人來幫忙吧。」

眾人言談之間，雷聲如同緊鑼密鼓般，越響越急，風勢也越來越大，幾乎要吹折深林裡的枝椏。

驟然一陣帶著濃烈血氣的腥風襲過，小島田不自覺停下腳步。「這個味道？」

正驚疑不定，肩上的小貓倏忽躍下，追隨著那陣腥風往右側樹林深處飛奔。

「神使！危險！」

腥風不祥，小島田唯恐神使有所閃失，只得追了過去。

自從來到台灣之後，他就感應不到御神尊的力量，身為御神尊使者的虎靈靈力也因此變得非常微弱，實在不宜冒險。

「搞毛啊！不要亂跑啦！不要命啦？」小胖連忙喝阻，卻是來不及了。

眼見小島田身形像是被黑幢幢的樹影吞噬，眾人不禁面面相覷。

「這個……也是被鬼附身了嗎？還是『中猴』❶了？林子裡那麼暗，去哪呢？」一名少年驚恐不已地說。

「胖哥，怎麼辦？」阿達看向小胖。

「我去把他抓回來！你們三個先下山報警！」

小胖說著，果斷衝進樹林中。

❖❖❖

感受到懷中的江雨寒體溫越來越高，且呼吸急促，阿凱心焦如焚。

必須趕快將她送醫才行，然而……他望著持續發出涔涔水滴聲的深潭方向，始終下不了決心。

在眼前這種情況下，即使洞口沒有被土石掩埋，他也不可能揹著高燒昏迷且身無寸縷的小雨在雷雨中奔走；唯一的辦法，就是先將小雨留在這裡，由他下山帶人上來救她。

他若想獨身離開山洞，並不成問題，因為他知道洞裡的小水潭下方，有一條窄小的岩溶地道通往麒麟窟潭。

只要閉氣三分鐘左右，就能成功從地底溶洞游出去，小時候他經常這樣玩，雖則事隔多年，這一點把握還是有的。

但如果小雨在他下山求援期間醒來了呢？發現自己一個人受困在這麼陰暗的洞穴裡，她一定會很害怕……

想到這裡，阿凱不忍心地抱緊了她。他不能讓她獨自面對那樣的恐懼和絕望。

可是，繼續拖延下去，萬一小雨的狀況越來越糟呢？他好怕她從此再也不會醒來了！

有生以來，阿凱第一次這麼徬徨。幾度打定主意破釜沉舟，卻屢屢在試圖推開小雨的時候心軟。

不是說好不會再丟下她了嗎？即使事出無奈，他還是做不到放她一個人。

正躊躇不決，闇黑如墨的潭面忽然出現點點幽光，一抹接近透明的人影在鬼燐螢火間漸漸成形。

阿凱定睛一看，似乎是個年輕的女鬼，一身濕淋淋的白色長洋裝，生前面貌應該還算清麗，只是毀壞大半，使她的臉看起來十分恐怖猙獰。

陰魂身上散發的森然鬼氣，讓原本就濕冷的洞穴溫度驟降，有如寒窟冰窖。

江雨寒單弱的身軀一陣顫慄，更往阿凱懷中偎緊。

「人在倒運的時候，連鬼都想來撿尾刀嗎？」他輕嘆一口氣，左手護著江雨寒，右手祭出七星劍。

掌上紫氣星芒一閃，潭上幽魂瞬間滑退數步，雙手掩目，彷彿不勝畏懼。

「……不要誤會，我沒有惡意……」縹緲微細的嗓音幽幽迴盪在黑暗中，如夢似幻。

「人鬼殊途，既然沒有惡意，為什麼在這裡現形？」

「雨寒有時會為我誦經……為了聽見她的聲音……我一直遠遠跟著她……」

「妳是劉梓桐？」他想起鈞皓提過這號鬼魂，曾在黃可馨企圖對小雨下毒手的時候現身救她。

「……是。」

見阿凱右手輕輕一揚，七星靈劍應勢消散，劉梓桐便朝他兩人飄近一些，低頭凝視著昏迷不醒的江雨寒。「……狀況很不好，你若信得過我，我這就去找人……來救你們……」

「妳？妳能找誰？」

「除了雨寒，看得見我的……只有一個人。」

⚘⚘⚘

小島田緊追著小貓，在暗夜深林奔竄。

此時天際電光狂舞，陣陣疾風勁雨自林間呼嘯而過，其聲如鬼哭神號。雨水夾帶落葉不時打在小島田臉上，遮蔽他的視線。他一直試圖喚回神使，對方卻毫不理會，逕自往密林深處疾奔。

不知跑了多久多遠，神使終於停下腳步。

小島田發現他們置身在一處很奇怪的空間，看起來是樹林中的一片隙地，沒什麼特別，可是剛才一路上明明暴雨雷霆，此處卻無風無雨，連雷聲也聽不到。

「這是……結界？」

他不由得提高警覺。

忽有一陣腥風自身後襲來，小島田連忙側身一閃，仍被利如刀刃的風勢劃傷右臂。他痛呼一聲，低頭一看，受創的上臂登時血流如注。

那陣腥風在前方地面盤旋數圈，倏地化為一隻體型龐大的狐狸，通身皮毛墨黑，身後九尾，尾如鐮刀，金色狹長的眼睛透露惡意。

「喵！喵！喵！」

神使齜牙咧嘴地對著巨狐咆哮，然而幼貓的型態讓牠氣勢大減。

小島田草草為自己包紮好手臂的傷口，隨即自身後的背包取出符紙，點燃後以火焰在空中寫下一串咒祓詞，再將灰燼一氣吹到神使身上。

不料神使並沒有像之前那樣化出猛虎法身，而是文風未動地維持著橘色小貓的外形。

「怎麼會？」小島田不禁愣住了。

前次在神社對上荒魂大人的時候，神使明明不需神咒助力就可以自行現出虎靈真身，為什麼現在他都已經施咒了，卻毫無影響？

九尾黑狐現形後便踞坐於地，慢悠悠地用舌頭舔舐著鋒利如鐮刀的尾巴上的血跡，接著打了一個大大的呵欠，彷彿覺得很無聊。

「跳梁小丑，把戲變完了嗎？」黑色巨狐驟然口吐人言，咧開長長的嘴巴，看起來像在大笑一樣。

「可、可惡！」小島田心知眼前的巨大妖狐絕對不是易與之輩，但對方嘲弄鄙夷的語氣令他心頭火起。

他忿然取出長串念珠，雙掌合十，催動具有攻擊性的梵音咒語。

只見黑狐縱身向前飛躍，鐮刀狀的長尾橫掃而過，小島田掌中的長串念珠應聲斷裂，手臂也瞬間新添數條血痕。

神使怒不可遏地撲向對方，可惜體型相差懸殊，被黑狐前爪一掌拍下，踩在地上。

「無用之物，留著多餘……」

黑狐正要施勁踩爛爪下的小貓，淋得落湯雞似的小胖剛好在這時跌跌撞撞地闖了進來，踉蹌地撲倒在地。

「欸？這裡沒有下雨啊？真他媽的神奇了……」一抬頭，正對上一雙狹長邪氣的狐狸眼，小胖不由得驚呆了。「哇咧！狐……狐狸？」

「又來了一個『特牲』。我對公的精元沒有多大興趣，但既然自己送上門，也只好勉強笑納了！」

黑狐話聲甫落，身後九尾鐮刀同時豎起，一字排開，有如孔雀開屏，卻是鋒芒鑠鑠。

「小胖快閃開！」

小島田取出背包裡所有的符咒，準備抵死一戰。

眼前巨狐妖氣強大，他知道自己完全不是對手，但希望至少能保住小胖和神使。

黑狐一腳踢開小貓，伸長鐮尾刺向小胖，千鈞一髮之際，突然從天垂降無數紅褐色的鬚根，牢牢綑縛黑狐。

與此同時，天際閃過一道驚天霹靂，一棵碩大無朋的老榕樹在雷光中現形，滂沱大雨霎時傾瀉而下。

趁黑狐被老榕樹的鬚根綁住，小島田立刻抱起氣息奄奄的神使，放在肩上，再將嚇得軟腳的小胖拖到老榕樹的樹幹旁。

「……身為狐屬之中最有靈性的貔狐，不思好好鍊氣修行……竟也走起採補之流的旁門左道了嗎？」老榕樹緩緩說道。

遭到綑綁的黑狐並不掙扎，只是輕蔑地冷笑一聲。「祢這老樹精也敢多管閒事？都已經自身難保了。」

「……那孩子說得對，本座堂堂山神，駕前豈容你這畜生猖狂……」

黑狐嗤笑道：「山神？哼！祢我道行相近、修為相當，憑什麼畸零山由祢稱神？老傢伙，也該讓賢了！」

「你行不從徑……濫殺無辜……干犯天律，天誅將至，尚且癡心妄想嗎？」

「少廢話！有本事，讓我見識見識祢所謂的『天誅』吧！」

黑狐勁運全身，騰浮而起，九條鐮尾在空中狂肆張揚橫掃，所到之處枝幹鬚根盡斷，漫天鮮紅汁液濺灑如血，落葉紛飛。

「山神大人！」小島田緊張地大喊。

1 中猴：台語「著猴」，發神經。

第三十八章　希望之光

深夜十點多，曹承羽結束手邊工作後，自總公司驅車南下，前往麗環所在的醫院探視。麗環的狀況比上一次見到時更差，臥床許久的軀體顯得乾癟枯瘦，毫無生氣。

將從速食店買來的餐點遞給玉琴的時候，她勉強打起精神對他笑了一笑，但看得出來神態十分疲憊，似乎也已經到了極限。

他心情沉重地回到深山的別墅。小鴻和阿星看到他回來，非常開心，仍舊有說有笑、嘻嘻哈哈，只是神色間略帶猶疑，欲言又止的樣子。

在他的盡力斡旋協助之下，編劇組雖維持每個月穩定過稿，收入不成問題，然而組內成員長期不回總部、不進片場，終究不成體統。

承羽知道他們大概是想問：什麼時候可以回公司，或者是公司高層還可以容忍他們在外滯留多久吧？但他們不問也好，即使問了，自己此時也沒有答案。

回到房裡，上週小雨請他轉交的那封辭呈，尚且原封不動地放在梳妝台上。黑暗中，蒼白的信封，猶如當時小雨蒼白的容顏，隱隱刺痛他的心。

他放下行李，手握辭呈，回憶起小雨對他說的話。

「組長，這個，麻煩你明天回公司的時候，幫我轉交人事處。」出院後不久，小雨突然跑來找他。

他接過一看，發現是封制式的辭職信。

「妳要辭職？為什麼這麼突然？」承羽大為震驚。

「我已經考慮很久了。這幾天住院，我一直在思考這件事。我原本想幫麗環前輩保住她的職位，可是我發覺自己能力不足，太過逞強的結果，就是拖累組長跟大家，我很抱歉。」她歉然地說。

他以為她是由於前幾天被董事長退稿的事，信心受到打擊，於是溫言說道：「沒有這回事，妳一個人負責兩份劇本，已經表現得很好了。妳進編劇組一年多，應該知道退稿、修稿都是家常便飯，不需要因為這樣就否定自己的能力。我在公司近十年，妳是我見過最認真且優秀的編劇。」

他所認識的小雨一向堅毅，而且韌性過人，不管交代她什麼工作、面對什麼難題，她總是拚全力完成，從不推託逃避，他的勸慰確實不是溢美之詞。

江雨寒搖搖頭，「自從回到這個村子之後，各種怪事接踵而來，我沒能好好完成自己分內的工作，還連累組長替我收尾善後，是我失職，所以我決定辭職，請組長找人遞補我的位置吧！」

「妳離職後，公司勢必要再徵幾名新編劇遞補妳和麗環的位置，這麼一來，小鴻、玉琴他們就一定得回公司了，因為編劇組需要重新磨合，不可能將新來的編劇晾著不管。我們回去了，麗環怎麼辦？」

「我已經想好了，這幾個月來，琴姐為了前輩和劇本的事，已經心力交瘁，也應該讓她休息了。麗環前輩沒有親人，你們回公司之後，我會請看護來照顧她，不用擔心。」

「那妳呢？」這是他最在意的問題。

「我要留在這個村子裡，繼續尋找解救前輩的方法。」

承羽不同意地說：「把妳一個人留在這裡，我不放心。編劇組按目前的模式運作，也無不妥，妳沒有辭職的必要。麗環的事，我和小鴻、阿星雖然幫不上忙，但至少陪妳一起承擔，妳不要一個人扛。」

「大家都辛苦很久了，也已經很累了，請組長帶他們回去吧！如果我當初別讓前輩來這個村子，她就不會出事，所以我應該負起責任。」

「這怎麼會是妳一個人的錯？要這麼說的話，我也該負責任，是我帶大家到這裡的。這樣吧，讓小鴻、玉琴他們先回去，我留下來陪妳……」

「不要，組長，你為我做的夠多了，多到讓我良心不安，我不想再欠你人情。」她辭職的主因，就是不願再拖累他。身為一個編劇，卻要組長徇私替她修稿才能過審，她實在於心有愧。

「妳跟我不用這麼見外，其實……」承羽話說到一半，突然沉默了，彷彿在考慮些什麼。過了一會兒，才下定決心似地說：「其實我一直……」

江雨寒忽然突兀地接過他的話：「組長一直對我很好，我知道，從我第一次到公司面試的那天起，就承蒙組長諸多關照，我很感謝。以後如果有機會可以報答你，我不會忘記組長對我的恩情。」

見她特意強調「恩情」二字，且態度異常堅決，無可轉圜，承羽不禁感到萬分失望。

「妳真的非辭職不可嗎？」他的語氣難掩落寞。

「是，我心意已決，謝謝組長！」她禮貌地朝他一鞠躬，隨即轉身離開。

看著她快速離去的背影，承羽一臉惆悵。如何才能讓她知道，他給她的，從來都不是「恩情」？

隔天返回公司的時候，他並沒有帶走她的辭呈，而是依舊留在梳妝台上，也沒有向任何人提起她請辭的事。

承羽並不希望小雨辭職。於公，她是難得的好編劇，才思敏捷、文筆出眾，而且吃苦耐勞、配合度高；於私，他怕小雨離職之後，自己就再也沒有守候在她身邊的理由。

第一次見到小雨，是她到公司參加面試的時候。

她輕輕打開作為面試室的小會議廳的門，身後帶著冬季午後和煦的暖陽走進來，彷彿映日回光般在那瞬間照亮了他的世界。

當時她還只是個大四的學生，臉上帶著像高中小女生般的青澀和稚氣，但在接下來兩個小時的晤談中，她所展現的才氣讓他大為心折，所以當場破格錄取，更不惜獨排眾議為她保留編劇的職缺長達半年，直到她如願完成大學學業、能夠前來任職為止。

後來，小雨剛到職不久，就被來自公司各部門男同事的熱烈追求嚇壞了，差點因此辭職，他唯恐再度嚇到她，一直不敢表明心跡，只能以上司的立場默默關心她。

他不否認當初錄取小雨，不乏私心，但小雨也確實是個不可多得的人才，是編劇組目前為止唯一有希望接替他的職位的人；經過一個禮拜的猶豫深思，這次回來，就是為了再次勸說她打消辭職的決定。

他放下手中辭呈，想去江雨寒房間找她，不料抬頭時竟從梳妝台的鏡子驚見一名白衣黑髮女子正立在他身後。

女子顏面殘損大半，相對較為完整的半邊臉龐也被散落的長髮覆蓋，但他還是一眼認出對方。

「劉梓桐？妳怎麼會在這裡？」形貌淒慘的幽魂並未讓他害怕，只是微感訝異地轉身看著她。

許久未見劉梓桐現形，他還以為她已經投胎轉世了。

「雨寒……有危險……」

承羽連忙緊張地問：「小雨？小雨怎麼了？」

看到他憂形於色的焦急模樣，劉梓桐驀然感到一陣酸楚，不過已不像從前那樣妒火攻心。「山崩……她困在山洞……高燒不退。」

承羽聞言大驚。「在什麼地方？妳快帶我去！」

「我會帶你去……但是……」劉梓桐忽然顯得遲疑，欲言又止。

「怎麼了？有什麼問題？」他著急地追問。

「……如果……雨寒已屬於另一個男人……你還願意……去救她嗎？」劉梓桐神情淒然，幽幽地說。「……她和……她的青梅竹馬……」

雖然她已經徹底放棄組長，但舊情仍在，不忍見他因即將面臨的殘忍現實而心碎。她無法想像，當他不惜千辛萬苦趕往救援，卻得親眼看到雨寒躺在別人懷裡，將遭受多大的打擊。與其屆時痛徹心扉，不如事前讓他有選擇餘地。

承羽愣了許久，好不容易才理解劉梓桐含糊其辭的暗示。

他強抑內心苦澀，毫不猶豫地回答：「當然！」

承羽透過在政府機關擔任要職的父親協助，緊急自鄰近縣市調來一支專業的私人救難隊伍。為了以防萬一，還特地請一位熟識的醫師隨行。

他冒著大雨，開車帶領救難隊員及醫生前往劉梓桐指示的地點。

靜臥在東南方夜幕的麒麟山，看起來有如一隻沉默的黑色巨獸，彷彿隨時會張嘴吞噬前來打擾的人。

抵達山腳，卻見墓園的涼亭下聚集了十來個黑幢幢的人影。

他停車上前一看，認得是雷包、百九等村中的年輕人。眾人的氣色都很差，一個個面色如土、形容狼狽，額際髮間水滴涔涔落下，分不清是雨水還是汗水。

「你們也是來救阿凱和小雨的嗎？」承羽問道。

「阿凱？不是啊，阿凱和嫂子不是在他家嗎？哪有跑來這裡？」百九搖搖頭。「我們是來找小胖的，這死胖子下午帶人上山，到現在沒消沒息，我們不放心，跑來看看，正在商量要不要上山找人。」

兩眼紅腫、充滿血絲的雷包湊了過來，看到承羽身後那群全副武裝的救難隊員，面露驚訝。「兄弟，你說阿凱跟大嫂怎麼了？難道他們也上山了嗎？」

「因為大雨引起山崩，他們受困在麒麟瀑布下方的山洞裡。」

眾人聞言，都嚇了一跳，面面相覷。

「有這種事？你怎麼會知道？」雷包驚疑地看著他。

「這……」承羽看向飄在一旁、面無表情的劉梓桐，不知如何解釋。顯然在場除了他之外，沒有人看得見她。「一言難盡，總之救人要緊！」

「好！我跟你們一起上山！」雷包也不囉嗦，慨然說道。

「你回去休息啦！今天為了找晴晴她們，你已經累了一整天，我看你都快不行了，還逞什麼強啊！先回去睡一下啦！這裡有我們就好了！」百九試圖勸退雷包。

「麒麟瀑布下面就是麒麟窟，」雷包沒有理會百九，逕自對承羽說道：「兄弟，你知道麒麟窟怎麼走嗎？我幾年前曾跟著老大去過幾次，但已經記不太清楚了，不敢打包票。」

「我想我大概知道。你的身體狀態看起來不太好，還是先回去休息吧！你要找的那些人，由我們幫忙找，要是人手不夠，我會再增調，你不用勉強上山。」承羽看他面色慘白，一副隨時會暈倒在地的樣子，不禁有些擔心。

雷包擺了擺手，啞著嗓子說：「我現在靜不下來，一靜下來就會胡思亂想。再說，小胖是我叫他上山的，如果不管他死活，我還算是個人嗎？走吧走吧！」

承羽見勸不了他，也只得算了。

眾人帶齊裝備，兵分兩路，幾位搜救隊員沿著小胖日間開闢出來的山徑搜索失蹤的人，另一小隊則前往麒麟窟。

劉梓桐急切地飄在前頭指路，承羽帶領搜救隊員艱辛地一路跟隨。

深山豪雨傾盆，即使有數十盞探照燈，依舊能見度有限。通往麒麟窟的路途異常崎嶇難行，處處巉岩絕壁、激流深潭，沒有實體的幽靈不受影響，但就連身經百戰、經驗豐富的救難隊員都是舉步維艱，勉強跟在救難隊後方的雷包等人則連連滑倒，險象環生。

值得慶幸的是，原先狂暴的風雨逐漸止息，唯有落雷電光仍舊不時閃過天際。

他們在水流湍急的峻谷中冒險跋涉，溯溪而上，好不容易來到一片可以攀爬上岸的緩坡，接著穿越草木莽莽的密林，終於抵達位於山坳深處的麒麟窟。

鐮尾貔狐斬斷山神施加於牠的束縛後，勢若風火般衝向前，捭闔自如的利尾直刺樹身。

龐然的榕樹樹身突地消失，轉眼化為一隻體型和黑狐相當的青牛，頭上一對異常巨大的犄角似錯綜分岔的樹椏一般怒張。

「這……這是山神大人的法身嗎？」一旁的小島田看得目瞪口呆。

「……現在是在幹嘛？我跑錯棚了嗎？」受到過度驚嚇的小胖張大嘴巴，搞不清楚這是在做夢還是現實。

化為青牛的山神用頭上犄角擋下黑狐凌厲的鐮尾攻擊，一陣火光迸現後，狐尾牢牢卡在犄角間，雙方頓形僵持之勢。

「老傢伙，還不錯嘛！能擋得住我。」黑狐咧嘴一笑。

青牛不像黑狐那般好整以暇、神態從容，為了抵禦對方不斷施加的勁道，祂已是拚盡全力、疲於招架。

「我知道祢剩餘的神力不多了，當神力耗盡，祢就會徹底消失。為了這幾個廢渣，」黑狐睥睨地瞥向縮在一旁的小島田等人，「值得嗎？」

「……本座乃畸零山山神，不容異端在此放肆。」青牛堅毅地說。

「哈哈哈！失去神力的山神，只是笑話！」黑狐放聲大笑，尾部持續施力，強硬地將青牛龐大的身軀向後逼退。

只見青牛四足瞬間竄出粗壯的褐色樹根，向地面扎入，暫緩後退之勢。

「困獸猶鬥，我看祢能撐多久！」黑狐倏地抽回兩條鐮尾，左右開弓直貫牛腹！

青牛遭此重創，頓時發出沉重的哀號，悲鳴之聲響徹夜雨空山。

「山神大人！」小島田見身受重傷的山神仍抵死撐持，心中既急且痛。

天命將終的山神大人為了保護他們，不惜豁盡全力，而他——小島田光，可以做些什麼呢？只能像個受到驚嚇的小女孩一樣，躲在山神大人背後嗎？

像個小女孩一樣……

他腦海中突然想起小時候，父親大人在用竹劍痛打他一頓之後，總會以鄙夷的口氣丟給他一句話——

「有你這種丟臉無用的兒子，不如生個女兒！」

由於體弱多病的母親大人只生下他一個兒子，小島田家侍奉數百年的氏神神社勢必得由他繼承，所以父親大人對他的期望甚高。可惜他資質駑鈍，既不像父親大人那樣擁有與生俱來的靈感，後天的修行對他來說也是裨益不大，常把負責培訓他的父親大人氣到七竅生煙。

他的外祖父是從台灣渡洋學醫的留學生，在東京邂逅同為台灣留學生的外祖母，兩人結婚後便在日本落地生根，誕育他的母親。

他的母親承襲了外祖父斯文優和的氣質，性情舉止十分溫柔，也非常疼愛他。每當他被恨鐵不成鋼的父親大人毒打之後，她總會含著眼淚默默替他擦藥包紮。

有一次打得過狠了，母親傷心地緊抱著遍體鱗傷的他，哭著說：「可憐的小光……你如果是女孩子就好了，女兒不能繼承小島田家的神社，你父親就不會對你有這麼高的期望，也就不會打你了……」

他知道母親是心疼他才這麼說，但他終究不是女孩子，而是小島田家數代單傳的男丁，來日接任宮司一職，責無旁貸。

從那次以後，他覺悟到唯有自己爭氣，達到父親大人對他的期望，才能不再讓母親為他哭泣擔憂，於是他離開自家的神社，到日本各地行腳苦修；為了獲得更多的能力，甚至不惜出家當和尚，神佛習合，修法精進。

升大學的時候，他放棄自己對文學的興趣，毅然選讀國學院大學神道文化學部，也是為了將來能更稱職地成為一名神職人員。

他沒有靈能力者的天賦，可是他比任何具有天生靈感的人都還要努力。雖然目前身在台灣，侍奉多年的家族氏神似乎因為聽不到自己的祈禳而無法賜予回應，但難道因為這樣，他就什麼事情都做不了、就只能坐以待斃嗎？這二十多年來的修行，都只是徒勞嗎？

不……母親臨終前，他答應過她，一定會使自己變得強大，不能讓她放心不下。他一定要……一定要……

小島田雙拳驀然緊握，心中燃起熊熊的鬥志。

傷痕累累的神使感應到他背水一戰的決心，也搖搖晃晃地站起來，走到他腳邊。

此時，被鐮尾貫穿的傷口鮮血直流，感覺自己即將抵擋不住的山神轉向小島田等人說：

「走！……本座……尚能撐持……」

「我不能就這樣跑掉！我……」小島田鼓起勇氣說。「我可以幫忙！我……我和我的夥伴……我們可以……」

山神瞥視一眼小島田和他腳邊的孱弱小貓，頹然長嘆：「汝等神明不在此，鞭長莫及……彼區區百年付喪神，較道行四百餘年之貔狐……亦無能為也……」

小島田聽不懂山神大人之乎者也地說些什麼，但從語氣聽來，大概是指他和神使頂不上什麼屁用的意思吧？

「不試試看，怎麼知道！」小島田不服氣地說。

他明白自己和那隻巨狐實力相差懸殊，但若連試都不試就認輸，那就真的徹底輸了。

「……告訴小凱那孩子……老樹公……無力再庇護他了。切勿報仇……若有不虞，雷……雷……」

黑狐猛然抽出貫穿右側牛腹的尾巴，轉而勒緊青牛的頸項，「老廢物，祢的遺言太多了，我送祢上路吧！」

山神急忙運起真氣抵擋，但鋒利如刀的鐮尾，仍在堅硬厚實的牛皮上切割出一圈血痕。

小島田心急如焚，腦中飛快盤算著該如何援救。

剛才山神大人要他轉告辰凱先生——「雷……」雷什麼？

他想起蘭桃坑之役時，因辰凱先生所施用的法術大為震懾，所以事後曾向他請教。

當時辰凱先生告訴他：「道術萬千，雷法為上。」

難道山神大人所說的「雷」，是指雷法嗎？

不管是不是，現下也沒有太多選擇，先打了再說！

心念已定，小島田朝神使遞了個眼色，那隻橘色小貓立即飛撲上狐背，露出利牙齧咬對方頸項。黑狐受此突襲，登時大怒，奮力抽回插在左側牛腹的鐮尾，刺向小貓。小貓身形靈巧地避過攻勢，張嘴反咬住黑狐尾巴，接著縱跳落地，牢牢牽制。

「帝釋天尊，敬賜神力，御法降身，御靈降臨，唵！釋提桓、因達羅！」小島田雙手快速結印，口中念誦雷神咒。突然一道落雷自天際直貫而下，不偏不倚劈中前方的目標。

黑狐慘叫一聲，渾身籠罩熾光電流，頓時鬆開對山神的箝制。

「成……成功了嗎？」

眼前炫目的雷光讓小島田看不清楚妖狐的狀況，只聽到陣陣狂妄刺耳的笑聲響起。

❀❀❀

在劉梓桐的指引下，承羽請眾人合力掘開掩住洞口的土石。幸好坍塌的規模不大、泥層不厚，加上土石鬆軟，很快就挖出一條通道，足以讓他們鑽進溶洞。

阿凱接過承羽手中的醫療毯，嚴密地裹住江雨寒，再將她放進睡袋，固定在長背板上，接著拾起自己的衣物穿上。

「謝謝你了，兄弟。」他對承羽說。

「你們……小雨怎麼會弄成這個樣子？」看著面如死灰、昏迷不醒的江雨寒，承羽心疼不已。

「有空再跟你解釋。」

阿凱轉向正一臉焦慮地看著他的雷包，想起雷晴的事，心中彷彿壓了一塊大石頭，異常沉痛——

雷包和雷晴從小相依為命，一向疼愛妹妹勝過自己的生命，要是讓雷包知道雷晴慘遭不幸，他肯定無法接受。

阿凱伸出雙手抱了雷包一下，「兄弟，辛苦了。」

「老大，晴晴她……晴晴……」雷包的喉嚨像一口乾枯的井，幾乎沙啞得發不出聲音。

「我知道，我們回去再說。」

阿凱心知雷晴凶多吉少，但以雷包現在的身心狀況，恐怕承受不了這個打擊，所以當下不願多說。

此時醫生已完成診視，據他表示，江雨寒大概是因為受到驚嚇而昏迷；身上除了繩縛的痕跡之外，沒有明顯外傷，也沒有內出血的癥狀，生命跡象尚且穩定，但還是需要送到醫院做更詳細的檢查。

聽完醫生的診斷，阿凱總算鬆了一口氣。他對承羽說：「兄弟，麻煩你陪小雨去醫院，我還有點事要處理，等我處理完，會盡快趕到醫院陪她。」

方才受困時他清楚聽到老樹公的悲鳴之聲響徹山谷，心裡一直非常擔憂，必得親自去看看才行。

「你……你怎麼能放心……」承羽驚訝地看著他。

劉梓桐告訴他，小雨已經和阿凱在一起了，可是從他對小雨的態度看來，好像又不是那麼一回事。這兩個人到底是什麼關係？

「因為是你，所以我才放心。」阿凱拍拍承羽的肩膀，「萬事拜託了。」

山村留言板

阿凱：等我從麒麟山回來，就要向小雨告白了。
小島田：不要再叫我退錢了，嗚嗚嗚！
鈞皓：俊毅參加聯誼像在酒店臨檢，難怪萬年交不到女朋友，具逼哀欸❶。
神使：喵～

1 具逼哀欸，台語，很悲哀。

第三十九章　妖狐之刃

雷光閃閃中，黑色巨狐的身影逐漸扭曲變異，緩緩化為一道人形。

那人身材高瘦頎長，一張異於人類的狹長臉孔，細眼斜揚，看起來詭譎邪氣，卻又莫名有種妖異之美。纖細如爪的右手焦黑如爆炭，持續發出微小的表皮綻裂聲響；左手則握著一把造型奇特的長刀。

妖狐幻化的人形瞥了一眼自己的右手，幾聲輕笑。

「能傷到我，以一個凡人來說，你表現不錯啊！」牠看向小島田，貌似讚許地說，一雙透露冷冽精光的細長眼眸卻無絲毫笑意。

牠輕描淡寫的話語讓小島田心底陣陣發寒。

原以為使用雷法可以一舉殲滅敵人，沒想到只是造成皮肉之傷而已，該怎麼辦呢？他所侍奉的氏神聽不到他的祈禳，雷法也行不通，還有什麼招可以用？

「是……妖刀……」暫時獲得喘息機會的山神看著妖狐手上那把黑霧繚繞的長刀，斗大的牛眼露出嫌惡混雜惋惜的神情。「妖刀……會控制心性。就是這把刀……讓你走上離經叛道的自毀之路？」

「說什麼呢？老廢物。這把刀，可幫了我不少忙啊！」妖狐輕笑著自刀鞘中抽出長刃，細長的舌頭舔舐刀鋒上乾涸的暗紅色血跡。

一旁的小島田一直注視著對方手上那把太刀，刀鞘上那細緻風雅的鷹羽紋樣及繁複精巧的下緒結❶讓他感到十分眼熟……

「那是……神明大人的佩刀啊！你從哪裡得來的？」

他記得荒魂大人身上有兩把佩刀，分別是一把長度奇詭莫測的太刀，和一把短脇差。而現在妖狐手上那把長刀和神明大人的太刀一模一樣！

「神明大人？」妖狐停止了舔舐的動作。「哦，那個陷入瘋狂的妖神，就是你所謂的『神明大人』？」

「神明大人的佩刀為什麼會在你手上？那天你也在北山神社嗎？」

當日辰凱先生制伏荒魂大人之後，那把長刀就不見蹤影，只剩下御神體脇差，莫非是被這隻妖狐趁機撿走了？

「需要跟你交代嗎？將死之人，何必多問！」妖狐冷冷一笑，狹長上揚的眼眸閃過猩紅血光，手中長刀猛地朝小島田揮去。

事發突然，小島田閃避不及，右腳受到刀鋒重創，登時單膝跪地。

一直處於怔忡狀態，呆望著眼前這一切的小胖看到小島田受傷，才如夢初醒般爬到他身旁。「阿阿阿……阿光！你沒事吧？」

「別擔心，我沒事……」受傷的右膝傳來劇烈痛楚，小島田緊咬牙關忍住哀號的衝動，低頭審視自己的傷勢。

只見刀傷處出血不多，看似不甚嚴重，但當他試著起身的時候，卻發現右腳完全使不上力，連站都站不起來了。

神使察覺到他神情有異，擔憂地在他腳邊喵嗚低鳴。

「你怎麼啦？臉色這麼難看，腳很痛是嗎？不要怕，我揹你，我們一起逃下山……」小胖丟掉身上的大背包，作勢要揹起小島田。

「逃得了嗎？」妖狐持刀步步逼近，微勾的薄唇洩漏出殘虐殺意。

山神連忙趨前阻攔，「住手！風神主，何必與凡人為難……你的對手……是本座！」

「我的對手？哈哈！老傢伙，憑現在的祢，想和我鬥，不夠格啊！」流淌著血色凶光的狹長細眼蔑視地瞥向老樹公。

傷勢沉重的山神緩緩地搖頭，「依賴妖刀的力量……無異於飲鴆止渴。風神主，放下妖刀……回頭是岸……」

「夠了！四百多年來，這套我早已經聽膩了！祢就是固執墨守無聊的原則，才落得今日這種下場，我不會跟祢一樣傻！」

「唉……修煉了這麼長的歲月……好不容易修成九尾，你真要讓這四百多年的根基……毀於一旦嗎？」

「少廢話！去死吧！」

風神主眸中怒意狂熾，雙手掣起長刀刺向山神，殘暴攻勢迅疾如電。

危殆間，一條苧麻編製的長繩如龍騰蛇舞般飛竄而至，牢牢綑捲刀身，及時攔下這致命一擊。

「小凱！」

「老大！」

「辰凱先生！」

眾人驚訝地看向法索彼端的人。

只見阿凱將法索纏在掌中，牽制著差一點就刺中山神的妖刀，微蹙的眉宇、額間的冷汗，在在顯示出和妖狐角力較勁之艱難。

風神主見妖刀受制，一時半刻奪不回主控權，索性騰出一掌，運勁提元重重劈向阿凱。

阿凱因怕掌氣誤傷到他身後的小島田和小胖，不閃不避硬生生承受此擊，渾厚掌力驀然將他震退數步，法索脫手。

他勉強站穩腳步，卻抑制不住胸臆間一陣氣血翻騰上湧，大量鮮血自口中噴薄而出，濺灑於地。

「孩子！不要……逞強！快走！」山神深知憑阿凱目前的修為，遠遠不足以和半神半妖且有妖刀加持的風神主相抗衡，憂心地催促他離開。

阿凱以右掌掩口，殷紅鮮血不停地自指縫間涔涔滲落。「我既然來了，哪可能……就這樣離開？」

「你不是對手！孩子……留得青山在……」見阿凱受傷沉重，山神大人神色淒然地苦勸，斗大牛眼流淌著淚光。

「今日，你們一個都別想逃！」風神主將纏繞刀身的法索甩在地上，露出嘲諷的戾笑。

「放心，我也沒打算要逃。」剛受重創的阿凱身形微晃，緩緩擋在山神和妖狐之間。

「喔？膽識不錯，但是憑你一個人，想做什麼呢？」

「這還用問嗎？妖怪。」阿凱微微一笑，沉定無畏的目光直對妖狐之眼。「當然是做掉你啊！」

風神主愣了一下，猛然爆出狂笑，尖厲笑聲震落滿山滿谷的枯葉，引起陣陣迴響。

「這是我有生以來，聽過最好笑的話。」狂恣的笑聲止息之後，風神主持刀指向阿凱，刀鋒上的凜冽寒光映入眼眸。「妄想螳臂擋車，不自量力的蠢貨！」

「那就試試看吧！」阿凱用手背拭去嘴角的血漬，腳下躡罡步斗，捻訣唸咒——

「元神之命，召彼虛清，炁合造化，符令雷霆，三官五帝，各現真形，通天徹地，敕降神靈！」

咒語甫落，周身驟然旋起紫霧煊騰，沛然聖氣直貫雲霄，天際剎時昊光大作，映射八荒，晃如白晝。

「這……這是？」風神主瞬間感受到一股前所未有的壓力，幾乎壓得牠無法喘息。「真神降臨？」

原先縮在小島田腳邊的衰弱小貓感應到這股無邊神力，倏忽化出龐大的猛虎法身，昂首而立，怒焰騰騰，神威凜凜。

「怎麼會……？」小島田抬頭看著全身散發烈焰的巨大神獸，驚愕不已。上次在北山神社時，神使也是這樣不待符令就化出法身，難道是受到辰凱先生請神降身的影響嗎？

山神大人看到阿凱身上出現的變化，竦然四肢跪伏，額角抵地，露出虔敬的神色。

風神主心中大驚，不由自主後退數步，手中妖刀架出防禦姿態，「竟能召出真神，小子，我小看你了！」

祥雲罩體、神光烜赫的阿凱雙眸微閉，口代神祇傳達鈞語：「作惡的孽畜，本座駕前，敢不俯首？」

「既然神尊在此，我只得暫時迴避了！」風神主說完立即化為一陣旋風，逃之夭夭。

「小神參見帝君！」山神大人對著降駕在阿凱身上的神祇連連叩頭。

「老榕，多年守護畸零山，甚是劬勞。」北辰帝君垂首看著跪伏在地上的青牛，露出憐憫的目光。

「不敢！小神無能，天命將殆……辜負主上重託……實在有愧……」

「天道循環，自有定數，毋庸多慮。」帝君溫言相慰。「降神時久，恐損乩身，本座且去也。」

「恭送主上！」

神尊退駕之際，阿凱突然全身疲軟，向後傾倒，小胖連忙趨前扶住他。

⁂

深夜時分，原本躺在床上熟睡的江雲蘭莫名其妙醒了過來。

她茫茫然坐起身，竟驚見江伏藏的靈影浮現在床尾注視她。

他像生前一樣，身穿一襲藏青色長袍，皓首白鬚，雙手拄杖而立。

「阿爸！」江雲蘭淚水湧現，立即爬下床跪在地上。「阿爸！我總算看到你了！你走了之後，我和大姐很想你，四處觀落陰、牽亡魂，可是到哪裡都找不到你，阿爸啊……」

她一邊訴說一邊痛哭，洶湧的淚水很快就濡濕衣襟。

江伏藏的靈影只是一言不發地望著她，眼神凌厲，莊嚴的臉龐流露出譴責的神色。

「阿爸，你……你怎麼會這樣看著我？」江雲蘭慌亂地抹去臉上的淚水，想看清楚靈體的表情。「是阿蘭哪裡做得不對？凡是你生前喜歡的東西，我都盡力張羅燒給你，逢年過節焚香祭掃，也絲毫不敢懈怠，你回去之後留下的遺產，我全數交給小雨她爹，我一毛錢都沒有亂動……」

任憑江雲蘭解釋萬端，江伏藏仍是一臉嚴厲。

「啊！我知道了！你不放心小雨是不是？」她突然想到父親生前最疼小雨，想必是掛心那孩子，所以魂魄無法安息。「我阿蘭對天發誓，我沒有虧待過小雨，我把她當成自己的女兒一樣用心教養栽培，什麼國樂、南管、鋼琴、小提琴，只要是她有興趣的，我都花大筆錢讓她去學。原本也想把她跟我的女兒們一起送出國讀書，是她自己不願意，說大學畢業後想去當什麼電視臺編劇的。她煮飯給我吃，是因為這孩子孝順，怕我吃不慣外勞煮的飯菜，所以自己堅持要煮給我吃，我真的沒有苦毒過她，阿爸，你要相信我……」

正長篇累牘地泣訴著，江伏藏的靈影忽然消失了。

「阿爸啊！」江雲蘭連忙起身想追，卻從床上摔了下來，摔得渾身生疼。

是做夢了嗎？

父親剛辭世的那些日子，不管她如何孺慕思念，父親都不曾入夢；事隔十年，怎麼會無緣無故夢見父親呢？而且，為何夢中的父親要用那種責怪的眼神看她？是想告誡她什麼嗎？

想起獨自回去山村的小雨，江雲蘭忽然有種不祥的預感。

❖❖❖

暫別老樹公之後，天色已微亮。此時霪雨初霽，飽受一夜風雨摧殘的山區滿地斷枝殘幹，泥流滾滾。

右腳受傷無法站立的小島田由小胖揹著，跟在阿凱身後下山。

「老大，你知道宮主昨天發了什麼瘋嗎？為什麼要把大嫂從瀑布上面推下去啊？我們看到的時候都嚇死了！大家都知道宮主是個心狠手辣的人，他真的動手殺人我們也不覺得意外，但嫂子跟他無冤無仇，也沒得罪他，他幹嘛下這種毒手？」小胖不解地問。

「老樹公告訴我，麒麟山上藉以維持風天法陣的風水寶氣受到妖狐破壞，蕭巖企圖獻祭小雨當人柱，穩住殘破陣眼。」阿凱說起這件事，眼中充滿對蕭巖的恨意。

之前他想獨闖防空壕解救小雨同事卻被蕭巖攔下時，他從對方口中獲知風天法陣之事。風天法陣數十年來禁錮著那些對人類充滿惡意、虎視眈眈的強大惡靈，他了解其重要性，但小雨並沒有義務用自己的性命去換取其他村民的生存，無論如何蕭巖都不應該妄圖犧牲她！

「風天法陣？陣眼？這是什麼東東？」第一次聽到這些的小胖像鴨子聽雷，滿頭霧水。

「說了你也不懂。」

「喔。」

小島田說：「小雨小姐是設下防空洞結界那位大德的後人，身上血脈和施加在結界的血咒息息相關，以她為人柱確實有可能強化封印的力量，但這也太殘忍了！誰都想活著，憑什麼犧牲小雨小姐一個人呢？」

小胖不平地說：「宮主也真不是人，大嫂這麼年輕漂亮的一個女孩子，怎麼捨得拿來當什麼人柱？再說了，大嫂看起來柔柔弱弱的，風吹都會倒，用來當人柱是能頂多久？還好老大及時把她救回來！」

「只怕蕭巖不死心，會再找機會對小雨下手。」阿凱神色凝重，顯得憂心忡忡。

他無法一天二十四小時都跟在小雨身邊，要是蕭巖賊心不死，恐怕防不勝防。

「傳說的贄贊❷儀式中，被用來獻祭的巫女必有一個先決條件，只要讓小雨小姐失去成為人柱的資格，辰凱先生那位師父就不會再打她的主意了。」

「什麼條件？」阿凱問道。

「處女。」小島田表情一本正經。「你知道該怎麼做了吧？」

「……」阿凱沉默片刻，轉向小胖交代：「把他放下。」

「喔，好！」小胖不明白老大為什麼叫他這樣做，但向來聽話的他立刻乖乖照辦，把不良於行的小島田放在路邊茂密的牛筋草叢裡。

阿凱冷冷地看了小島田一眼，「這個人心思不淨，滿腦子汙穢，讓他在這裡好好反省，我們走！」

「啊啊……是！老大！」

小胖雖然覺得阿光有點可憐，不過他是不會違逆阿凱的命令的。

縮回貓咪形態的神使用看白癡的眼神睨了小島田一下，逕自跳上阿凱肩頭，搖著尾巴揚長而去。

「我沒有汙穢啊！我說的是真的！不要把我一個人丟在這裡啊啊啊啊！」小島田哀號的聲音迴盪在空谷中。

內傷沉重的阿凱顧不得自己的傷勢，直奔小雨所在的醫院探視。

來到病房外，正想敲門，忽然聽到裡面傳來小雨說話的聲音，並且提到他的名字——

「你說阿凱嗎？」

「嗯。」回應她的人明顯是承羽。

房裡的靜默對阿凱來說大約持續了一世紀之久，才聽到小雨輕聲說道：「我不會跟阿凱在一起的。我希望阿凱將來能遇到一個溫柔善良而且深愛著他的好女孩，到了那個時候，我會真心祝福他們，白頭偕老……」

江雨寒的柔聲細語有如一記重擊，毫不留情地捶上阿凱心頭。

他愣在原地，唇角緩緩滲出鮮血。

她接下來又說了些什麼，阿凱已經聽不清楚了。

為了趕來見她而強自壓抑的傷勢終於凌駕意志，化為滿腔鬱血噴薄似霰，灑落一地桃花斑斑。

眼前陷入絕對的黑暗，他失去意識，像一片落葉在風中萎靡飄墜。

負責把車開去停車場而晚到一步的小胖及時接住他傾倒的身軀，焦急地揹在背上，直衝一樓急診室。

而病房裡的兩個人並未察覺門外陸生的變故，繼續著剛才的話題。

「為什麼？妳不是喜歡阿凱嗎？」承羽訝然不解地看著坐在病床上的江雨寒，語氣中帶著幾分試探。

她一向綁成馬尾的長髮隨意披散而下，沿著優雅細緻的頸項垂瀉在胸前，看起來十分溫柔婉約；不施脂粉的臉容顏慘澹，左側一道嫣紅的傷疤在白皙的臉頰異常突兀，卻絲毫無損姿色，反而顯得纖弱堪憐。

江雨寒因承羽的話而震驚，猝然反問：「你怎麼會知道？」

她的反應，證實了承羽長久以來隱藏於內心深處的猜測。

其實，他不止一次懷疑過小雨喜歡阿凱，但小雨從來不曾明白表示，他也就自欺欺人地當成沒那回事。

「果然。」承羽微笑了一下，帶著自傷的悲涼。

從對方淒楚的眼神中，江雨寒意識到自己竟在不經意間洩漏了真實的心思。

「對不起，組長，我……」她不知道為什麼要道歉，但看到組長的表情，她覺得自己讓他受傷了，即使她不是有意的。

「不用說對不起。」承羽溫柔地說，和煦如昔的笑容稍稍掩蓋內心痛楚。「請原諒我擅自揣測妳的心意，其實，我早就應該知道的。」

「我……我表現得很明顯嗎？」她突然感到害怕，顯得手足無措，像個謊言當場被戳破的孩子。

如果連組長都看得出來她喜歡阿凱，那會不會阿凱其實早已察覺……

承羽搖搖頭，「沒有，妳隱藏得很好。只是這兩次住院的時候，我發現妳總是若有所待的樣子，經常望著自己的手機，或門口的方向出神；雖然因為一再失望而偷偷擦掉眼淚，卻依然期待著──我知道，妳在等阿凱，對不對？」

承羽的敏銳讓她在驚訝之餘，更有幾分羞慚，蒼白似雪的容顏微微緋紅。

「你都看到了？」

在承羽緩緩點頭之後，江雨寒自嘲地一笑，眼底卻隱含淚光。

「如果你們兩情相悅，我對你們只有祝福。」承羽坦然真誠地說。「但是……既然妳這麼喜歡阿凱，為什麼又說不想跟他在一起？」

江雨寒默然許久，垂首低聲說道：「如果阿凱愛我，我必不負他。但是阿凱……其實不喜歡我，這我很久以前就知道了。他對我很好，只是念在我們青梅竹馬的情分，別無他意；

要是我試圖再靠近一點，他就會覺得厭煩，而疏離我了。」

小時候，江李兩家的親戚都把他們視為天生一對，戲稱兩人是金童玉女，但是阿凱非常厭惡別人的調侃，這經常使他發怒。

「我不知道為什麼妳會這樣認為，但我覺得，不是妳想的這樣。」

在阿凱這幾次將小雨託付給他的時候，他總清楚看到對方眼裡的沉重和不捨。

「這兩次住院，都是勞煩組長照顧我，我很感激；阿凱對我的態度，你也看到了……」

「他一定是有事無法抽身，我相信他也無奈。」儘管心如刀割，仍然忍不住要為情敵說話，他覺得自己實在荒謬可笑。

江雨寒怕承羽誤以為她是因為阿凱沒來看她而懷恨怨懟，連忙解釋：「我沒有責怪阿凱的意思，我只是認清自己在阿凱心中的地位。我明知阿凱不會喜歡我，卻仍心存希冀……」她輕輕拭去不小心滑落的淚水。「我們從小一起長大，我了解他的個性，所以我不敢強求，只希望他能夠幸福，於願足矣。」

看到自己深愛的人對另一個人的傾慕之情竟是如此畏縮卑微，承羽頓感心疼不已。

「如果有一天，妳對阿凱徹底死心了，能考慮接受我嗎？」話一出口，他自覺冒失，卻對自己的衝動不後悔。

承羽突如其來的告白讓江雨寒愣住。她不是不知道組長對她別有情愫，只是為了避免彼此尷尬，而偽裝成不解其意；但是組長對她的付出，一直讓她感到良心不安，既然組長表明態度了，她也應該趁此機會把自己的想法說清楚。

心念已定，她誠摯地說：「我很感謝組長，但是我不值得組長厚愛。」

「為什麼要這樣貶低自己？」

「組長各方面的條件都非常優越，而我，我的臉已經毀容了，臉上帶著這麼醜陋的傷疤，即使組長不嫌棄，我也不能不自慚形穢。」

江雨寒輕撫著左頰的疤痕，語含自卑。

以前她對自己的容貌尚有一、兩分自信，至少鼻子是鼻子、眼睛是眼睛，而且皮膚白皙勝雪；自從被妖神毀容之後，她看著鏡中的自己都感到憎惡。

「我不覺得醜陋，在我看來，妳依舊如我們初次見面時那樣明豔動人。」

這是組長第一次當面誇她漂亮，讓江雨寒很高興。

她開心地笑了，眼裡卻閃爍著晶瑩的淚光。組長人是這麼好，若非她早已心有所屬，一定會愛上他的吧？

「組長真的是個溫柔善良的人，坦白說，我很喜歡組長，但喜歡並不是愛。」江雨寒淒然一笑：「組長，對不起，我一生只愛一個人。」

對方的婉拒雖在承羽意料之中，仍不免哀傷。

「我明白了。」他斂起眼裡的傷痛，坦然說道：「但是，我不會放棄。」

1　下緒結：下緒為綁在刀鞘上的編繩，將下緒依各式各樣的繫法打結，具有較強的裝飾性。此處指太刀所用的「太刀結」。

2　贄贄：以活人為犧牲，獻祭於神之儀式。

第四十章　沉魂泣露

阿凱獨自徬徨在開滿白花和鮮紅虎婆刺果實的山谷中，盛夏午後耀眼的陽光曬得他有些暈眩。

這裡是……山羌寮嗎？他在這裡做什麼？阿凱微微蹙眉，茫然四顧。

「如果一定要結婚的話，我想當阿凱的新娘……因為我喜歡阿凱……」

不知從何處傳來一個稚嫩清亮的聲音，童言童語地訴說自己的心願。

「小雨？」阿凱心頭一震，焦急地四下張望，卻不見伊人蹤影。「小雨！妳在哪裡？」

一名身形瘦長的少年倏忽出現在山谷另一頭，遙遙看著他。

飄忽的形體依稀仍是當年模樣——俊朗清秀的臉毀損大半，右側肩膀懸掛著半截殘肢。

「……我不是說過，你如果對她不好，我是會搶走她的。小雨我帶走了……」

那名少年殘破的嘴唇紋絲未動，含帶譴責的銳利眼神和話語猛然像火蟻般竄進阿凱心中，讓他疼痛不已。

「我不准！把小雨還給我！」阿凱朝少年的方向疾奔，漫山遍野的虎婆刺無情地劃破他的皮膚。

少年冷然一笑，瞬間消失了蹤影。

「小雨！」

阿凱在病床上驚醒，一身冷汗。

「老大！你總算醒了！突然吐那麼多血，擔心死我了！」守在一旁的小胖見阿凱醒來，連忙湊過來關照。雖然單人病房內空調強冷，他卻也是急出滿頭大汗。「那妖狐的妖力真是夭壽骨❶，還好你有神尊護體，要是正常人被那一掌尻下去，大概當場就歸天了！醫生剛才幫你做了一些檢查，說是沒有生命危險，只是為了安全起見，要再做更進一步的檢查。感謝帝君保佑……你要不要喝點水，還是吃點什麼東西……」

阿凱略定一定神，驀然想起自己還沒見到江雨寒，立即被子一掀，起身下床。

「欸！老大，躺好啊！有事交代我就好，不要亂動……」小胖緊張地攔住他。

「我去看小雨。」

「喔。」小胖心知這件事攔不住，只得乖乖讓路，亦步亦趨地跟在阿凱身後。

「下山之後，我交代你找人去接小島田就醫，你辦了嗎？」前往江雨寒的病房途中，阿凱問道。

「這當然！我做事你放心，阿光早就已經被送到這家醫院了。」

「他的傷勢怎樣？」

小胖皺了皺眉頭，「其他部位的傷都還好，右腳的傷最嚴重，醫生說還要先安排做什麼核磁共振，不過他大概已經可以初步診斷出是膝蓋的前後十字韌帶全部斷掉了，必須要開刀接回來。」

「接得回來就好。」

雖然他同情小島田無端遭此無妄之災，但對上妖狐加妖刀，還能保住性命，只受這點傷，已是萬幸。

小胖苦惱地說：「可是阿光是外國人，沒有健保可以用，這手術費一定很大一條，而且開完刀腳不能走，還要每天做復健什麼的，不知道要住院多久，可能還要請看護來照顧他，這些費用……」

「都是小事。」阿凱不以為意地說。

「對齁，不說我都忘了，這間醫院是你們家的產業，至少阿光不會因為付不出醫藥費被扣留在這裡，我白擔心了。」

小胖記起小時候聽人家說過，他們村子原本是沒有醫院的，小診所也僅有寥寥一、兩間。因為地處偏僻，距離都市裡的大醫院非常遠，重病的村民往往還沒送達醫院就不幸身亡，阿凱的爺爺為此，特地斥資在村口蓋了這間大型醫院，不過李家人素性低調，不愛張揚，知道這事的人並不多。

談話間，來到江雨寒的病房外，正要敲門，想起之前在這門外聽到的話語，阿凱不由得遲疑了一下。

「老大，怎麼了？」小胖困惑地看著他的背影。

在知曉小雨的真實心聲之後，他害怕看到她，怕她的臉讓他心痛、怕自己無法斷心絕念放棄她；但他又想親眼確認她是否安然無恙，因此陷入掙扎。

沉默許久，阿凱終於下定決心，輕敲房門。

「是組長嗎？請進。」裡面傳來小雨一貫溫柔的聲音。

江雨寒原本坐在床上整理承羽委託花店送來的鬱金香花束，抬頭一見阿凱，臉上立即出現驚喜交集的神情。

「阿凱！」

阿凱刻意忽視她眼中的狂喜，告訴自己小雨的個性就是如此，即使看到一條狗、一隻貓，她也一樣會這麼開心。

他四下打量，單人病房裡只有她一個人。

「承羽呢？」

「組長回山上幫我拿一些東西，應該很快就回來了。」

「妳身體還好嗎？醫生怎麼說？」

「我很好，不用擔心。只是醫生要我留院觀察幾天，如果沒有腦震盪或內出血，就可以出院了。」

看到病床兩側的桌櫃上，各種住院會動用的物品一應俱全，且整理得井井有條，足見承羽的細心妥貼。阿凱內心一陣苦澀——照顧小雨原是他應該擔起的責任，卻不得不依賴另一個對她有愛慕之心的男人代勞。

他曾經起心動念將小雨讓給承羽，也曾經因為不甘不捨而深深後悔；如今看來，最初的決定是對的。

雖然他不免嫉妒承羽，但還是很感激對方對小雨的真心付出。

他轉身欲離開，「看到妳沒事，我就放心了。我先走了。」

不久前還緊緊抱在懷裡的人，現在卻是感覺遙不可及，多看一眼都心痛。

「阿凱！」沒想到阿凱這麼快就要走，江雨寒不由得叫住他。

他停步回視，卻不經意閃避她那雙透露失望神情的眼睛，「怎麼了？」

望著他淡然冷漠的神情，縱使心中千言萬語，亦無從傾訴，只得化成一句道謝：「謝謝你救了我。」

「沒什麼。」他淡淡地說，匆匆離去。

「呃……大嫂妳好好休息啊，我們就不打擾了……改、改天再來看妳，再見！」他們兩人之間詭異的氣氛讓小胖非常不自在，他尷尬地敷衍了幾句，也跟著阿凱快步離去。

阿凱不理會小胖的苦苦勸說，堅持要離開醫院，逕自開車回到村子。

經過崇德宮時，看到廟埕上圍著一大群人，大部分是住在附近的村民，還有幾名山村派出所的員警。

坐在副駕的小胖一眼看到被包圍在人群中央的，正是阿達等三名少年，只見他們灰頭土臉、渾身泥濘地癱坐在地，活像剛從泥沼打滾出來的豬仔。

「哇操！這三個浮浪貢❷，我昨天去追阿光的時候叫他們趕快下山報警求救，他們給我搞到現在才回來，到底是在衝三小啊？」小胖氣得大罵：「還好沒有等他們來救，不然真的重新投胎比較快了！真夯他媽的……」

「他們的樣子不太對勁，下去看看。」阿凱說著立刻停車，朝眾人的方向走近。

「……都死了……死光光了……死了……死了……」阿達兩眼發直、神情空洞地望著前方，發白顫抖的嘴唇不斷碎碎低語，過了一會兒，突然大叫著雙手用力抱頭：「嗚哇哇哇哇！是鬼……是鬼在哭……鬼在哭啊啊啊啊！」

另外兩名少年狀況也沒比較好，一個雙眼無神、呆若木雞，對周遭事物毫無反應；一個原本摀緊耳朵將自己蜷縮成一團，在聽到阿達的慘叫之後，驀然激動地爬起來往外衝，在旁圍觀的村民和員警連忙合力制止住他。

「鬼的聲音！那是鬼的聲音！哇啊啊啊！鬼來了！鬼！鬼……」被五、六個成年人壓制在地的少年兀自抵死掙扎，嘴裡亂喊亂叫，淒厲異常的嗓音聽得人心裡發毛。

「這……這是怎麼了？」原先還想狠狠訐譙他們一頓的小胖見狀，不由得愣住了。「這三個怎麼會變成這樣？是嗑錯藥還是起痟了？」

站在三人旁邊的俊毅聞聲回頭，看到阿凱，連忙朝他走過來，「阿凱，你總算出現了！蕭宮主不在廟裡，想找你也找不到人，我正不知道該怎麼辦！」

「發生什麼事了？」阿凱問道。

「我也搞不清楚。」俊毅搖搖頭。「剛才幾位外縣市的救難弟兄從麒麟山上把他們三個帶下來，說是在很深的山溝裡面找到的，一發現的時候就是現在這個樣子，滿嘴胡說八道，一直嚷嚷著有鬼有鬼。你看看，他們是不是中邪了？還是被鬼附身了？」

阿凱定神凝視三人好一會兒，「他們身上沒有鬼氣，比較像是受到過度驚嚇的樣子。」

昨天夜裡他們在山上遇到什麼狀況，居然嚇到神智失常？阿凱不禁眉頭微皺。

「是喔？我們把這三個帶到這裡，本想請宮主作法驅邪的，既然你說和鬼怪無關，那還是送去醫院好了。」俊毅立即打電話聯絡村子裡的消防隊。

阿達尖叫過一陣子，又繼續喃喃自語：「山已經死了……人也死了。死光了……雷晴死了，蔡雅芙死了，林小瓊死了，方依玲死了……都死了，手腳掛在樹上……浮在水裡……我聽到她們在哭！她們在哭……她們……在瀑布那裡……她們的頭在那裡轉啊轉……轉啊

轉……轉啊轉……轉啊轉……」說著說著，他的腦袋隨著哼歌似的節奏前後左右搖晃起來，彷彿他的頭也是在水裡打轉一樣，看起來十分詭異。

而這段細碎的、夢囈似的話語音量雖小，卻清楚傳入在場眾人的耳裡，除了阿凱之外，大家盡皆變了臉色。

由於阿達駭人聽聞的低語，村裡再度動員大批人馬進行搜山。

昨晚下了一夜暴雨，夾帶大量土石及枯木殘梗的泥流順著山勢四處沖刷肆虐，還有不少地方發生小規模坍方，遍地狼藉。

大家在泥濘中搜了幾個小時，卻一無所獲。

「我們是不是被那個小8+9耍了？這裡哪有什麼女孩子的屍體啊？連根毛都沒看到！」一名老員警大概是走得累了，將手中充當枴杖的竹枝往旁邊一丟，隨便找了顆大石頭坐下來。「這件事本來就很奇怪，昨天被大水沖走的女孩子們，怎麼可能會出現在這山上呢？根本不合常理！果然一開始就不該相信那小8＋9的話！」

「就是說啊！誰知道那個小子是不是嗑太多藥嗑壞了腦袋混說，浪費大家的時間！」

上山協尋的村民紛紛附和老警察，認為大家聽信一個瘋子的話而勞師動眾跑來搜山，實在可笑。

「老大怎麼辦？大家都不太想找了欸！」小胖悄悄地在阿凱耳邊說道：「我敢肯定這山上一定有屍體，昨天你也看到了，我們撿到一隻穿著靴子的腳啊！只是混亂中不知道被阿光丟到哪裡去了。」

「你說的是真的嗎？」一直跟隨在阿凱身後的百九對小胖的話半信半疑。「可是我聽說剛才那些外縣市來的救難隊員為了找你和阿達他們，已經在這山上搜了整夜，如果真的有屍體，他們怎麼會沒看到？」

「我哪知道？說不定他們只管找活人，沒在管屍體的，看到也當作沒看到。」小胖說。

百九翻了翻白眼，沒好氣地說：「動動你的豬腦，好好想一下再說話。你覺得有可能嗎？講這什麼幹話！」

阿凱仔細查看四周的地貌，忽然叫小胖去北村的某個養豬場借狗上來。

「老大要狗做什麼？」小胖不解其意。

「狗的嗅覺比人類靈敏很多，而且看得到我們看不到的東西。」阿凱說。

「喔，可是為什麼一定要北村養豬場他們的狗？村子裡狗那麼多，隨便抓也都幾十條。」不是他懶得跑去北村，只是山下現成就有一堆狗，就說阿達家好了，光藏獒就有七、八隻，幹嘛特地跑那麼遠去跟人家借？

「沒經過專業訓練的狗作用不大。」

「那養豬場的狗就有專業訓練嗎？不會吧？連村裡派出所養的狗都只會整天趴在門口吃閒飯了。」小胖感到狐疑。養豬場的狗頂多就是養來防盜跟看守豬隻，難道還身兼救難犬的功能？他實在不能相信。

「昨晚的豪雨造成山區土石流，很有可能把屍塊掩埋了，那個養豬場的狗從小吃病死豬長大，豬屍的氣味和人屍相近，牠們聞到泥土下面的屍塊就會有反應。」

「喔！原來是這樣，老大我懂了！」經過阿凱的解釋之後，小胖恍然大悟。「我現在馬上就去北村！」

小胖立即帶著幾個人下山，拉了十幾條其貌不揚的大型混種犬上來。

阿凱指派村裡的年輕人牽著這些狗分頭去找。「你們要特別注意，別讓狗把找到的東西吃掉了。」他不放心地提醒。

養豬場的狗畢竟不是正統的救難犬，只是吃慣了死豬肉，對屍體的氣味特別敏感。

「老大……這個……呃……」那些年輕人明白阿凱所指的「東西」是什麼，臉上露出極為複雜的神情。

這些人雖然從小逞凶鬥狠，幹架砍人就跟切菜一樣，眼睛眨也不眨一下，但現在要叫他們去挖屍體，心裡還是不免毛毛的。

阿凱知道他們害怕，於是找上俊毅，尋求警方的協助。俊毅立刻答應了，請他的同事和消防隊員分組支援。

飢餓的大狗嗅到埋在淤泥淺層的屍塊氣味之後，變得十分亢奮，紛紛激動地用爪子抓扒地面。眾人連忙把狗拉開，再用工具小心挖掘，果然挖出不少斷肢殘骸。

這些殘肢有的只有手掌，有的是小腿，有的是整隻手臂，手腕處還戴著華麗的手鍊；除此之外，還找到幾根手指頭，共同的特點是切面異常齊整，看得出來是被某種利器斬斷，手法相當利索。

隨著出土的屍塊越來越多，俊毅的臉色也越來越難看，幾乎是慘無人色。

他當警察這麼多年，凶殺案也見得多了，從來沒看過這麼慘烈的狀況，讓他幾乎懷疑自己是不是在做惡夢。

聽聞消息隨後上山的雷包沿路吐到不行，一副隨時要昏倒的樣子，於是阿凱叫小胖和百九強行把他架回去休息。

「老大，我不要回家……晴晴還沒……」一語未完，雷包立刻蹲到路邊大吐特吐，連綠綠的膽汁都吐出來了。

「阿濤，不要勉強了，先回去吧。」阿凱看著雷包那吐得抖腸搜肺、顫抖不已的背影，心裡很難過。「如果雷晴還活著，我拚死也會把她救回來；要是她已經……」

他話說到一半，說不下去，擺擺手示意小胖和百九把雷包拖回去，「你們兩個在阿濤家陪他，別再讓他上來了。」

「是，老大。」他們兩人立即一左一右將吐到虛脫的雷包架走。

「真是的，這到底是怎麼回事啊？」俊毅皺眉看著他們遠去。「村子裡出現變態殺人狂？之前蘭桃坑的慘案，還有北村外地婦人的死亡案件，到現在都還完全掌握不到加害人的線索，難道真的是鬼怪作祟嗎？阿凱，你是不是知道些什麼？」

「你相信有妖怪嗎？」阿凱不答反問。

他當然知道凶手是誰，不過他認為說出實情，對如今已是人心惶惶的村子亦無好處，所以一直保持緘默。

俊毅見問，稍稍遲疑了一下，「本來呢，我身為一個警察，理當秉持科學辦案的精神，不應該怪力亂神才是，但村裡的這些懸案，還有最近發生在我生活中的怪事，實在讓我不得不相信妖怪鬼神都是真的存在的。」

「哦？你最近遇到什麼事？」阿凱好奇地問。

據他所知，俊毅的命格算是很硬的，一般孤魂野鬼必定不敢招惹他。

「最近我一個人在家的時候，常常聽到小孩子的笑聲，說也奇怪，我家是獨棟的透天厝，附近也只有水稻田，一戶鄰居都沒有，哪裡來的小孩子呢？還有，我種在庭院的雞冠花不知道被誰剪斷好幾枝，隔天卻出現在所裡的女同事桌上，我就去質問那個女同事為什麼偷摘我的花，結果反而被她臭罵了一頓，真他媽的！這如果不是有人故意惡整我，就一定是有鬼了，阿凱你說是不是？」難得有人可以聽他講這些鳥事，俊毅忍不住一吐為快。

阿凱微微一愣，隨即心底了然。

「的確是有鬼。」他認同地點點頭，「有個小鬼纏住你了。」

「真的……真的是小鬼嗎？」俊毅的猜測受到證實之後，臉上表情有點複雜。

「要我幫你除掉他嗎？你放心，要捏死那小鬼，比捏死螞蟻還容易。」

「不、不用了！」俊毅連忙拒絕。「我想那小鬼也沒有惡意！讓他待著也沒關係。」

「那就隨你了。」

言談間，幫忙搜索的人們逐漸向阿凱二人靠攏，表示沒有其他新發現了。

「很奇怪，雖然在各地挖出不少屍塊，但就是沒有軀幹和頭顱的部分。」其他員警向俊毅說道。「你們這裡可有發現？」

俊毅搖搖頭。

「到底是誰這麼殘忍，殺了這麼多人，還到處棄屍……」其中一名女警脫掉沾滿泥土的手套，用手背擦拭著眼淚。

在場眾人手中提著屍袋，皆是面容哀戚，不發一語，氣氛如同此時天際緩緩凝聚的烏雲一般沉重。

「唉！現在說這些也沒有用。」俊毅嘆氣地說。「那個阿達說那些女孩子的頭顱在瀑布那裡，雖然不知道真假，我們還是必須去看看。」

「麒麟瀑布下就是傳說的麒麟窟，邪門得很。常有外地人誤信網路上的資訊亂闖，結果受困在山上，嚇得哭爹喊娘。為了援救那些外地來的白目仔❸，我們也吃了不少苦頭，那裡幾乎沒有路可以走，導航沒有訊號，指南針也失效，怎麼去？」那位年長的警察說。

眾人不約而同看向阿凱。

「阿凱，這裡只有你知道怎麼前往麒麟窟，你能帶我們去嗎？」

「可以。」阿凱很是乾脆地答應了。就算俊毅沒請求他幫忙，他也正打算要去麒麟窟。

「不過除了警消之外，其他人就別跟了，免得出事麻煩。」

日色欲盡，枯木含煙。

好不容易抵達麒麟窟，時已黃昏。暮靄漸起，幽窟瀰霧，驟降的溫度讓眾人寒意陡生。越靠近瀑布，轟騰的水聲越大，如怒海狂濤，響徹空谷，令人震耳欲聾，心神驚懾。

「這裡……就是麒麟窟嗎？」一名女警環顧周遭籠罩在濃霧裡的幽深密林，不安地拉緊了身上的外套，壓低聲音說：「感覺不太好……這谷裡好像有什麼東西……不太歡迎我們……」

「不要胡說！」俊毅忍不住輕叱。

這座山谷給他一種很不舒服的異樣感，但他想在這種情況下，還是不宜危言聳聽、打擊軍心。

女警意識到自己失言，乖乖閉上嘴巴，不自覺放慢腳步，悄悄縮在俊毅身後。

阿凱行經寒潭，想起昨夜和小雨受困在附近山洞的事，恍如隔世，心中一陣抽痛。

「怎麼了？臉色這麼難看，哪裡不對勁？」身旁的俊毅看到他驟變的神色，不由得警戒起來。這個地方如此偏遠荒僻，萬一出了什麼狀況，真的是叫天天不應、叫地地不靈。

阿凱收斂心神，「沒事，我們繼續走吧。」

潭邊風聲淒冷，水聲幽厲，有如女人哀泣。寒風拂過谷中荒林，帶來竊竊私語的呢喃之聲，聽起來如怨如訴。

「這是什麼聲音？」若在耳畔的詭異低語使眾人毛骨悚然，不由得停下腳步，驚疑不定地張望四周。「樹林裡……有人嗎？」

阿凱神情一凜，立即拈訣唸咒。咒令輕細幾不可聞，但卻有效地鎮住幽林碎語。

風聲止息後，阿凱連忙催促眾人：「動作加快！時間不多了！」

他知道老樹公因神威衰退之故，無力繼續鎮守麒麟山，而山上蠢蠢欲動、伺機作亂的鬼物，並非只有妖狐風神主而已。

山村聊天室

江雨寒：「阿凱總是對我忽冷忽熱，其實我覺得很難過。」
黃可馨：「妳難過個屁！江雨寒妳這賤人，我做鬼都不會放過妳！」
鈞皓：「做鬼有什麼了不起，本大爺做鬼的時候，妳還在爸比的蛋蛋裡。」
小島田：「呃……」

1 夭壽骨，台語，引申義為過分的、惡毒的。
2 浮浪貢，台語，指游手好閒、一事無成的人。
3 白目仔，台語，指頑皮搗蛋或不知好歹的人。

第四十一章　寒潭驚變

阿凱離開沒多久，病房又來了一位不速之客。

江雲蘭火急火燎地開門衝了進來，因用力過猛的緣故，沉甸甸的房門重重撞上門擋，發出轟然巨響。

坐在床上垂淚的江雨寒被這突兀舉動嚇呆了，連淚水都忘了擦掉。

「妳這孩子啊！是怎麼把自己搞成這樣？妳的臉怎麼啦！來！讓我看看！」江雲蘭在看到她的模樣之後，更加氣急敗壞，大步朝病床邁進。「這個疤是怎麼弄的？噯唷！美美的一張臉搞成這樣，難怪妳阿公那麼生氣啊！」

江雲蘭是江伏藏的二女，今年五十多歲，身材高瘦，因為保養得宜，看起來如四十許人，和江雨寒有些肖似的眉眼十分秀麗，仍大致保有年輕時的美豔神韻。

她的突然出現讓江雨寒非常震驚。「姑媽，妳怎麼來了？」

姑媽的家離這個村子很遠，自行開車大概要七、八個小時，而且據她所知，自從十多年前江氏一族搬離村子之後，姑媽就沒有再回來過，只雇人定期打掃修繕山上的別墅。

「一早打妳的手機都沒接，我擔心妳出事，只好自己跑來找妳！我剛才去別墅遇到妳那兩位同事，聽他們說才知道妳住院了！到底是怎麼了？身體要不要緊？怎麼整個人瘦成這樣！妳這孩子真是讓人擔心啊！」江雲蘭拉著江雨寒的手，憂形於色地上下打量。

「對不起，姑媽，我沒事，只是暫時留院觀察而已。」看到姑媽這麼焦慮，還特地大老遠地跑來找她，江雨寒深感歉疚。「我的手機弄丟了，本想等出院再去重辦的……」

昨天蕭伯伯突然發狂似地把她捆到瀑布，她的手機大概在那時掉在山上了。

「如果真的沒事那就好，但是妳的臉呢？妳的臉是怎麼受傷的？」江雲蘭極為愛惜容貌，所以對江雨寒臉上那道醜陋的傷疤十分在意。

江雨寒輕撫著那道凹凸不平的傷痕，「是我自己不小心，這也沒什麼……」

「怎麼會沒什麼！好好的一個女孩子，臉上帶著這麼大的疤是能看嗎？這可不行！我夫家有個姪子在開醫美診所，我帶妳去把疤痕處理掉。對了，我現在就幫妳轉院，我們馬上回台北！」

「姑媽不要！」江雨寒連忙拒絕。

「什麼不要？」

「我不要回台北，我要留在這裡。」她堅決地說。

「妳還想留在這裡做什麼？嫌自己的模樣還不夠慘嗎？」

江雲蘭質問道，顯得又氣又心疼。

「我……我同事都還在這裡，我不能自己先離開……」

「我不知道妳跟妳的同事為什麼跑來這村子，但那種工作不做也沒差，妳就辭職吧！」

「可是我……」

見江雨寒不肯聽話，江雲蘭索性拖了椅子過來坐在床邊，開始長篇大論地說教——

「妳自幼沒有媽媽，妳老爸是妳阿嬤年紀很大的時候拚著命生出來的命根子寶貝，自小被我們家族的人寵壞了，一點責任心都沒有，從來也不曾盡到一天身為人家父親的義務，所以妳阿公特別憐憫妳，在世時多次交代我一定要好好照顧妳。我自認沒有辜負妳阿公的託付，對妳的栽培和教養，我竭盡所能，甚至比對待我自己的女兒還盡心盡力，唯恐妳有一絲半點不如別人的地方，更怕讓別人譏誚妳是無父無母、沒有家教的野孩子。可是昨天夜裡我夢見妳阿公，他看我的那種眼神，好像是在譴責我違背了他老人家的遺願，這讓我心裡非常難過……」江雲蘭接過江雨寒遞來的面紙，一邊說，一邊擦拭眼淚。

江雨寒一直恭順地聽著，不敢插嘴，甚至自動地幫江雲蘭倒了一杯開水，放在她身側的櫃子上。

直到對方講到一個段落、停頓喝水的時候，她才小聲地說：「姑媽，妳對我的養育之恩，我萬分感激，一日也不敢忘記；但是說到夢見阿公的事，我想只是個夢而已，算不得什麼，妳就別放在心上……」

江雲蘭打斷她的話，神情大不以為然——

「妳阿公離開那時，妳年紀還很小，妳不了解他老人家的個性。他生氣的時候就是像那樣完全不講話、眼神凌厲地瞪著，瞪得人心裡發寒、幾乎想跪地求饒。昨夜絕對是妳阿公親身來託夢沒有錯，他在怪我沒有把妳照顧好，讓妳受了這麼多傷，還搞到破相、住院……慘了！看到妳這個樣子，阿爸一定不會原諒我的……」她說著說著，身體竟不由自主地打了個冷顫，神情惶恐。

「姑媽，妳想太多了……」

「不管了，反正妳今天一定要跟我回去。我真後悔當初沒有堅持把妳送出國，還依著妳的性子讓妳去當什麼電視臺編劇！不過現在也還來得及，我先給妳辦轉院手續，轉到我們家附近的醫院，等妳可以出院了，我就把妳送到西雅圖妳大姐姐那裡去，以後妳就住在那裡，沒事不用回來了。」

江雲蘭口中的「大姐姐」，指的是自己的大女兒、江雨寒的大表姐，在多年前已和美國人結婚，定居國外。

「我不要。」江雨寒二話不說，再度拒絕。「我要留在村子裡。」

「這怎麼可以！妳阿公生前交代過的——江家人不能在村裡久留，因為妳不聽話，他老人家的魂魄不能安心，都特地來找我託夢了……」

「如果真的是阿公的魂魄，為什麼不來找我，而要去找姑媽呢？麻煩姑媽下次夢見阿公的時候，請他老人家直接來找我好了。」她的語氣柔婉恭順，態度卻異常堅定。

「噯！妳這孩子，怎能這樣對阿公講話……」

阿凱帶著警消人員來到麒麟瀑布下方。

由於昨夜大雨的關係，瀑布水流異常地澎湃，並以萬馬奔騰之姿自高崖直衝潭底，氣勢磅礴。

稍微靠近一些，就會被飛濺四起的水花噴濕，於是他們保持一段距離站在岸邊。

「照那個孩子說……其他部位的軀體和頭顱，就在這潭底嗎？」那名女警語帶猶疑。

「不知道。」俊毅皺著眉頭。「不管怎樣，我們總要下去看看。」

「這潭不曉得多深，下去會不會有危險啊？」女警望著呈現黑色的潭水，心生恐懼。

「我年輕時聽村裡的老人家說過，麒麟潭沒有底，不管丟什麼東西下去都不會浮上來，以前這裡死過不少自殺的人，但屍體都撈不到，就像直通地獄一樣……」老警察說。

聽他這麼說，在場的人除了阿凱之外，都忍不住打了個冷顫，腳底發寒。

「沒那麼可怕，只是瀑布底下有一個巨大的翻滾流，物體一旦靠近，就會被捲進水流迴圈，極難脫身。」阿凱說。

俊毅表情驟變，「翻滾流？這非常危險啊！就算是訓練有素的潛水高手都不一定能從翻滾流逃脫，很容易出人命的。」

「那……那怎麼辦？我們還要下去嗎？」女警感到很害怕，縮在俊毅身後。「萬一屍體沒找到，自己反而變成屍體怎麼辦？」

「妳！」

妳會不會看場合講話啊？俊毅回頭白了女警一眼，本來要出言斥責，轉念一想還是算了，多言無益，不如省點力氣。

「由一個人負責下去看看情況好了，其他人留在上面，如果有什麼意外，可以立刻支援。」老警察說。

「就這麼辦。」俊毅立即同意了。「誰要下去呢？」

「讓我來吧。」阿凱說。

小雨的爺爺還在世的時候，常常帶他來這裡修行，暑熱難消的夏日，麒麟潭就是他的游泳池，因為貪玩，他也曾經冒險潛入翻滾流所在的水域玩耍；雖則事隔多年，他想由他下水總比其他人安全一些。

「小凱對這裡最熟，由你下去查看最合適不過，但是你下水之後，要是剛才樹林裡那個奇怪的聲音又響起來怎麼辦？我們這些留在上面的人會不會有危險啊？」看看四周籠罩在夕霧中的幽暗荒林，女警不禁心有餘悸。

「這……」阿凱微微遲疑。他雖暫時鎮住麒麟窟裡的山精林怪，但不敢確定是否會有其他的樹妖木靈或魔神仔作祟。

其他人也覺得不妥，幾經商議，最後決定由一名領有救生員證照且受過激流救生訓練的消防隊員下水。

那名消防員換上防寒衣，在岸邊伸展四肢做暖身操，準備潛入寒潭。

阿凱遙望天際，已將近日落時刻，暮靄四合的幽谷中能見度越來越低，俊朗的眉宇間不禁浮現一絲憂色。

「太陽快要下山了，谷中陰氣漸盛，你下水之後，不管有沒有發現屍體，若察覺情況不對，就立刻上岸，不要久留。」

「我知道了。」消防員感受到阿凱的憂慮，不敢大意，慎重地點點頭。

眾人看著一身黑色防寒衣的消防員隱沒在黑色深潭中，心裡都是七上八下。

「他不會有事吧？這瀑布下面……真的有屍體嗎？」女警雙手緊緊壓著自己的胸口，忐忑不安。

眾人盡皆緘默，沒有心情回答。

過沒多久，只聽得嘩啦一聲，那名消防員倏地竄出水面，臉面朝上，雙手亂無章法地拍打著。

緊接著，他看似拚了命地想往岸邊游，實際上身體卻沒有挪動半分，只在原處撲騰。

「救命！救命！」消防員嘶喊了兩聲，身體頓然往下一沉，又掙扎往上，如此重複數回，冰冷的潭水不時嗆入他的口鼻，使他無法再發出求救聲。

「不好！他溺水了！」

俊毅見狀，正想跳下水援救，卻被阿凱攔住。

「現在下水，連你都會被拖走。」阿凱說著，目光四下梭巡，隨即從身後荒林拉出一根數公尺長的乾枯麻竹，伸向溺水的消防員。

「拉住這根竹子！不要怕，我馬上救你上來！」

消防員聽到阿凱的聲音，立刻緊緊抱住身旁的竹竿。

「太好了！他抓住了！」俊毅鬆了一口氣。「我們合力把他拉上來！」

幾名員警和消防員握著竹竿的這一頭，試圖把溺水的人拉到岸邊，但每當把人拖過來一點點，立即有一個奇怪的力道又把對方拉回水中，就像在拔河一樣。

不管岸上眾人使出多大的力氣，那來自潭中的奇異勁道始終與他們抗衡著。

「這？這是怎麼回事啊？」四名員警加上四名消防壯漢，居然拉不動一個漂浮在水中的人，大家不禁面面相覷。

「有鬼！有鬼在抓我！有鬼！」仰賴竹竿的幫助，而勉強維持肩膀以上浮出水面的消防員開始淒厲尖叫：「鬼在抓我的腳！」

透過竹竿的劇烈震盪，可以想見他浸在水面下的雙腳是如何瘋狂地掙扎踢動。

「阿凱怎麼辦？」俊毅惶然看向他。

自從把竹竿交棒給眾人之後，阿凱就一直蹲在水邊仔細觀察。潭水呈現黑色，看不清底部，但他隱約見到在那些浮動的黑水之中，有一抹更為濃重的闇流繚繞著消防員的下肢。

他不知道那股闇流是什麼，不過毫無疑問就是這個黑色的東西想把消防員扯入潭底吧！

阿凱凝神聚氣緩緩祭出七星劍，「各位，用力拉一把！」

「好！」眾人依言使勁拉扯，溺水的消防員稍稍朝岸邊靠近了一些。

阿凱覷準時機，七星劍芒朝水中黑影疾揮，瞬間斬斷闇流對消防員的束縛。莫名的拉力徹底消失，眾人立即順勢把消防員拉過來。

好不容易拖上岸之後，大家疲累得癱軟在地，氣喘吁吁。差點溺亡的消防員則是跪伏著發抖，不知是恐懼還是寒冷的緣故。

阿凱趨近細看，只見他的左腳緊緊纏著一坨墨黑的物體。伸手拉上來一瞧，原來是一大團濕漉漉的黑色長髮，乍看像顆人頭。

「哇啊啊啊！」驟然驚見這一幕的人們嚇得怪叫，感到既噁心又恐懼。最後一絲昏黃夕照隱沒山後，不祥陰影逐漸爬滿山谷。

來不及了。

阿凱無聲地嘆了一口氣，把髮絲放進屍袋中。「我們走吧，天黑了。」

自麒麟山撤離之後，警方將尋獲的殘肢和毛髮送驗。

接連幾天下著大雨，搜索行動無法繼續，俊毅等人只得靜待法醫化驗結果；雖然懸心於未解的案情，卻也暗自鬆了一口氣——至少暫時可以不用再去麒麟窟那個駭人的鬼地方。

據那位消防員說，他當日潛入深潭，剛適應了一下冰寒徹骨的水溫，正想游近Boil Line❶進行觀察的時候，突然有人用力攫住他的左腳，並試圖將他往潭底拉。

他感覺那股拉力異常真實，迥然不像抽筋或是陷入渦流，心知不妙，連忙掙扎著浮上水面求救。

在他抱住阿凱遞給他的竹竿時，那股力道仍持續在拉扯他的腳。

雖然四周水聲很大，他卻聽到陣陣哭號悲泣的女聲，清晰得就像在耳邊一樣，令他寒毛直豎。

當時他心裡對鬼魂的恐懼，遠遠超過溺水的危險。

有人問他下次還願意潛入麒麟潭嗎？他說他寧可辭職不幹。

江雲蘭說好說歹、磨破嘴皮，也無法勸服江雨寒隨她回台北。

不過她並沒有放棄，江雨寒出院之後，她就跟著回到山上的別墅小住，日日無時無刻、持之以恆地說教、勸導、洗腦、度化。

阿星和小鴻不堪其擾，藉口要去醫院探望麗環和小島田，順勢把承羽拖上車遠離別墅，圖個耳根清淨。

「我真佩服小雨欸，每天每天被人家這樣疲勞轟炸、精神折磨，她都能不為所動，還一臉恭順聆聽的樣子。我要是她，不用兩個小時就崩潰暴走了！」坐在後座的阿星感佩地說。

「難怪小雨個性這麼堅毅不拔，八成從小被這樣磨練出來的，果然能忍常人所不能忍！我也服了她了。」

負責開車的承羽聽小鴻這麼說，苦笑了一下。他大概猜得到小雨堅持不離開村子的原因，而那原因讓他內心隱隱作痛。

車子行經山下二號橋的時候，和對向兩輛深色轎車交錯而過。

「咦？那輛車……是阿凱兄弟的車吧？」阿星把頭探出車窗外，看著其中一輛名車的背影，覺得有點眼熟。

「開往這個方向，大概是要去找小雨？」小鴻猜測地說。

「還好我們溜得快，不用留在別墅看這兩個人大秀恩愛、活活閃瞎我們這些單身狗。唉！有個青梅竹馬又漂亮又會煮飯的女朋友，真的好讓人羨慕啊！」阿星不禁心生感嘆。

「欸欸！你說這種話，讓小良聽到可能會不太高興喔。」

小鴻口中的小良，是在片場工作的女同事，阿星愛慕的對象。

「嗚嗚嗚！好久沒看到小良了，我好想她啊啊啊……」阿星忍不住哀嚎起來。「這麼久沒回去，小良該不會已經忘了我吧？」

承羽回想起小雨剛進公司的時候，出色的外貌豔驚四座，引來眾多追求，但都被她客氣地婉拒了。妒恨於心的人因此譏誚她目無下塵、自高身價，甚至造謠詆毀她刻意保持單身的原因，是意在勾引正值青壯年的董事長，流言四起的結果導致董事長的夫人對她甚是反感，多次藉機想開除她。

現在承羽終於明白了，小雨拒絕所有人的示愛，並非自視甚高，而只是為了青梅竹馬的那個他。

他羨慕阿凱，也佩服小雨，能在相隔兩地的情況下這樣長久鍾情於一人；雖然這樣的羨慕之心有時強烈到令他痛苦，但既然小雨已把話說得那麼清楚，除了衷心祝福他們之外，亦別無他途。

「你們想回公司了嗎？我們回去吧。」承羽終於下定決心。

正當江雲蘭鍥而不捨地持續勸說江雨寒時，李松平的意外造訪讓她嚇了好大一跳。

看到李松平身後帶著兩個中年人，以及承德宮的繼任宮主蕭巖和阿凱站在大門外，她連忙殷勤地往裡面讓。

「哎呀！叔父您老人家怎麼親自來了，真是不敢當！快請裡面坐！」

「阿蘭，難得回來，卻不到我那裡打個照面，可是跟我見外嗎？」

李松平拄著枴杖緩緩走進客廳，蕭巖和阿凱各懷心思地跟隨在他身後，那兩名看似管家或保鏢的中年人則堅持守在客廳大門外，不肯入內。

「噯！是阿蘭的錯！我回來村子之後，本該先去向叔父請安的，可是又怕打擾到您，所以一直猶豫著呢！沒想到竟勞動您老人家親自過來，真是罪過！先父若是知道了，必定要責怪阿蘭對長輩禮數不周啊！」江雲蘭一臉歉疚，攙扶著李松平在沙發主位上就坐。

江雨寒看到阿凱出現，原本十分開心，但見同行的人竟然有蕭巖，她忍不住微微皺眉，同時心裡感到有些害怕。

蕭伯伯雖然不苟言笑、性情嚴肅，但之前對她還算不錯，她怎樣也想不到對方居然會抓她去獻祭！

「小雨！還愣著做什麼！快去泡茶給叔公啊！」江雲蘭轉頭吩咐。

「啊……是！」她依言去準備茶點。

走進廚房前，江雨寒忍不住回頭看了阿凱一眼，但是沉著一張臉、神色不豫的阿凱並沒有看她。安頓好李松平後，江雲蘭在沙發旁的小凳子就坐，以示不敢和長輩平起平坐的恭敬之意。

「叔父，請問景揚和秋棠呢？他們怎麼沒有一起來？」

「我命他們夫婦去國外投資置產，離開台灣好一陣子了。」李松平答道。

江雲蘭點點頭，轉向蕭巖寒暄：「蕭老大，好多年不見了！還沒恭喜你接任崇德宮的宮主呢！」

蕭巖垂著頭，默默無言。

「怎麼啦？臉色這麼難看，還有小凱也是，一臉不開心的樣子，是不想上姑姑這裡來嗎？你這孩子，枉費你小時候姑姑這麼疼你，長大就不認人啦？」江雲蘭察覺到他們之間不尋常的氣氛，故意這麼說。

「不是的，姑姑。」

阿凱勉強對江雲蘭笑了一下，而在看向左頰兀自瘀青腫脹的蕭巖時，眼神又恢復成冷若冰霜。

「到底是怎麼回事啊？」阿凱和蕭巖的神色讓她深感訝異。「對了，蕭老大你這臉是怎麼啦？腫得跟麵龜一樣，該不會是被人打的吧？這村子方圓百里四鄉八鎮的，誰敢在太歲頭上動土……」

正說著，江雨寒已端著熱茶和點心過來，在眾人面前擺放妥當之後，她自動在阿凱旁邊坐了下來。

李松平端起清香四溢的茶水喝了一口，緩緩地說：「我今天來，有兩件事要處理。第一件事，是領著阿巖上門賠罪。」

「賠罪？」江雲蘭困惑地打量著李松平和蕭巖，蕭巖的頭垂得更低了。

她所認識的蕭巖，年輕時是出了名的「鬼見愁」，行事作風剛硬粗殘，連鬼都怕他，一向只有別人向他討饒，從來沒有他向人家低頭的。

正大惑不解時，李松平告知她蕭巖日前抓小雨去麒麟瀑布獻祭、險些喪命的事，嚇得江雲蘭臉色大變。

「這這這這……怎麼能做這種事啊！蕭老大你……我們江家人和你無冤無仇，我阿爸甚至還對你有教導之恩、半師之分，你你你……」江雲蘭又驚又怒。「難怪我阿爸氣到跑來找我託夢，責怪我沒有照顧好小雨啊！」

「伏藏兄竟找妳託夢嗎？」李松平皓眉一挑，神色凝重地轉向蕭巖問道：「阿巖，我之前就告誡過你，不能妄動阿寒，你卻明知故犯……你自己說，怎麼向江家賠罪？」

蕭巖這才抬起頭來，面有慚色，「我真的是……非常慚愧。麒麟窟風水寶氣遭到破壞的時候，我擔心防空壕的惡靈順勢逃脫，情急之下，我利用阿寒進行『打生樁』。沒想到，我誤判情勢——麒麟窟竟存在一股奇異的力量，在風水被破後仍勉強維持著殘存的陣法。因為我的躁進和失察，差點害阿寒白白犧牲……我違背您老的指示，企圖傷害伏公後人，本該以死謝罪，但我尚有未完結之事，請容許我暫且自斷一掌，作為賠罪，等我做完該做的事，必定自我了斷，贖我罪愆。」

江雨寒聞言嚇了一跳，她雖然不能諒解蕭巖拿她當沉潭祭品的惡意行為，但卻仍認為對方罪不至此。

正想說話，李松平先開口了：「自斷一掌，未免便宜。」

「您的意思是？」蕭巖坦然問道，並無懼色。

「我要五指一掌。留一隻手，讓你完成該做的事，已是寬容。」李松平面無表情地說。

「是，多謝李老。」蕭巖立即應允：「我先斷左手五指，再斷左掌。」

他說得輕描淡寫，彷彿談論的不是自己的手。說完之後，他從外套暗袋取出一把十分鋒利的尖刀，眼看當場就要動手。

「等等等等一下！不用這樣吧！」江雨寒大驚失色，慌亂地看向江雲蘭：「姑媽！妳快阻止他們啊！」

「這……我……」江雲蘭雖然不樂見這麼血腥的事，但她身為晚輩，不便干涉叔父決定的事。

何況她也覺得蕭巖竟膽敢妄圖犧牲小雨來挽救其他村人的性命，若不讓他受點教訓也說不過去。

既然叔父願意替他們江家討回公道，那就這樣做吧！

眼見江雲蘭別過臉不作聲，江雨寒又轉向李松平求情：「叔公，不要這樣，為了我的事害蕭伯伯斷指斷掌，我實在過意不去……」

「阿寒，這是蕭巖該受的懲罰，妳別管。」

「可是，蕭伯伯以前救過我一命，也曾經幫過我的忙，這次的事就當扯平吧！」

李松平端起茶杯，垂著眼眸慢慢地喝著，似乎完全沒打算理會她。

蕭巖將左手掌攤在桌上，銳利的刀鋒壓住小拇指，切出一道深可見骨的傷口，隨著右手持續加壓的力道，鮮血在光潔的玻璃桌面溢流，並傳出尖刀銼磨骨頭的嘎吱聲響。

情急之下，江雨寒抱著阿凱的手臂搖晃，央求道：「阿凱！你幫我跟叔公求情！這樣我真的會一輩子良心不安的！」

對蕭巖失望透頂的阿凱原本不想干涉這件事，但看到小雨又著急又害怕的樣子，不由得心生不忍，於是轉頭對李松平說道：「既然小雨不喜歡這樣，那就算了！別害小雨心裡留下陰影。」

阿凱的話立刻發揮作用，李松平放下茶具，轉而徵詢江雲蘭：「阿蘭，妳怎麼說？」

「一切全憑叔父裁決，阿蘭不敢有意見。」江雲蘭賠笑道。

李松平輕嘆了一口氣，擺擺手，「罷了，看在阿寒為你求情的分上，你的左手就暫且寄放著。去吧！」

「是。」蕭巖收起尖刀，右手握著幾乎斷了一半的左小指，恭敬的起身退出客廳。經過江雨寒身邊的時候，他低聲說了一句：「對不起。」

蕭巖去後，李松平繼續說道：「還有一件極為重要的事。」

「請叔父指示。」

「是關於阿凱和阿寒的婚事。我想他們兩個也年紀不小了，是時候該結婚了，阿蘭妳說是嗎？」

阿凱聞言表情驀然一變，俊眉微蹙。

「呃……這……」

江雲蘭沒料到對方會突然提起小雨的婚事，惶惶然看了江雨寒一眼，只見她的反應同樣不知所措。

「妳難得回來，我們趁此機會議定他們的婚事吧！下聘該有的禮數，李家一項也不會少，我這就叫景揚夫婦立刻返台，然後正式到府上提親。」

李松平說得一副順理成章、理所當然的樣子，江雲蘭卻是聽得滿頭霧水、莫名其妙。她知道小凱和小雨是兩小無猜、青梅竹馬，但自從江氏一族匆匆搬離之後，他們兩人也很久沒有聯絡了。

原來在小雨闊別十年再回到村子的這段期間，她和小凱的感情已經好到要立刻結婚了嗎？還真是出人意料啊！

「叔父……這……」

「怎了？」李松平微瞇起眼睛看著她，語若寒冰：「妳有異議？」

「沒、沒、沒有！阿蘭怎麼敢有異議！」江雲蘭嚇得連忙說：「幸蒙叔父不嫌棄江氏寒微，那就恕我們高攀了，恭敬不如從命……」

李松平這才滿意地點頭微笑，「很好……」

「開什麼玩笑。」阿凱突然冷著臉站起來。「我們為什麼一定要聽從你們的安排？」語畢，他含慍帶怒似地離開了，剩下錯愕的三個人愣在原地。

1 Boil Line，指瀑布下方充滿白色氣泡的沸騰區邊界線。

第四十二章 風流雲散

阿凱和江雨寒的婚事告吹之後，江雲蘭態度更加強硬地逼迫她回北部。她本來就沒有讓小雨嫁入李家的冀望和打算，阿凱拒婚不從，那也無所謂——她相信憑小雨的容貌和條件，回到北部還有更好的選擇；況且拒婚這件事如果傳出去，小雨勢必會成為村子裡的笑柄，所以她覺得小雨還是乖乖跟隨自己回台北比較好。

詎料小雨的頑抗超乎她的預想，火力全開勸了幾天後，最終江雲蘭也不得不投降了。

「妳阿公仙逝前再三交代，江家人不得繼續住在村子裡。妳可以任性不聽話，我卻不能在這裡久留，我要回台北了，我的車就留在這裡給妳用，住在這種深山裡面，沒有車子要怎麼生活？」

雖然對姑媽很不好意思，但見到姑媽終於放棄，江雨寒大大鬆了一口氣。從小到大，她第一次這樣堅決反抗長輩的指令和安排，而且對象還是對她有養育之恩的姑媽，這幾天持續抗爭下來，她的心理壓力大到幾乎崩潰。

「這樣好嗎？我怕造成姑媽不便。」

「沒什麼不便，我自己搭高鐵回去，家裡還有妳姐姐們的車可以開，反正她們長時間住在國外，一年沒回來幾次，車子也是白丟著。」

「謝謝姑媽，那我載妳去高鐵站。」

「不用了，我已經打電話叫小凱明天早上來載我了。」她出人意表地說。

「阿凱？為什麼？」江雨寒感到困惑。

「我離開之前，禮貌上得先跟李家叔公打聲招呼，我不知道叔公如今在哪裡養老，所以請小凱載我去。」

「原來如此。」

隔天上午，阿凱的車出現在江家別墅的大門外。

他見到小雨，微微點頭致意，隨即替江雲蘭提起行李，轉身上車。

向李松平辭行之後，前往高鐵站的路上，江雲蘭有些歉然地對阿凱說：「你對小雨的態度，還是像小時候一樣冷淡呢。可小雨這孩子總喜歡黏著你，我也勸過她不要這麼死心眼，她卻怎麼講都講不聽，想必讓你十分困擾吧！」

「沒有，我不覺得困擾。」

「那就好。為了遵從小雨阿公的遺命，我軟硬兼施地強迫小雨跟我回台北，誰知她堅持不肯，最後把她逼急了，她竟然大哭起來，甚至還對我撂下狠話。我看著她長大，從沒見她在人前掉過一滴淚，這次反應這麼激烈，實在嚇到我了，我也不敢再勉強她。」

「她說了什麼？」

「她說她不要離開阿凱，如果一定要逼她離開，那就帶走她的屍體好了。小雨這孩子，表面上看起來柔弱恭順，其實性子剛烈，跟她媽一個樣子，話說得出口就做得到。我擔心萬一把她逼出什麼事來，我就成了江家的罪人了。我知道你不願意娶小雨，感情的事，我們這些當長輩的也不能勉強，但是請你念在小雨阿公的分上，費心關照她一下吧，就把她當成妹妹一樣照拂也好。也許是因為從小缺乏家庭的溫暖，所以長久以來對你特別依賴吧！想想也實在是可憐啊……那麼……小雨就交給你了……」江雲蘭長長地說了一大串。

等等，她在說什麼？

江雲蘭說話一向如同連珠炮，語速又急又快，內容又瑣碎又冗長，他一時無法完全理解對方的意思。

小雨說不要離開他，除非她死嗎？為什麼要說這種會讓他誤解的話呢？

江雲蘭返回北部不久，承羽及玉琴等人也收拾好當初帶來別墅的行囊，準備離開村子了。幾經商議，眾人決定合資聘請一位專業的看護，負責二十四小時照顧麗環，讓大家可以放心離去，沒有後顧之憂。

「真的很抱歉啊，小雨，因為我離家實在太久了，我家人無論如何都要叫我回去一趟，麗環只好暫時拜託妳了。」玉琴歉然地說。

麗環依舊昏迷不醒，且健康狀況越來越糟，身為麗環最好的朋友，她本不想在這種時候抽身離開，無奈抵擋不了家人給自己的壓力，再加上長期一邊照顧麗環、一邊趕劇本，她實在是累了。

「沒什麼，琴姐這段時間也辛苦了，接下來就交給我吧！我雖然不能一直待在醫院，但我會每天來看前輩的。」

「小雨，妳自己一個人留在這裡，真的沒問題嗎？」小鴻知道自己勸不動小雨跟他們一起回公司，但想到她一個年輕女孩子獨居在這樣的深山別墅，不免為她擔心。「我不是說妳們家的別墅鬧鬼，只是……好像有點怪怪的，我們大家都在的時候還沒關係，但今後妳一個人住在這裡，似乎不太安全啊！」

阿星白了他一眼，「要你瞎操心個什麼勁啊？人家小雨現在可是有個可靠的男朋友了，堂堂正牌神乩，輪得到我們替她擔心嗎？呿！」

江雨寒心中一陣酸澀，苦笑了一下，沒有分辯。

將大家的行李都放上車之後，承羽走到江雨寒面前道別——

「我們離開以後，妳要照顧好自己，有事就打電話給我。如果哪天妳改變心意，想回公司，我隨時可以來接妳。」他意有所指地說，態度一如往常般溫柔。

「謝謝你，組長。希望你和大家都過得很好，凡事順利。今後若是有我幫得上忙的地方，也請不用客氣。」她真誠地說。

「小雨保重啊，等我們有空，會再回來探望妳和麗環的！」

「妳煮飯很好吃，希望以後還有機會吃到妳親手做的菜！還有！我劇本生不出來的時候，妳千萬一定要救我！」

「要常常跟我們聯絡喔！」

眾人依依不捨朝她揮揮手，轉身上車。

她走到別墅大門外的陡坡目送他們遠去，直到組長的車影消失在蜿蜒的山路上，再也望不見的時候，她忽然覺得心底空落落的。

終究還是剩下她一個人了。

望著縹緲雲影、蒼茫遠山，她不禁有些愴然。儘管這是自己的選擇，但還是感覺好惆悵、好孤單……

過了一會兒，她突然想起來——自己並不是孤伶伶的一個人，她身邊還有麗環、還有小島田……還有阿凱。

雖然阿凱當眾拒絕和她的婚事，讓她難過了好幾天，不過阿凱的反應是意料中的事，她從未奢望阿凱娶她，不要像小時候那樣惹他嫌厭就已經很好了。

即使如此，她相信他們青梅竹馬的情分仍在，只要她別試圖越過那條界線，阿凱是不會遺棄她的。

江雨寒開著姑媽留給她的車，跑去大賣場採購大量營養補充品及住院時會用到的各種東西，接著前往醫院探望麗環和小島田。

負責照顧麗環的看護是醫院護理師介紹的，一位手腳麻利的中年婦女，看起來十分細心可靠。

小島田已經完成膝蓋十字韌帶的接合手術，雖然暫時還需要助行器才能勉強行走，但精神狀態很好，她便覺得放心多了。

看著小島田生龍活虎地把她帶來的餐點和蛋糕吃光光之後，走出醫院，時間已過中午。她猶豫了一下，終於還是決定去找阿凱。

站在大門外，她沒有像雷包、小胖他們那樣直接闖進去，而是規規矩矩地按了那從來沒人使用、形同虛設的電鈴。

客廳的門很快就打開了，阿凱似乎早就料知來者是她，所以看到她的表情並不訝異。

「妳怎麼來了？」

沒有什麼特別的事，只是覺得很想你。

她心裡這麼想，但知道不能說。

「我……」

正在想要找什麼理由當藉口，一個柔柔弱弱的聲音從客廳裡傳來——

「辰凱，是誰來了呀？看你跑得那麼快……」

一個美麗女子出現在阿凱背後。

江雨寒看著這位陌生的年輕女孩，不禁微微一怔，而對方看到她的同時也明顯愣住了。

「阿凱，這位是？」江雨寒忍不住好奇地問。眼前的人氣質婉約，舉止嫻雅，明顯來自教養良好的家庭。

「這是我阿姨的鄰居。」阿凱簡略地說。

這聽起來十分疏離的介紹詞，讓那名女子無奈地苦笑了一下。

「是楊小姐嗎？我好像聽伯母提起過。」江雨寒記得沈秋棠曾說過，阿凱的小阿姨家隔壁有一位楊小姐，幼年的阿凱第一次看到楊小姐時，還把對方誤認成她。

「嗯，就是她。妳來找我，有什麼事嗎？」阿凱問道。

「我……我答應過小島田先生，要經常以神樂歌舞奉祀安撫御神體中的神明大人，之前荒廢了好幾天，所以，我想……」

「原來是這樣。」阿凱神色黯然，眼底不著痕跡地閃過一絲失望。「妳自便吧！我要出門了。」

「你要去哪裡？」

「有點事要處理。」他轉向楊小姐問道：「妳要回家了嗎？我可以先送妳回去。就這樣偷跑出來，妳爸媽會擔心。」

楊小姐搖搖頭，「不用，我還不想回家。你去忙你的事吧，不要為我耽擱了。」

阿凱離開之後，她請江雨寒在客廳的沙發坐下。

「我小時候就聽辰凱提過妳的名字，很高興能和妳見面。我叫楊懷瑜，妳願意跟我聊聊天嗎？」楊小姐客氣地說。

「呃……好啊。」

楊小姐容貌極美，言談舉止非常優雅，令江雨寒頓生自慚形穢之感——跟對方那種仙女下凡似的氣質比起來，她似乎是太魯莽毛躁了。

聽起來，阿凱和楊小姐相識甚早，身邊有這麼一位人物存在，難怪他看不上自己……這般想著，江雨寒不禁悲從中來。

看到她完全寫在臉上的心事，楊小姐忍不住呵呵地笑了起來，聲似夏夜晚風中的鈴響。

「妳是不是在猜測我和辰凱的關係呢？請放心，我是無法對妳構成威脅的。」

「我沒有那個意思。」江雨寒連忙說，「我只是覺得妳很漂亮，我沒看過像妳這麼漂亮的人，心裡很羨慕。」

楊懷瑜一臉笑容可掬，「我才應該要羨慕妳，外表看起來柔弱，卻有著堅毅不屈的意志。以前我常在想，辰凱時時掛在嘴邊的江小雨，到底是個什麼樣的人呢？現在親眼見到妳，我總算可以放心了。」

對方所說的話，江雨寒一句都聽不懂。她不理解楊小姐為什麼要想像她是什麼樣的人，又為什麼放心呢？

正想問清楚，楊懷瑜已從沙發上起身，並穿上披掛在一旁的羊毛大衣。「我偷溜出來兩、三個小時，也該回家了。妳想去找辰凱嗎？我知道他去哪裡喔。」

江雨寒猶豫了一下，搖搖頭。「我也回家好了，我怕阿凱不想看到我。」

「沒那回事，妳去找他，他會很高興的。」楊懷瑜溫柔地說。「而且，如果是妳的話，或許能幫上辰凱也說不定。」

「真的嗎？」江雨寒頓時眼睛一亮。

楊懷瑜微笑著點頭，「去找他吧！不過在那之前，可以麻煩妳先送我回家嗎？」

「好！」

◇◇◇

今日久雨乍晴，阿凱獨自一人來到麒麟窟。原本上午就要來的，因為阿姨的鄰居突然跑來找他，不好丟下她就走，耽擱了一點時間。

午後溫暖的冬陽灑落在山谷裡，四周風物比前幾日明媚不少，但山風颯颯，仍帶來陣陣凜冽的寒意。

阿凱脫掉厚重的衣物，換上泳褲，準備潛入翻滾流裡一探究竟。

俊毅堅持要等法醫化驗結果出爐，再籌劃接下來的行動，但他認為應該盡早把困在翻滾流的屍骸打撈上來。

雖然他尚未親眼見到瀑布底下的情形，不過他相信老樹公所說——遇害的女孩遺體一定就在翻滾流中，若不盡快處理，情況將越來越糟。

走近潭邊時，聽到水流聲中夾帶著嗚嗚咽咽的聲音，聽起來像女子低泣哀鳴。

是雷晴、雅芙她們在哭嗎？

「阿凱哥！救命！救命啊！可馨好像被鬼附身了……現在我們到處找不到她們……我覺得很害怕，幫幫我們好嗎？拜託你，阿凱哥……」

上一次蔡雅芙為了黃可馨打電話向他求助，彷彿還是不久之前的事，言猶在耳，而如今她已跟她的其他夥伴一樣，變成被禁錮在深潭裡的冤魂。

還有雷晴——雷濤愛逾性命的妹妹，恐怕也同樣慘遭不測。

想到雷濤的心情，他就覺得很難過。

阿凱嘆了一口氣，在適度暖身之後，看準翻滾流的位置，躍入水中。

飛瀑下沖造成的強大量能立刻將他往潭底拉扯，他放鬆身體，順著呈現鉛直迴轉的水流向底部潛泳。

瀑布下方不見天日，漆黑一片，他雖感覺到四周似乎有些影影綽綽的魆黑物體，無奈實在看不清楚。

正想設法上岸，突有一道亮光由遠方緩緩游過來，在翻滾流的外圍水域靜止不動。

從那似曾相識的光芒看來，彷彿是小雨落水那天以身體托住她的那條銀白色大魚？

「我不知道你為什麼幫我，但是謝謝你！」阿凱在心中默禱。

藉由這抹閃閃爍爍的鱗光，他看清了四周的物事——

一顆顆連著長髮的頭顱伴隨著他在水流迴圈中往復旋繞，浮腫發白的臉皮依稀可辨生前容貌，本該闔上的眼睛卻是睚眥欲裂地大睜著，看著他的眼神充滿怨毒。

阿凱心中乍然一驚，隨即心底了然，當下順應水流下潛至底，然後沿著潭底往下游的方向平潛游出，成功脫離翻滾渦流。

因憋氣太久的緣故，他半跪在岸邊，氣喘吁吁，忽然一條溫暖的毛毯自後方輕輕覆蓋住他的肩膀。

那毛毯上的香氣，讓他不用回頭也知道是誰。

「小雨，妳為什麼來這裡？」

「楊小姐告訴我，你在麒麟窟。」

江雨寒繞到他前方，正想把毛毯拉好、將他整個身體包起來的時候，突然看到他胸前有個黑色的掌印。

「這……這是怎麼回事？你受傷了？」她緊張地伸手撫摸那個掌印，雖然看起來形狀瘦長，但還是比她的手掌大了許多。「會痛嗎？怎麼會這樣？」

阿凱立即抓住她的手。

「啊！對不起！我只是擔心你……」她覺得有些不好意思，連忙用毛毯將他裹緊。「山風刺骨，你快點把身體跟頭髮擦乾，穿上衣服吧！」

為了迴避，她走到一旁的枯林裡，假裝四處看看；等阿凱穿好衣服，她才走回來。「你剛才潛下深潭，有什麼發現嗎？村裡那些女孩……」

阿凱明白她想問什麼，神色黯然地點點頭。

「無端慘死，且屍骸不全的人，怨氣過重，一時無法強行打撈，恐怕要先消除怨恨，才能為她們收屍。」

江雨寒聞言，心中不禁一陣難過。她和那幾個女孩子非親非故、素昧平生，談不上有什麼切膚之痛，只是聽聞她們無端慘死，不免令人傷悲。

「小島田告訴我，她們是被一隻妖狐虐殺，為什麼村子裡會出現這種妖怪？又為什麼要殺害那些女孩子呢？」

「妖狐的來歷，我目前還不清楚。很久以前就曾聽人說東南山區有狐仙出沒，沒想到竟是如此凶殘的妖怪。」阿凱嘆了一口氣。「我們先離開麒麟窟吧，午時已過，妳在這裡逗留會有危險。」

下山的時候，阿凱怕山路崎嶇不好行走，主動攙扶著她。

江雨寒雖然自認不用他協助也可以健步如飛，不過並沒有拒絕他的好意。

走到一半，她忽然想起一件事：「阿凱，你會覺得這座山很奇怪嗎？」

「妳是指？」

江雨寒環視四周，「好像太安靜了。雖然是冬天，但連半點蟲鳴鳥叫的聲音都沒有，實在很不尋常。而且你看，雜草長得很茂盛，可是林子裡的樹木、竹叢都乾枯了，連麒麟窟的樹林也是，這是為什麼呢？東南山區一向雨量豐沛，特別是麒麟窟，麒麟瀑布水流終年不斷，照理說不應該會這樣。」

「我也不知道。但山神告訴過我，這座山快要死了。」

「快要死了？什麼原因呢？」江雨寒不由得停步，細看周圍的樹林，但一時看不出端倪。「午後的山區不宜久留，我明天早上再來看看好了。」

「明天我跟妳一起來。」

「你要跟我一起來？真的嗎？」

「嗯，我也想一探究竟，山神不能死。」他一定要想辦法拯救老樹公。

江雨寒開心地笑了，即使阿凱是為了其他的原因才與她同行，她也很高興。

抵達山腳墓園之後，兩人走向各自開來的汽車，準備回家。

阿凱的手機在這時冒出數則未讀訊息，其中一則是承羽幾個小時前傳給他的，因為麒麟山上沒有訊號，所以現在才收到。

阿凱：我和同事們今天要回公司了，而小雨堅持一個人留下。對她，我從來都不想放手，但卻再沒有握緊的理由。我知道，我的關心對她來說，只是沉重的負擔，為了不讓她為難，我只能選擇離開。今後，就拜託你照顧小雨了。你和小雨若有任何需要幫忙之處，請不用客氣，儘管與我聯絡，定當效力。承羽

看完內容後，阿凱微微一愣，立即轉身攔下已經發動車子的江雨寒。

「妳現在要去哪裡？」

「我要回山上別墅。」

「為什麼不告訴我，大家都走了，只剩妳一個人？」

「呃……」江雨寒怔了一下，她不知道為什麼要告訴他這件事，也沒想過要告訴他。

「下車，妳跟我回家！」阿凱不容拒絕地說。

夜裡，被阿凱不由分說地拎回李家的江雨寒，躺在阿凱隔壁房間的床上，因日間前往麒麟窟跋涉勞累，很快就睡熟了，並且做了一個夢。

她夢見二姑媽在江氏舊宅的小園裡和阿公講話。

阿公神態仍是當年的模樣，坐在矮凳上，手中拿著一把小花鏟，慢慢地把幾顆球莖種在土裡，一旁泥地散落數株見花不見葉的紅花石蒜。

江雲蘭表情恭謹地侍立在側。

她的外貌十分年輕豔美，在江雨寒的母親來歸之前，素有山村第一美女之譽，雖然難掩細微的歲月痕跡，但五官姣好、風華正盛。

「突然要妳大老遠回來一趟，辛苦妳了。」

「阿爸別這麼說，阿蘭不能晨昏定省、盡人子之禮，還要阿爸特地打電話才回來，是阿蘭不孝。」

「我大限將至，有些話，不能不先囑託妳。」江伏藏語氣平和地說，言談之間，手上栽種球根的動作並未稍停，彷彿只是在閒話天氣般。

江雲蘭聞言，卻是神情遽變。「阿爸！阿爸老當益壯、龜齡鶴算，怎麼好端端地說起這種話……」

江伏藏左手微抬，打斷她的話。

「自古窮通有定、壽夭有命，自然之理。」他種完那幾顆紅花石蒜的球根，雙手輕拍，撣去指尖的泥土。「我畢生不計利害，為所當為，既盡人事，臨終時也沒有什麼好牽念，只掛慮一點。」

江雲蘭聽到這裡，已是淚流滿面。「阿爸有什麼要交代的，只管說，阿蘭雖然不賢不肖，但一定豁盡全力。」

「那個雖有父母，卻形同孤兒的可憐孩子，我是看不到她長大了。」江伏藏嘆了一口氣。「妳大姐雲蘅對阿寒的母親穎華銜恨入骨，因此對阿寒也不懷好感；雲蒼自從遭受雲峰和穎華之事打擊，灰心喪志、形同廢人；其餘親戚也多嫌著這孩子，實在無人可託。若將來雲蒼果真遺棄阿寒，妳務必收留她，好生教養。」

「阿蘭知道，我一定把小雨當成我自己的女兒……不！我一定對她比對我自己的女兒還好！阿蘭可以對天發誓！若有違此誓，天地不容！」

「我知道妳素來憐憫這孩子，才敢把她託付給妳，但也別寵壞了她。」他抬頭注視著江雲蘭，眼中滿是慈愛。「這大概是最後一次見到妳了，妳雖然早孀，但夫家顯貴，兒女又皆成器，對妳的將來，我沒有什麼不放心的。」

「阿爸……」江雲蘭悽愴得說不出話來。

「我死之後，你們要盡快離開村子，有生之年不可再回來。我已委任松平斷我江家地脈，以免禍貽子孫。唉！以我一人之故，這百年大族……就此風流雲散了。」

「阿爸別這麼說！阿蘭雖愚昧，也知覆巢之下焉有完卵，族人終會明白您的苦心的！」

他微微頷首，「妳去吧，去和妳的兄弟姐妹見見面。」

江雲蘭雖然捨不得離開，但不敢違逆父親的意思，只得答應著去了。

江伏藏從地上拈起一枝盛開的紅花石蒜，若有所思的樣子。

遠遠立於花蔭的江雨寒看著那枯槁蒼老的身影，感到萬分懷念，顧不得自己是在夢裡，快步走向前去。

第四十三章 空山靈語

「阿公！」江雨寒跑到祖父面前，像小時候一樣喊他。

江伏藏抬頭一見，先是睜大雙眼，接著眼中泛出了淚光。

「妳是……阿寒？阿寒啊！」

聽到這十幾年不曾再聽過的熟悉聲喚，江雨寒忍不住撲向江伏藏，緊緊抱著他。

「阿公！」

這就是她的阿公，當年那個不管她犯了什麼錯、總是寬容慈愛地庇護著她的阿公。就算是做夢也好，她真的好高興可以再見他一次，再抱他一次，就像小時候那樣。

「阿寒，真的是妳！」江伏藏有些激動，顫抖不已的雙手握緊江雨寒的肩膀，仔細端詳她的臉。「天可憐見，竟能看到妳長大成人的樣子……但是，妳的元靈出竅到這裡來，還有妳臉上的刀傷，莫非……那位異族神明施加於妳的詛咒，終究是封不住了？」

江雨寒蹲了下來，握著江伏藏猶自顫抖的手，「阿公，我不明白你的意思……什麼詛咒？我現在不是在做夢嗎？」

在她的追問下，江伏藏告訴她，當年她的母親懷她時，因受惡鬼引誘而誤入防空壕，雖然他的弟子蘇雲峰捨命救出她母親，但腹中的胎兒竟意外獲得一股來自異族神明的力量。

「阿公，你說的異族神明，是指曾經被奉祀在北村神社的那個日本神祇嗎？我看過祂，祂好像瘋了，癲狂無狀，我臉上和大腿的疤就是被祂砍傷的。」

江伏藏憐憫地輕撫著她左頰那道傷痕。

「雖是癲狂，其情堪憫。當年台灣民間私設神社的情形普遍，北村神社建立之後，那一帶的村民非常虔敬地奉祀膜拜，不因是外來神祇而有差別之心。我年輕時曾見過這位神明一次，確實是一位正直善良的正神，由於村民十分仰賴親近祂，祂亦真心護祐當地百姓、視民如傷；地處偏僻、土壤貧瘠的北村因有神明庇蔭，也曾經繁盛一時。後來戰爭發生，北村村民絕大多數死於轟炸，那位神明為此深自咎責，導致神識崩壞，墮入魔道。神社炸毀、北村荒廢之後，便不知所蹤。沒想到，祂竟和防空壕的惡靈有所勾結，並將自己那可怕的神力，加諸於妳身上。」

「那是什麼神力？」

她想起那位荒魂大人將神力賜予她前世的魂魄時，也曾說過要她帶著祂的力量再入輪迴，但她到現在仍搞不清那到底是什麼力量。

「對他人的苦痛感同身受的能力。這種能力極其殘忍，即使是那位神力宏大的異族神明，都因為承受不了這種痛苦而導致自己神識崩壞，何況妳只是肉體凡軀。」他慈愛地摸著她的頭，凝望的眼神流露不忍。「為了消除這個詛咒，我和松平想盡辦法，甚至遠赴日本多年，尋求奇能異術，最後只能勉強將那種不祥的力量封印起來。但如今看來，封印已經失效了？妳是因為感應到我對妳的懸念，所以來到這裡嗎？可憐的孩子，終究沒能擺脫詛咒，一定活得非常痛苦……」

江雨寒搖搖頭，「我不知道自己為什麼跑來這裡，還以為是在做夢。我也完全感覺不到阿公說的那種力量，一點都不痛苦，阿公不要擔心。」

「真的嗎？那就好、那就好！聽妳這麼說，我就能放心離開了。」江伏藏甚感安慰地拍拍她的手。「孩子妳聽著，因命數使然，無力回天，村子將來必逢大難，妳隨族人遷徙之後，千萬別再回來！」

她聞言悚然色變，「那阿凱呢？我可以逃得遠遠的，但阿凱因為神誓的束縛不能離開村子，他怎麼辦？」

江伏藏沉默許久，垂眸長嘆。

「那是……阿凱的宿命。」

「不對！那不是阿凱的宿命，那是我的宿命！阿公！我都已經知道了，阿凱會成為神明的乩身，是為了代替我啊！」江雨寒的情緒突然激動起來。「阿公你說村子將逢大難、無力回天，那代替我留在村子裡的阿凱，是不是只有死路一條？」

江伏藏以大掌掩面，似乎不欲多說，江雨寒卻硬是把他的手拉下來，繼續追問——

「阿公！你告訴我，阿凱留在村子裡會怎麼樣？」

「這……」

「你一定知道對不對？你不敢告訴我，是因為阿凱會死，對不對？」她眼中蓄含已久的淚水突然潰堤。

江伏藏嘆了一口氣，眼圈漸漸發紅。「……我盡力了，但事態已經不是我能控制。到最後，我唯一能做的，只剩下保住江氏一族。天意如此……」

「這是什麼天意？讓阿凱代替我死，算什麼天意！阿公，我們怎麼能這麼自私？應該死的人是我，不是阿凱啊！」她緊緊拉著江伏藏的手，痛哭流涕。「我應該背負的天命，為什麼要由阿凱承擔？阿公，為了讓我活命，卻犧牲阿凱，你的良心過得去嗎？從小你不是這樣教我的！」

「**非己所安，不加於物**」，這是小時候阿公給她的庭訓，至今時刻在心，她不解阿公為什麼違背自己對她的教誨？

「孩子，妳冷靜聽我說。當初，我同意讓阿凱李代桃僵，並不只是為了妳而已。阿凱九歲那年遭逢大劫，差點喪命，妳應該還記得？」

她用手背胡亂擦掉滿臉的淚水，點點頭。

「那原是阿凱命中註定的死劫，但因為他幼年就自願代替妳成為神乩，北辰帝君護祐自己的乩身，以神力為他延命。如果他沒有代替妳，早已夭折亡故；將來為妳而死，也不過是因果使然。」

「……因果？」

「『欲知前世因，今生受者是；欲知來世果，今生作者是』。苦樂等受，皆是業報；福禍萬般，無非因果。村子即將降臨的大劫，亦是因果業報，非人力所能扭轉。」

「可是……可是……我不能讓阿凱為我而死！我不能接受！阿公，你想辦法救救他好不好？」她抓緊江伏藏的手，苦苦哀求。

「我說過了，那是宿命。死生有命……」他無奈地說。

江雨寒驀然跪下，「阿公，我知道你一定有辦法，請讓我代替阿凱，我願一命抵一命，拜託你！讓我代替阿凱！」她跪伏在泥地上，朝著江伏藏連連磕頭。

「傻孩子……」

夜深人靜，阿凱的書桌上疊滿卷帙浩繁的《道藏》，一人獨坐翻閱。只見他眉尖若蹙，顯得心事重重。

他想起今日在瀑布下方所見頭顱，因死者生前的龐然怨氣蓄積之故，即將形成「厲首」一類的妖物，若不設法消除，勢成大患。但他一向只知道使用強硬的手段降妖驅魔，不知道如何為那些不幸慘死的女孩們消除怨恨，所以想從道門典籍找尋相關咒術。

然則道法浩瀚無窮，他翻找了許久，仍是毫無頭緒。

正微微發愁，忽聞隔壁房間傳來微弱的啜泣聲，令他心頭一震。

他立即起身走至江雨寒門外，凝神諦聽，驚訝地聽到房裡有嚶嚀低泣之聲，斷斷續續，但十分清晰。

遲疑了一下，他抬起手輕敲房門——

「小雨，妳還沒睡嗎？」

因日間來回跋涉地形崎嶇的麒麟窟，消耗許多體力，過度勞累，她吃晚餐時差點趴在飯桌上睡著，所以他以為她早就熟睡了。

房中並無回應，唯有幽微的哭聲夾雜著低吟，似乎在泣訴什麼。

阿凱心裡擔憂，也顧不得其他，用力敲擊房門三下示意之後，逕自開門進入。

燈一亮，只見江雨寒好端端地躺在床上，闔目猶睡，卻是蛾眉緊擰、淚如泉湧，雙手握拳使勁抓著棉被，口中激動地囈語不休——

「……阿公！拜託你！拜託你！阿公……你一定有辦法！阿公……」

見她在睡夢中哀哀哭泣，哭到連披散在枕上的長髮都濡濕了，而且神情異常痛苦，阿凱連忙將她喚醒。

「小雨！妳做惡夢了嗎？醒一醒！」他坐在床沿，握著她的肩膀使勁搖晃，總算把她從深沉的夢境搖醒。

江雨寒睜開婆娑淚眼，一看到阿凱，驀然撲上來，緊緊抱住他。

「阿凱！阿凱！」

「怎麼了？」他輕輕拍撫她顫抖不已的身軀。「不要害怕，我在。」

「阿凱，不要離開我！」

她摟緊他，小臉深埋在他頸間，狀似絕望地嗚咽痛哭。他立刻感覺肩膀一陣濕潤——氾濫成災的眼淚甚至浸透了他的衣服。

見她極度悲痛且恐懼不安的樣子，阿凱想起小時候將她一個人遺棄在廢墟的事，不禁心疼地抱著她，「我不會離開妳，別怕。」

***

不知是否因為日間過度疲勞加上哭累了，縮在阿凱懷中啜泣的江雨寒，竟在不知不覺間沉沉睡去。

她的眼角猶帶殘淚，晶瑩的淚滴水光熠熠；白皙的臉頰上蜿蜒著一道傷疤，但並不醜惡，在銀色月華下看起來白裡透紅，像一朵淡粉微染的吉野櫻。

雖然睡著了，她的雙臂卻仍緊摟著阿凱不放，彷彿怕他會在夢中消失一樣，他也就繼續抱著她。

低頭看她安心依偎在自己懷中、狀似眷戀的樣子，阿凱深深感到困惑。

他實在不懂她的心。

那天在病房外聽到她所說的話，他原以為小雨最終還是選擇一直溫柔陪伴在她身邊的承羽；但從對方傳給他的訊息看來，無疑承羽亦同樣遭到拒絕。

或許他和承羽兩人都無法獲得她青睞、也或許她另有愛慕的人，但既然不接受他，為何寧死也不肯離開？

「……小雨這孩子總喜歡黏著你，我也勸過她不要這麼死心眼，她卻怎麼講都講不聽……她說她不要離開阿凱，如果一定要逼她離開，那就帶走她的屍體好了！」

小雨的姑媽曾對他這樣說。

他不明白，小雨對他那近似眷戀的依賴，和逾於常態的關懷，究竟是出於愛情、友情，還是親情？

但不管答案是什麼，都無所謂——無論小雨是否喜歡他，他知道自己早已放不開。

阿凱就這樣輕擁著纖巧玲瓏的嬌軀，馥郁幽雅的馨香在鼻息間縈繞，隨著呼吸的頻率一再撩動心弦。

窗外殘月漸次低垂，懷中人香夢沉酣，他卻全無睡意。

雖然兩人之間隔著衣服，但因江雨寒身上只套著一件臨時跟阿凱借來當睡衣的薄T，其餘衣物都拿去洗了，所以當她全身重量壓在他身上的時候，他能清楚地感受到她的柔軟。

他不由自主回憶起當日和她受困在麒麟窟的事。

……有道是「白沙在涅，不染自黑」，他一定是被小島田那個思想不潔的傢伙傳染了，才會情不自禁地想入非非。

阿凱嘆了一口氣，拉高被子替江雨寒蓋妥，無奈地繼續望著天花板。

此時正坐在病床邊緣打盹的小島田突然噴嚏連連。

他莫名其妙地揉了揉鼻子，「哎呀？怎麼會打噴嚏了呢？是貓毛的關係嗎？」

回頭看看仰躺在應屬於病人的位置上睡成大字形的貓咪神使，他感到欲哭無淚。

動身往麒麟山之前，江雨寒下廚準備了一頓豐盛的早餐。

雖然只是家常清粥小菜，精緻小巧的菜碟卻也擺滿整張餐桌，菜色有：金沙綠筍、香菇鑲肉、毛豆雞丁、三鮮鴿蛋、甜椒炒蛋、三絲牛肉、糖醋魚片……總共十來道。

阿凱走進香氣四溢的飯廳時，不禁愣住了。

「早餐而已，隨便吃吃就好，不用這麼費事吧？」

「一點也不費事，而且我喜歡做菜給你吃。」她裝滿一碗用鴨肉和鴨子骨架熬成的粥遞給他。「昨天晚上我太累了，只能隨便煮個湯麵，對你很不好意思。」

「沒有關係，不管妳煮什麼都好吃。」

「如果你喜歡的話，我願意為你煮一輩子。」

低頭用餐的阿凱詫異地抬頭，只見江雨寒猶自浮腫泛紅的雙眼隱含淚光。

「小雨，妳……」

「你慢慢吃，我已經吃過了，先去整理要帶上山的東西。」為了不讓阿凱看到她溢流不止的眼淚，她匆匆找個藉口離開飯廳。

等到阿凱吃完早餐，開車載她上山的時候，她已神態如常，臉上甚至罕見地略施淡妝，試圖遮掩昨夜痛哭的痕跡。

小雨的姑媽曾對他說，養育小雨這麼多年，從未見她掉過一滴淚，即使是當年她爸爸故意遺棄她的時候，她也沒有哭。

這麼堅強——或者該說是好強、不輕易在人前示弱的小雨，昨夜為了什麼哭得那麼傷心？到底夢見什麼呢？

阿凱心中充滿疑問，但看她一副刻意偽裝成若無其事的樣子，他知道就算問了，她也不會說的。

他從小認識的小雨就是這樣，不論遇到什麼難堪的、悲傷的事，都默默藏在心裡；小時候他經常欺負她，她明明很難過，卻總是在每次見面時用一張笑臉對著他。

幼年時覺得過度乖巧柔順、宛如沒有知覺的洋娃娃一樣的小雨很討人厭，長大後才發現，她堅強得令人心疼，可惜大概太晚了——

她雖然嘴上不說，但心裡一定清楚記得自己曾經如何欺凌過她。這應該就是她之所以不願意跟他在一起的原因吧！

想到這裡，阿凱不自覺嘆了一口氣。

伯公生前常教導他：「欲知前世因，今生受者是；欲知來世果，今生作者是」，如今他正以切身之痛領悟這個道理，真的是報應不爽，自作孽不可活……

「阿凱，怎麼了？」坐在副駕駛座、望著窗外風景的江雨寒聞聲轉頭看他。

「沒事。」阿凱有些無力地回應。

「你胸前的傷會痛嗎？有沒有去看過醫生？要不要緊？」她以為阿凱突然嘆氣是因為胸痛的緣故。

「沒什麼。」雖然妖狐在他胸前留下掌印，但有神尊護體，不為大礙。

「真的沒什麼嗎？」她愁眉深鎖，憂形於色。「你可不能騙我，我一直覺得很擔心，那個黑色的掌印看起來好可怕，我陪你去醫院檢查好不好？」

她深切的關懷讓他心中一陣悸動，但隨即告訴自己別再自作多情——待人溫柔和善是她天生的個性使然，並不是對他有什麼特別的情愫。

「不用了。」

「喔。」雖然放心不下，但阿凱淡漠的語氣和表情告訴她——他不想繼續這個話題，所以她也不敢再多說。

小時候，疼愛她的阿公事事庇護著她，所以她不懂得看別人的臉色，總是任性妄為，就像她因為喜歡阿凱而一直死纏著他，從來沒想過自己的行為是否會帶給他困擾。阿公逝世後，爸爸也棄她而去，備嘗世情冷暖的她才學會察言觀色。

車子行經險降坡的時候，她猛然想起一件事，連忙請阿凱停車。

她指著懸崖邊的蘆葦叢，「那邊有時候會出現一個幽靈，你知道嗎？」

阿凱看向她所指的地方，搖搖頭，「不知道。」

荒山野嶺浮游靈體原本就很多，只要「它們」不作惡，他不會去注意這種小事。

江雨寒告訴他，蕭巖把她綁去沉潭獻祭那天遇到的少年阿兵哥之事。

當對方抓住她的手時，她曾隱約感應到那位阿兵哥腦海中殘存的影像，可惜被蕭巖打斷了，不然她應該可以知道阿兵哥幽靈口中念念不忘的「阿姨」究竟是誰。

看到那個淒慘的幽靈那麼執著的樣子，她真的好想幫他，說不定心願達成之後，他就可以成佛了，不用繼續在這荒林山野間徬徨。

可是那天他被蕭巖嚇到逃之夭夭，不曉得還有沒有機會再遇見？

「我沒聽過這件事，但如果是妳說的那個年代，我阿公可能知道，回家後幫妳問問。」阿凱說。

「謝謝你，阿凱！」不管遇到什麼事情，阿凱總是幫著她。

「不用客氣。」

到達麒麟山後，兩人並行在翠澗狹徑。

由於數天前才進行大規模搜山，原本草木莽莽、枝蔓橫生的山路幾乎被踏平，行走起來並不困難，但阿凱還是謹慎地緩步慢行。

她知道以阿凱的身手，以及他對這片山林的熟稔，大可行步如飛；見他不著痕跡地配合她的腳步，江雨寒心裡十分感激。

四周風光晴好，亮晃晃的日光朗照山野，山徑兩側叢生的月桃和蓮蕉各自綻放粉白豔紅的花朵，生意盎然的攀藤植物也紛紛開著蒼綠的細碎小花，在樹梢枝頭隨風搖曳，時時散發清雅幽香，一派靜謐祥和的景象，彷彿什麼事都沒發生過。

江雨寒看著周圍的景色，隱約覺得很不對勁，但又說不上來哪裡不對。

「阿凱，我能和你昨天說的那位山神大人見面嗎？」

阿凱搖搖頭，「老樹公的氣息非常微弱，而且對於我的呼喚沒有回應，可能是因為傷勢沉重，無力現形了。」

「那還真糟糕，我們一定要趕快找出這座山瀕臨死亡的原因。如果麒麟山恢復正常，身為山神的老樹公一定也能好起來吧！」

「希望。」他面露愁容。除了老樹公之外，同時也為另一件事感到憂心。「我們再去麒麟窟看看情況吧。」

「好。那些困在瀑布下方的遺體，真的沒有辦法打撈上來嗎？讓她們一直泡在那裡也太可憐了。」

「死於非命的人怨氣奇重，加上麒麟窟的特殊地形和風水，在深潭中凝聚成一股惡煞，若不先消除她們的怨念，強行打撈，恐變『厲首』作祟。」

「厲首？」她第一次聽到這名詞。

「人死後的怨念和戾氣集中在頭部，配合地氣作養，就會化成像防空壕裡那種人頭狀的妖怪。」

「原來防空洞裡的那些怪物真的是人的頭顱。」她頓時感到毛骨悚然、頭皮發麻，想不通以前企圖獨闖防空壕的勇氣到底是誰給她的。「那要怎麼消除她們的怨恨呢？她們死得那麼淒慘，一定很不甘心……」

「一般來說，為亡者舉辦超薦拔亡的法事，有助於解冤釋怨，但麒麟窟的情形非同尋常，要是施法者道行不夠，會造成反效果。」

「如果需要進行超薦拔亡，曾經在寺院修行的小島田先生也許可以幫忙，可惜他的腳受傷了，麒麟窟的路這麼崎嶇，不便請他前來。」

「那傢伙……」一提到小島田，阿凱腦海瞬間浮現一些不好的回憶。

「怎麼了？聽你的語氣，好像不太喜歡小島田先生。」江雨寒驚訝地抬頭看著他。

「……別跟那個思想不潔的傢伙走太近，會傳染。」

看阿凱認真蹙眉的樣子，引得她不禁笑了出來。

「怎麼會呢？小島田先生是很好的人。你還在為了巫女服的事情生氣嗎？小島田先生有特別跟我道歉，他說他不小心拿錯了。」

「拿錯？」阿凱眉頭皺得更緊了。「……反正妳離他遠一點。」

江雨寒笑了笑，沒說什麼。

她也不知道小島田先生從哪裡變出造型那麼奇特、完全不合身的巫女服，不過她相信他沒有惡意就是了。

越接近麒麟窟，颯颯山風越發嚴寒刺骨，江雨寒不自覺拉緊身上的外套和圍巾。

風聲夾帶水聲持續不斷颳過耳畔，風勢猛時如吼如怒，風勢弱時則如泣如訴。

忽聞一陣清脆的鈴聲自山谷深處傳來，兩人不禁相視一眼，很有默契地加快腳步趕往麒麟窟。

他們遠遠看到蕭巖在潭邊空地設置了道壇，穿戴著火居道士的道袍、法冠，手持三清鈴，朝向瀑布的方向唸唸有詞。

他念誦的音量不大，但大概是山風助響，偶有一些片段傳入江雨寒耳中。

「他在念什麼？」雖然他們距離道壇頗遠，但她唯恐驚擾對方，刻意壓低聲音。

「《七神赦罪咒》。」阿凱凝望瀑布下方呈現黑色的深潭，神情有些複雜。「他想淨化麒麟窟。我們走吧！」

雖然如今他對蕭巖十分反感，但仍不得不承認，對方在建醮超拔等各類科儀、經懺方面的能力，他是望塵莫及。蕭巖既已出手，就無須他多事。

阿凱帶著江雨寒離開麒麟窟，循著來時路往回走。

「凱，為什麼不跟蕭伯伯打聲招呼？既然我們的目的一樣，也許我們可以在旁邊幫忙……」她抬頭望著他。

「我不想看到他。」阿凱冷冷地說。

「是……是因為我的關係嗎？」江雨寒顯得有些怯然。

小島田告訴她，蕭巖把她推下麒麟瀑布的時候，阿凱狠狠地揍了他師父一拳，並且揚言從此師徒二人恩斷義絕。

她不敢相信阿凱竟為了她和自己的師父斷絕關係，但這件事如果是真的，她會覺得非常良心不安。

她不能諒解蕭巖企圖犧牲她的冷血行徑，可是也不希望阿凱因她而師徒反目，因為她感覺得出來，蕭巖雖然對阿凱很嚴厲，但同時也十分愛護他，要是阿凱哪天遇到危險，身為師父的蕭巖一定會設法保住他的。

「那個人罪不可恕。」

想起蕭巖將小雨當成人柱的事，阿凱怒上心頭，神情冷肅。

若非念在多年師徒恩義，他對蕭巖的恨必不是區區一拳就可以勾消。

他那罕見的可怕表情，讓江雨寒忍不住拉起他的手，柔聲勸道：「不要為了我的事生氣，你看我現在不是好好的嗎？既然我沒事，你也不要再責怪蕭伯伯好嗎？」

「凡是傷害妳的人，我絕不原諒。」

「我自己怎麼樣都沒關係，我一生所求，只有阿凱平安無事而已。」她由衷地說。

阿凱幼年遭逢大劫、差點喪命之時，她曾向北辰帝君許下願心，希望用自己的命換阿凱無恙，至今初衷不改。

「小雨……」

阿凱不自覺握緊她那柔若無骨的小手。正想說話，霎時驚風驟起，天空倏忽暗雲密布，大有風雨欲來之勢。

悽惻的陰風夾帶穿林度葉而來的不明呢喃，聲如細絲般鑽入耳膜，刺心鉞肺。

「這是什麼聲響？」江雨寒悚然一驚。

「山靈的聲音。」

阿凱口中的山靈，泛指深山老林間的各種精魅魍魎。

「鵂鶹歲久能人語，魍魎山深每晝行」，在這遺世獨立的荒山絕嶺，時有成精的山鬼林怪出沒，往往會現形捉弄誤闖入山的人們，甚至是把人誘拐到匪夷所思的地方去。

那些山鬼林怪被村民稱為「魔神仔」，每當有人在山上迷路失蹤，他們就會說是被「魔神仔」帶走了。

對經常協尋被「魔神仔」帶走的人的阿凱來說，這些超自然現象早已是司空見慣。正欲捻訣施咒鎮壓，江雨寒卻急忙阻止——

「先不要，我想聽聽看山靈在說什麼。」她側耳傾聽風中傳來的訊息。

第四十四章 裂軀之女

山靈之聲藉著風力傳來，卻也在凜凜朔風中破碎散逸，細語紛雜不成片段，她雖豎起耳朵、集中心神諦聽，仍然聽得不甚清楚。

江雨寒困惑地偏著頭，臉上露出若有所思的神情。

「聽到什麼？」阿凱輕聲問道。

從小修習的咒術雖然可以有效鎮壓、驅除山靈，但無法讓他和那些精怪溝通，他也從來沒有想過要去理解「它們」在說些什麼。

「……那聲音好像小嬰兒在學說話的樣子，我聽不懂，只有聽到幾個一直重複的字眼。」江雨寒猶疑地說。「好像是在說『很暗』、『好暗』、『好暗』……」

「好暗？」阿凱下意識環顧四周。

此時風勢疾勁、雲捲如濤，原本亮麗的陽光在雲翳之下顯得有些黯淡。

她也跟著四下張望。「是指哪裡很暗呢？」

只見有著羽狀細葉的銀合歡處處叢生，白色的頭狀花序在淡淡日影中看似一顆顆細巧可愛的小雪球；遍生一地的紫花藿香薊也開滿了花，像在山坡鋪上一條花團錦簇的毛毯。

再看看山徑左側的樹林，樹葉幾乎掉光了，黑褐色的枯葉厚厚堆積一地，樹梢卻仍保持著鮮活翠綠的顏色。

不用靠近細看，她也知道那是小花蔓澤蘭或俗稱日本菟絲子之類的寄生植物。

葉蔓恣生的攀藤植物爬滿枯樹，有如一張濃綠色的細網緊緊包覆住整座樹林，直到樹木徹底死亡之後，枝繁葉茂地取代亡者生前的樣貌……

江雨寒突然被自己心裡冒出來的想法嚇了一跳。

「阿凱，來！」她緊握著阿凱的手，跑進樹林裡。

林地裡的腐葉堆得比腳踝還高，踏著那些潮濕的葉子像踩進爛泥坑。

攀藤植物過於密集的枝葉在樹冠織成天羅地網，致使陽光完全照不進來，不見天日的樹林魆暗異常，瀰漫著一股糜爛腐朽的瘴癘之氣，呼息間感覺有點噁心。

「我居然一直沒發現……」她的神情有些懊喪。「難怪山神大人說這座山即將死去……

我想是因為樹林枯死了。」她哀傷地說。「你看這片樹林，樹木都死光了，其他地方想必也都是這樣，我記得昨天看到麒麟窟附近的樹林也都枯了。山上的樹一旦死光，鳥獸沒有食物來源，自然也活不了。」

「什麼原因造成的？」阿凱伸手輕觸身旁的老相思樹，只見樹幹已腐，樹身卻仍糾結著密密麻麻的藤蔓。「難道是這些攀藤植物？」

江雨寒點點頭，「過於茂盛的小花蔓澤蘭會遮蔽光線，讓樹木照不到陽光，掉在地上的種子也沒辦法發芽，其他寄生植物更會吸取樹上的養分……沒想到這座山的情況已經變得這麼糟……」

她若有所思地走出樹林，右手仍不自覺緊緊牽著阿凱的手。

「你看，現在麒麟山上長得最多的，只剩下排他性很強的銀合歡和一些雜草而已，大樹是幾乎看不見了，也沒有新長出來的小樹。銀合歡的抓地力不如其他樹種，所以這座山土石流越來越嚴重，一下雨就到處崩塌。」

「下山後，我立刻找人來處理這些藤蔓。」

「這種植物一旦接觸到地面，很快就會重新生長、越長越多，所以砍下來之後，一定要立刻燒掉才行。」她不放心地說。

「清除這些植物，麒麟山就能恢復生命力了嗎？」

「我不敢確定，或許山的死亡有其他因素，但我想除掉這些遮蔽陽光的攀藤植物，對麒麟山的生態一定會有幫助的。」

「那就好。只要能救回老樹公，任何方法都必須一試。謝謝妳，小雨。」

「別這麼說……」

阿凱的目光讓她不好意思地微微低頭，這才發覺自己還緊拉著阿凱不放，連忙鬆開手。一抬眼，只見陰暗的樹林深處有一張灰白的臉孔，正凝視著他們。

江雨寒猛然嚇了一跳，定睛再看時，那張顏色如死屍般灰敗的人臉卻瞬間消失不見。

「怎麼了？」阿凱察覺她神色有異。

是她眼花了嗎？因為視線突然由亮處移到暗處而造成的視覺暫留現象？可是她覺得剛才看到的明顯是一張人臉，而且是一個年輕女孩子的臉，留著稚氣的妹妹頭瀏海，但眼神空洞，面無表情……

然而，這麼暗的樹林、這麼遠的距離，即使真的有一個人站在那裡，她能看得清楚嗎？遲疑了一會兒，她認為自己看錯了，一定是過於疲勞產生的幻覺。於是她伸手揉揉眼睛，「沒事，只是眼睛有點痠痛。凱，我們回去吧。」

下午回到村子之後，阿凱開始聯絡承包清除整個麒麟山區蔓生植物的廠商，江雨寒則去醫院探望麗環和小島田。

因為平面停車場已客滿，她便將車開到位於地下三樓的停車場。占地廣袤的地下停車場疏疏落落停了幾輛車，十分冷清；或許是過於空曠的緣故，即使天花板上的日光燈全數亮著，四周仍顯得幽幽暗暗。

江雨寒兩手提著帶給麗環和小島田的生活用品往樓梯間走。經過一輛布滿灰塵的車子時，赫然發現車內副駕駛座上坐了一個人，那人似乎正對著她看。

大概是在等候探病的人回來吧？她瞥了對方一眼，心裡這麼想，不以為意地繼續往前走。走到樓梯間，她突然想起那坐在副駕駛座的人，好像有點眼熟——稚氣的妹妹頭瀏海、在昏暗日光燈下顯得灰黯的容顏……彷彿是剛才在麒麟山上樹林裡看到的那張臉。

雖然覺得不可能，但她仍控制不住自己的腳步匆匆跑回停車場。

滿是灰塵的舊車猶在原地，車上卻不見人影。

剛才明明有人呀？她走近細看，貼著透明隔熱紙的擋風玻璃讓車子內部一覽無遺，裡面確實一個人也沒有。

這輛車似乎停在這裡很久了，厚實的灰塵像灰白色的雪霰完全覆蓋住整個車身。她試圖從緊閉的車門尋找剛才有人下車的痕跡，結果卻是徒勞——所有車門及車窗上的塵埃完整如初，沒有絲毫觸碰過的跡象。

要是剛才看到的那個人下車走了，如何在不摸到車身的情況下關上車門？難道又是她看錯了？原本車上就沒有人嗎？只是擋風玻璃反射日光燈的光影？

聽說人的眼睛和大腦很容易將圓形的光影誤判成人臉……對，一定是這樣沒錯！什麼妹妹頭、白的臉、空洞的黑眼睛，都只是她的錯覺。

必是連日疲累，導致頭昏眼花，她真的需要好好睡一覺了。江雨寒嘆了一口氣，轉身走向樓梯間。

抵達地下三樓的電梯打開之後，看到角落站著一個人，她以為對方要出來，便往旁邊讓了幾步。

等了一會兒，那人似乎完全沒有要走出電梯的意思，依舊維持低頭的姿勢，寬大的長大衣風帽遮掩住大半張臉，只露出下巴和幾綹雜亂的紅褐色長髮。

江雨寒猜想對方大概是要上樓，卻誤搭下樓的電梯吧？於是她在電梯門自動關閉之前快步踏進，迅速按了八樓的按鈕。

「請問要去幾樓？」她回頭問道，想順便幫按樓層按鈕。

一轉頭，就聽到「哐啷」一聲，一串繫著可愛吊飾的鑰匙掉在地板上。

江雨寒立刻放下手中沉重的袋子，蹲身撿起鑰匙，遞給對方。

那人緩緩朝她伸出右手，只見併攏的四根手指上橫著一條深紅色的血痕，露在大衣袖子外的手腕也有相同的傷口，似乎是被利器割傷。

「妳受傷了！」江雨寒嚇了一大跳。雖然那兩道傷痕沒有持續出血，但從切口的大小看來，不是小傷。「這一棟是住院大樓，急診室在隔壁棟，妳應該從一樓過去……」

正說著，電梯發出「噹」的聲響，已經抵達八樓，門板自動開啟。

她怕弄到對方手上的傷口，於是將那串可愛的鑰匙塞到對方的長大衣口袋，「兩棟大樓沒有互通，妳一定要先搭回一樓大廳才能到急診室喔！」

善意提醒完後，她匆匆走出電梯。

因為步伐匆忙，她沒注意到那些等候電梯的訪客和護理師都用一種奇怪的眼神看著她。

黃昏時分，她獨自徘徊在紅霧霏霏的彼岸花海，夕陽殘照如血，天地渲染得一片猩紅，連遠方群山彷彿都瀰漫著不祥的色彩。

夜風漸起，衣衫單薄的她正想走回阿凱的家，意外看到停車場那邊有人在對她招手。

那人身穿黑色長大衣，風帽的部分低低地蓋住頭臉，看起來很像白天在醫院電梯遇到的女子。

原來她也是村子裡的人嗎？出現在這裡，大概是阿凱認識的人？

見對方頻頻向她招手，江雨寒便朝她走了過去。

等到彼此的距離稍微拉近後，身穿長大衣的女子驀然轉身往外走，右手直指某個方向，似乎在為她引路。

「妳要帶我去哪裡？」

她加快腳步跟隨，但不管她走得多快，總無法趕上對方，只能氣喘吁吁地望著前方那不遠不近的背影。

追到一片似曾相識的曠野，忽見那個女生的紅色短靴掉在地上。

「喂！妳的……」正想告訴對方鞋子掉了，抬眼一看，那個女生不僅沒穿鞋，右腳踝以下的部位也消失了。

「呃……」江雨寒用手摀著嘴，嚇得說不出話。

只見對方渾然不覺地繼續前行，手指頭、手掌、手臂、小腿、膝關節等部位卻陸續斷成一截一截地邊走邊掉，直到再也無法行走，剩下頭部連著染血的軀幹在地面蠕動爬行，就像她平生最怕的蛞蝓一樣。

「啊啊啊！」

江雨寒慘叫一聲，從惡夢中驚醒。

微寒的夜風透簾穿紗，吹進陣陣濃烈的香氣，窗外一輪明月高懸，朗照乾坤。

發覺自己只是做了一場夢，她大大鬆了一口氣。對她來說，惡夢絲毫不算什麼，她的真實人生比惡夢可怕多了。

由於昨晚沒睡，今夜她早早就洗澡上床躺平，本想好好睡一覺的，不料入眠沒多久就被惡夢驚醒，導致她睡意全失。

嗅著熟悉的花香，她突然想到阿凱家的那片桂花林這幾天好像開花了，連忙起身下樓。

經過阿凱房外，唯見房門緊閉。

雖是再尋常不過的情景，江雨寒卻無端感到落寞。她敏感地認為阿凱刻意將她關在房門之外，也隔絕在心門之外。

然而她對阿凱並不存在什麼「只願君心似我心」的奢望，只要阿凱平安，她別無所求。

江雨寒在門外駐足許久，方才眷眷不捨地悄然離開。

❀❀❀

時值月午，銀蟾光滿，枝繁葉茂的桂花林裡並不晦暗，小小細碎的桂花蕊在朗月照映下，微微散發淺金色的光，伴隨濃香浮動，中人欲醉。

江雨寒從小最愛徜徉在這片桂花林，以前往往可以一個人在林子裡玩整個下午，如今舊地重遊，卻只有憂思難忘。

她的腦海中不斷迴響著阿公在昨夜「夢」中所說的每一句話。

「那個雖有父母，卻形同孤兒的可憐孩子，我是看不到她長大了……」

想起這一段時，她頓覺不太對勁。

小時候，親友族人極少提起她的媽媽，就算偶爾談及，也只是感嘆她紅顏薄命，在江雨寒出生不久就亡故了。

阿公在小園裡種下紅花石蒜那年，她已經十歲，阿公說她「雖有父母，卻形同孤兒」的言下之意，是指她的媽媽還活著嗎？至少在她十歲那年還活著，而不是像族人告訴她的那樣，在她出生後就死了。

那她媽媽在哪裡呢？

她迫切想知道這個答案，顧不得時間已經有點晚了，立刻掏出手機打給二姑媽。

「姑媽，不好意思，這麼晚打擾妳……」

「小雨怎麼了？忽然打電話給我，是不是改變主意，想回台北了？我問了我先生那個開醫美診所的姪子，他說現在醫美技術發達得很，要徹底消除妳臉上那個疤是完全不成問題的，妳趕快回來，我馬上幫妳安排……」

「姑媽，我媽在哪裡？」

江雨寒輕聲一問，赫然截斷江雲蘭的長篇大論，電話那頭瞬間一片靜默。

從山上吹來的冷風拂過，大量盛開的桂花紛紛散落委地，聲響颯颯，像下起一場蕭瑟的細雨。

不知過了多久，江雲蘭才勉強笑道：「小雨……怎麼好端端的，突然問起這個問題？」

「姑媽，其實妳知道我媽在哪裡對不對？」

她從來不曾問過二姑媽關於母親的事，但直覺二姑媽應該知道些什麼，只是不告訴她。

「我……這個……我……那個……」一向口若懸河、滔滔不絕的江雲蘭難得結巴。

「不方便說嗎？」從對方的語氣她感覺得出來，姑媽是不想說，而非不知情。

「我……」遲疑片刻，江雲蘭嘆了一口氣。「唉！孩子，妳一定要知道嗎？」

「嗯。」

「知道了之後呢？妳想做什麼？」江雲蘭試探地問。

「不做什麼，只想知道她現在過得好不好。」

既然姑媽清楚她媽媽的下落，多年來卻不曾主動告知她，想必是有難言之隱，或者是認為沒有讓她知道的必要。

「好吧！妳放心，妳媽很好，她……如今是某高官政要的夫人，多年來經常出席各種公益場合，是政經界出名的慈善家。」

「真的嗎？」江雨寒十分震驚。

由於阿凱之前曾向她提過村民們對她母親下落的種種揣測，她原以為媽媽即使尚在人世，大概也如槁木死灰一般厭棄塵寰，甚至遁入空門、常伴青燈古佛之類，沒想到……

「我常在慈善餐會上遇見她，也和她攀談過，雖然她改了名字，也假裝不認識我，但她的五官樣貌和以前相差不遠，仍像年輕時那樣美豔，特別是聲音跟妳很相似，所以我敢肯定一定是她。」

「喔……」

難得聽到關於媽媽的消息，她十分高興，但不知為什麼，卻感覺有點悃然。

江雲蘭語帶歉意地說：「小雨，姑媽不是刻意要瞞著妳，只是，我曾多次向妳媽媽暗示過關於妳的事，但她的反應相當冷淡，假裝成聽不懂我在說什麼的樣子，所以我想即使讓妳知道妳媽媽還活著，也……」

「沒有關係，我了解姑媽的意思。不過，妳一定也知道我爸的下落對吧？」

姑媽從小最疼愛她爸爸，可是爸爸失蹤這麼多年了，姑媽雖然偶爾嘴巴會唸叨幾句，卻並不擔心憂慮，顯見早已清楚掌握對方的行蹤。

「這個嘛……」江雲蘭的態度明顯為難。

「如果姑媽覺得沒有必要告訴我，那就算了，不必勉強。」她只要知道爸爸平安活著就好了。

「不是這樣的，不瞞妳說，我雖然一直託人打聽我那不肖弟弟的下落，但也是直到幾年前才有確切的消息。妳記得雨客、雨寰嗎？」

「記得。」

江雨客和江雨寰是她的堂哥，雖然因年紀上的差距太大，她和兩位不大熟，但他們同為江氏「雨」字輩的直系子孫，有親近的血緣關係。

「雨客和雨寰自從遷居美國之後，一直無消無息，幾年前我才和他們兩兄弟聯繫上。他們告訴我，曾在洛杉磯機場遇到雲蒼，他身邊帶著一個年紀和他差不多的華人女子，似乎是他的伴侶，還有一個大約七、八歲的小女孩。」

「那個小女孩……是我的妹妹嗎？」

「這就不清楚了，雨客說當時不方便多問，不過他聽到那個小女孩的名字，並沒有像你們這些雨字輩一樣從『雨』從『宀』，或許不是雲蒼的親生女兒也未可知。雲蒼雖是不肖子弟，諒想還不至於敢公然違背祖制宗法。」

江氏一族的直系子孫命名方式是按照族譜字輩排列，有既定的規律：江雲蘭那一輩首字從「雲」、尾字從「艸」，如江雲蘭的大姐名為雲蘅、么弟名為雲蒼；江雨寒這一輩首字從「雨」、尾字從「宀」，如她的堂兄名為雨客、雨寰。

旁系子孫則首字從、尾字不從，如她的遠房族姐名為雨珊、雨佳等，從字輩排行就可以看出族中眾人遠近親疏及輩分高低。

江伏藏徒弟蘇雲峰的名字從「雲」不從「艸」，則是因為被視為伏公義子、但與江家無血緣關係之故。

江雲蘭繼續說：「雨客告訴我，他們看起來就像一家人，很幸福的樣子……」

「那真是太好了。」這樣她就可以放心了

「可是小雨，姑媽今天說了這些，妳聽了心裡不會難過吧？」江雲蘭有些不安地說。

江雨寒訝異地反問：「我為什麼要難過？」

「就是……唉！」江雲蘭在電話那頭長吁短嘆，欲言又止。「……沒事，沒事，是姑媽多慮了。」

「謝謝姑媽，很抱歉打擾妳了，姑媽早點休息，晚安。」

「……嗯，好……晚安。」

江雲蘭猶豫了一下，語氣遲疑地結束通話。

江雨寒將手機放回大衣口袋，緩緩坐在桂花樹下的石椅上。

聽到爸媽都過得很好，她心裡很高興，只是不免悵然——闊別這些年，她的父母各自組成了幸福的家庭，只有她是自己一個人。

好像被大家遺棄了一樣。這就是孤單的感覺嗎？

阿凱看著承羽昨日傳給他的那則訊息，幾經考慮，終於決定還是打個電話給對方。

「阿凱，難得你會主動跟我聯絡。」承羽的語氣微微透露驚訝，隨即問道：「小雨還好嗎？」

「你很關心她。」

「她隻身留在村子，我很不放心。」

「既然不放心，你為什麼要放棄她，將她一個人留在這裡？我原以為你是可以照顧小雨一輩子的人。」

他明白承羽對小雨一往情深，由於自己將要面臨死生未卜的宿命，所以也曾想過把小雨託付給對方，不料承羽竟就此撒手離開。

「我為什麼要放棄她？」承羽苦笑了一下，聲音也帶著苦澀。「你這樣就像在質問一個渴死的人為什麼不喝水。要是能夠陪著她一生一世，我求之不得，但我直到不久前才恍然發現，原來我打從一開始，就沒有這份幸運。」

「怎麼說？」

承羽靜默片刻，似乎在猶豫什麼，「我不清楚你和小雨之間有什麼誤會，不過，你真的不知道小雨喜歡你？」

「我？」阿凱愣了一下。

他也曾經誤以為小雨對他別有情愫，但自從無意間在病房外聽到小雨對承羽說的那些話，他就不再痴心妄想了。

如果小雨喜歡的人是他，為什麼要祝福他和其他女子白頭偕老，又說不會跟他在一起？

「你在跟我開玩笑吧？」

他想來想去，大概只有這個可能性。

「我不會拿小雨的感情開玩笑。」承羽認真地說。「小雨明確告訴我，她一生只愛你，你說，我能不放棄嗎？」

阿凱驚愣得說不出話來。

他相信承羽不是信口雌黃的人，但是……

「小雨是我此生最愛的女孩，但得之我幸，不得我命。如果她能過得幸福，對於這份情感，我也就沒有遺憾。」承羽語氣十分真誠懇切。「阿凱，你能給她幸福嗎？」

「我……」

風天法陣瀕臨崩毀、山村將逢大劫；麒麟山神命懸一線、妖狐虎視眈眈；妖刀之神封印未果、吉凶禍福難辨。他能給小雨幸福嗎？

阿凱胸中一窒，竟無以為答。

對方過久的沉默讓承羽感到十分失望，縱使他修養極好，也不禁有些惱怒——他苦求不得的愛，對方卻毫不珍惜。

理智告訴他，阿凱沒有錯，感情的事無法勉強，不能因為他期盼小雨能夠幸福就強迫阿凱接受她，但……他真的不甘心！

即使阿凱的冷漠對待傷了小雨的心，她仍以淚眼追尋著阿凱的身影；而他呢？他默默守護、付出一切，卻只讓她覺得沉重。

「你不愛她嗎？你若真的不愛她，就把她讓給我……」情緒有些失控的承羽故意以言語刺激對方。

「沒有人比我更愛她！我誰也不讓。」阿凱冷冷地說。

手機恰在此時響起插播聲，阿凱看了一下，是江雲蘭的來電。

第四十五章　亡魂之聲

從山上吹來的風勢變大了，細碎的桂花蕊撲簌簌掉了一地。

她垂頭看著地上，桂樹叢的影子在層層堆疊的落花上搖曳不定，自樹梢間篩透的月光隨之忽明忽暗。

不知過了多久，她靜定如石像的影子旁邊無聲無息地多了一道修長的身影。

江雨寒抬頭一看，是阿凱。

他背光而立，她看不清他的臉，阿凱卻清楚看到她眼中流淌的清冷月光。

「阿凱，你還沒睡？」她匆匆用袖子擦掉臉上的淚水，佯裝若無其事。

「嗯。我有事找妳，發現妳不在房間。」他在她身側的空位坐下，不著痕跡地用身體為她遮擋寒風。

「我聞到桂花的香味，下來看看。你找我什麼事？」

「整治麒麟山林地的廠商都已經聯絡好，明天一早就能開工。」

「這麼快？麒麟山區範圍廣大，我原本還很擔心一時找不到這麼多人手呢。」

「我找了十家廠商，村裡的那些年輕人也可以幫忙。」

「太好了！早點清除那些蔓生植物，麒麟山就能早日恢復生機，說不定山神大人可以因此得救。」江雨寒開心地說，臉上露出由衷的笑意。

「關於斜坡上的幽靈，我打電話問過我阿公，可是他不肯透露那個幽靈的來歷。」

「為什麼？」

叔公不肯讓他們知道防空壕的祕密也就算了，區區一個荒野幽靈，有什麼好諱莫如深？

「我阿公說沒聽過什麼幽靈的事，但我感覺得出來，他是不想告訴我。不過，我想到有另一個線索。」

「什麼線索？」

阿凱指向江氏舊址後方不遠處的低矮山巒，「那裡的老婆婆。」

江雨寒之前為了見那位自殺身亡的老婆婆，曾夜探竹林深處的紅瓦厝，還因此中了山豬吊的陷阱。

「對啊！老婆婆年紀和我們的阿公差不多，一定知道那個年代發生過的事！說不定她也知道關於防空洞的祕密！我怎麼沒想到呢？我們現在就去找她！」她喜出望外，霍地站起身，直往大門的方向走。

走了幾步，忽然停下腳步。

「怎麼了？」跟隨在她身後的阿凱奇怪地問。

「明天再去好了。」她轉過身，歉然地說：「你昨天晚上整夜都沒睡，今天還是好好休息吧。」

「妳怎麼知道我整夜沒睡？」

「呃……我……」驚覺失言，江雨寒瞬間露出困窘的表情。

昨夜她明明縮在他懷裡睡著了，而且還睡得很熟的樣子，直到天亮才起來，難道……

「妳裝睡？」

尷尬至極的江雨寒本想否認，但繼續欺騙阿凱讓她深感良心難安，只得紅著臉承認：

「對……對不起。」

「為什麼？」

「我怕你會推開我。」

「……傻瓜。」

她連忙道歉：「對不起，因為我真的很害怕……」害怕註定的宿命會從她身邊奪走他。

出乎意料地，阿凱並沒有生氣，看著她的眼神，是前所未見的溫柔。

「要是我答應不推開妳，妳就能安心睡著了嗎？」他忽然伸手將她擁入懷中。

❀❀❀

在夜風中搖曳的紫荊花影映在相擁而眠的兩人身上，淡雅的紫荊花香和濃郁的桂蕊香氣交纏一體，馨縈滿室。

雖然不明白阿凱為什麼突然改變了對她的態度，那近似溺寵的柔情讓她不知所措，但她仍溫順地窩在他懷中睡著了。

由於不好意思將自己全身的重量壓在阿凱身上，她像隻小動物一樣含蓄地縮在他身側，頭枕著他的肩窩。一開始還有些羞怯，然而沒過多久也就沉沉睡去了。

大概是因為阿凱答應絕不推開她，讓她感到安心，江雨寒今夜睡得特別熟，連阿凱那略顯粗糙的手指拂過臉頰，亦毫無所感。

阿凱見她對於他的碰觸沒有反應，知道她這次是真的睡著了，這才輕輕地在她白皙如玉的額前落下一吻。

適才小雨聽到他准許她抱著他睡覺時那受寵若驚的坦率反應，已將她的心意表露無遺，他不再懷疑承羽對他說過的話，也因此而欣喜欲狂，但晚間和江雲蘭的一番對談，卻讓他感到異常沉重。

江雲蘭告訴他，因為敵不過自己良心的譴責，她終究還是將小雨雙親的下落和近況全盤托出——

「……天地良心，日月可鑑，我真的不是故意要瞞著那個孩子這些事情的，畢竟是她親生父母的事，我這當姑媽的人，哪有藏著掖著不讓她知道的道理？但是，小凱你說說，你覺得小雨知道這些事之後，她心裡會好受嗎？沒錯，她爸媽都過得很好是好事，可是小雨是被他們兩個拋棄的孩子啊，他們兩個越是過得幸福美滿，小雨不是越顯得悲慘嗎？我是怕那孩子心裡受傷，所以這些年來一直不告訴她關於雙親的消息。反正她媽媽的態度已經擺明不認這孩子，我再說這些有什麼用啊？她爸就更不用說了，雨客說他們在和雲蒼敘話的時候，雲蒼從頭到尾就沒提起過小雨，你看看這……」

阿凱靜靜地聽著，心裡為小雨感到難過。

「因為先父的遺願，我對小雨這孩子的教養耗盡心力，連對我自己的孩子都沒有這麼用心，我敢說就算是讓她親媽來撫養都比不上我教得好，但我終究只是她的姑媽，對她再怎麼好，也彌補不了無父無母的缺憾……這可憐的孩子，怕我心裡過意不去，剛才電話中還假裝沒事的樣子，其實我知道她心裡難過……」江雲蘭說著，電話那頭傳來衛生紙窸窸窣窣的聲響，像是頻頻拭淚的樣子。

靜待對方絮絮叨叨的長篇大論稍告段落之後，阿凱才提出藏在心中許久的請求——

「姑姑，等防空壕的事有個結果之後，妳同意我和小雨結婚嗎？」

「結……結婚？」江雲蘭愣住了，停止拭淚的動作。「你是說結婚嗎？你跟小雨？」

「是。」

「當然好啊！求之不得。但是你怎麼肯？」這句疑問脫口而出後，江雲蘭很快補充道：「我的意思不是說小雨不好，她是我一手教養成人的孩子，我對她有絕對的信心，婚後一定是個賢妻良母，可是之前叔公提到你們的婚事的時候，你不是還很生氣、氣到當場走人嗎？而且你以前就討厭小雨，這是大家都知道的，怎麼會突然想跟她結婚呢？你該不會是同情她吧？我今天打電話跟你說這些，只是想看你願不願意安慰她幾句，因為現在她身邊就只剩下你了，但不是要你可憐她啊！我知道那個傻孩子從小到大對你癡心不改，你上次拒絕婚事還讓她躲起來哭了幾天，可是你如果因為可憐她、或者是迫於叔父的壓力而答應跟她結婚，我想她也不會開心的。」

「不是因為同情，阿公也沒有給我壓力。」

「喔？」江雲蘭暗自思忖，心想大概是小凱終於發現小雨的優點了吧？其實她一直覺得小凱會那麼討厭小雨是一件很匪夷所思的事。於是也就按下心中的疑慮。「如果你真心想娶小雨，姑姑當然樂觀其成，把小雨交給你，我很放心，這也是先父在世時的心願。不過，關於防空壕的事，到底嚴不嚴重？先父生前沒有多說，我也不太了解那裡是什麼情況，只知道我們江家人要是不逃離村子，就會不得善終、死於非命。那你們呢？你們不姓江，應該不要緊吧？小凱，你可千萬要保重自己啊，你要是有個閃失，小雨不會獨活的……」

「……**小雨不會獨活的**。」

之後江雲蘭又說了些什麼，他沒聽清楚，耳邊、腦海只縈繞著這句話。

這是他一直以來最擔心的事。

他曾問過小雨，若是他死了，她怎麼辦？當時小雨毫不猶豫地表示會陪他一起死。

他知道她不是隨口說說，越是了解她，越讓他害怕——只不過是青梅竹馬的情分，就讓她情願捨命相陪，他不敢想像在有了進一步的關係之後，她會做出什麼傻事。

或許終有一日，他必須捨生取義，但死亡並不令他畏懼，他害怕的是將與她分離。

思及此，他情不自禁地側身將她整個人抱進懷裡，試圖抵禦內心深處的恐懼。

過大的動作、過緊的擁抱驚醒江雨寒，她睜開惺忪矇矓的睡眼望著他。

「阿凱，怎麼了？」她的雙眼微泛紅暈，神情迷濛，一副還沒清醒的模樣。

「沒事，我想抱著妳。」

「哦……好。」她柔順地伸出雙臂向上環繞著阿凱的頸項，將身體貼近他，頭枕在他的胸膛上。

阿凱輕嗅著深染在她長髮間的桂花香味，雖是自小習以為常的花香，卻讓他眷戀地捨不得入睡。

隔天，阿凱找來的各家廠商開始在麒麟山動工，合力清除那些滋長過度導致原生種樹木死亡的攀藤植物，並挖除凋萎的枯木樹頭，以便重新栽植其他各種有利於水土保持的樹木。

由於小花蔓澤蘭的匍匐莖會長出不定根，細小的種子又很容易隨風飛散、快速繁衍，所以連根拔除的植株當場和枯木堆在一起焚燒，麒麟山區一時烽煙四起。

村裡正值農閒時期的村民們見狀，也紛紛趕來幫忙。

和阿凱較熟的那群年輕人一早就在這裡待命，到了中午，卻還不見雷包出現，阿凱不禁有些擔心。

他知道雷包正為了妹妹雷晴的事難過，於是特地下山前往雷家探視。江雨寒則按照每天的慣例去醫院探望麗環、小島田，以及阿達等人。

阿達自從那天被搜救隊救下山之後，一直處於神智不清的狀態，終日哭笑無常、瘋言瘋語，醫生強制他住院治療，過了一段時間，情況似乎有所好轉。

他見到江雨寒來看她，顯得非常高興，笑嘻嘻地喊了聲「大嫂」，兩手抓著她帶給他的餐點，胃口極好地大吃大嚼起來。

「昨天晚上，晴晴也有來看我欸！」他嘴裡塞滿漢堡和薯條，口齒含糊地說。

「你說誰來看你？」江雨寒一時沒聽清楚。

「晴晴啊！雷哥他妹。」

她的表情倏然一變，「雷……雷濤他妹妹，雷晴？雷晴不是已經……」

她原本想說雷晴已經死了，但忽然又想到屍體尚未尋獲，或許人還活著？

「你真的看到雷晴了嗎？她跟你說了什麼？」她連忙問道。

聽阿凱說，雷濤為了他妹妹悲痛欲絕、幾不欲生，要是雷晴確實沒死，那真是太好了！

「她都沒有說話欸，那個時候我躺在床上睡覺，她就站在旁邊看著我，我跟她說話，她也沒理我，沒多久她就走出去了。」

「她走去哪裡？」

「阿哉❶！醫生說我不能走出這個房間，我又不敢去追她，要是讓醫生知道我不聽話，又要把我綁起來。」阿達想起之前慘痛的經驗，臉上的表情幾乎快哭出來。

「你是對的，你很乖，醫生不會再把你綁起來了。」

江雨寒拍拍他的手安撫，並把炸雞桶遞給他，他便開心地抓起炸雞腿啃食，吃得滿嘴滿手油光發亮。

起初激動的情緒冷卻下來之後，她漸漸覺得阿達說的話可信度並不高，因為他的精神狀態顯然還沒完全恢復正常，也可能是睡覺的時候做的夢吧？

「死光了……都死光了……雷晴死了，蔡雅芙死了，林小瓊死了，方依玲死了……都死了，她們的手腳掛在樹上……浮在水裡……」

阿凱告訴她，阿達在被送醫之前說過這樣的話。

他曾經一直喃喃自語「雷晴死了」，而且說得好像親眼看到她肢離的屍體一樣，現在又說雷晴昨晚來看他，到底哪一句話是真的？又或者全都只是瘋言瘋語？

她很想問個清楚，但又怕刺激到阿達，所以只得罷了。

深夜，阿凱和江雨寒兩人冒著寒風步行前往位於江家舊址後方山區的土埆厝。

荒廢許久的山徑蔓草雜生、崎嶇險阻，阿凱自然地牽著江雨寒的手，並肩同行。

「凱，你覺得阿達說的話能信嗎？」她提起日間之事。「雷晴會不會真的沒有死？我今天有跟俊毅聯絡，他說蕭伯伯協助他們把瀑布下面的屍塊和頭顱全部打撈起來了，但才剛送驗，還無法確定其中有沒有雷晴的遺體。可是她要是還活著，為什麼不趕快回家呢？她哥哥那麼擔心她……」

阿凱沉默片刻，緩緩說道：「雖然很不想這麼說，但雷晴應該凶多吉少了。」

「為什麼？」江雨寒連忙追問。「你那天潛下麒麟窟的時候，看到她了嗎？」

阿凱搖搖頭，「沒看到。翻滾流流速極快，我當時匆匆一瞥，無法看清全貌。但是，我看到蔡雅芙的頭顱，而阿達當日提到死亡的那幾個人，部分殘骸已經被尋獲，雷晴沒有理由倖免。」

想起當日那隻渾身散發殘虐殺意的妖狐，凡是落在牠手上的人恐怕絕無生機。

「難道阿達真的是在做夢嗎？」她嘆了一口氣，沉重地說：「想到雷包的心情，就覺得很難過。」

阿凱握緊她的手，喟然不語。

此時月明如畫，在月光的映照下，幽篁深處隱隱露出飛簷一角。

「老婆婆的土塝厝到了。」江雨寒說。「不知道老婆婆還在不在這裡？還是已經去投胎了呢？」

走到土塝厝外，只見一庭蒿草、滿目荒涼。之前那只破水缸猶在原地，卻沒有那天看到的鬼影。

「老婆婆不在了嗎？」她有些失望，但想到老婆婆可能已經離苦得樂、再入輪迴，她又不由得鬆了一口氣。

阿凱放開小雨的手，輕聲捻訣施咒，咒令甫下，倏有一道黑色濃霧在他身前凝聚人形，匍匐在地。

他折下身旁的一片竹葉，指書符篆，接著以竹葉輕輕點落黑影頭部，口中誦念：「伏請北辰帝君作主，以神之名義，賜亡魂開口。」

跪伏在地的鬼影連連磕頭，口稱「罪魂叩首」，才緩緩起身。

眼前亡魂看起來相當嚇人，面色黧黑、五官猙獰，七孔兀自流淌黑血，似乎保留著身亡當日的淒慘形態，絲毫不像她在夢中所見那樣慈眉善目，但她仍一眼認出這正是她和阿凱要找的老婆婆。

看到老婆婆的慘狀，江雨寒心中一陣酸楚，淚光湧現，正想說話，對方已先開口——

「孩子，妳為什麼還在這裡？為什麼不聽伏藏兄的話，速速離開？」亡魂之聲悠悠蕩蕩，像破碎的夜風，卻仍聽得出一絲焦慮之情。

老婆婆看到江雨寒出現，顯然很驚訝。

「婆婆，說來話長，我有事想求妳幫忙。」她連忙說。

含著兩行墨色血淚的鬼眼看了阿凱一下，又看看江雨寒，露出不解的神色。「我？我能幫妳什麼忙？」

江雨寒將遇到陡坡上的少年幽靈之事告知老婆婆，問老婆婆知不知道那少年是誰？他口中念念不忘的「阿姨」又是什麼人？

老婆婆並沒有讓他們兩人失望，她果然知曉對方的來歷。

那是發生在遷台初期的事。

當時一支破敗的軍隊奉命駐紮在這偏僻的小山村，雖然那些軍官、小兵和村民間言語不通，起初倒也相安無事。後來由於那些小兵長時間處於吃不飽、穿不暖的狀態，部分的人開始強搶村民的食物來充飢，因此爭端屢起。

陡坡上的年輕幽靈名叫阿坤，某次因為偷芭樂吃而認識芭樂園的主人阿采嫂。阿采嫂是個仁慈的人，她可憐阿坤年紀小小就被抓來當兵，日子又過得艱苦，經常假借找阿坤幫忙做一些小事的機會給他東西吃，並常常告誡他，不要再偷盜村民的食物，免得被打。

那是某一年的清明節吧？村民們按照往年的慣例，在陡坡那邊擺攤販賣自製的發糕、紅龜粿、白麵饅頭等，幾個年輕的小兵因為不堪飢餓，跑來搶食，雙方爆發嚴重衝突。混亂中，阿坤不知道被誰活活打死，屍體直接丟在懸崖下。

阿采嫂因為這事難過了好久，逢人就紅著眼眶說：「就叫他不要搶別人的東西！可憐的孩子啊，年紀還那麼小，就為了一口飯……怎麼就不聽我的話？」

❀❀❀

聽完這椿往事之後，江雨寒才知道為什麼那個年輕幽靈一直反覆說著：「……我沒有搶……我沒有搶……阿姨說過……不能偷別人的食物……」

大家都以為阿坤是因為搶奪村民的糕粿，才會被活活打死，但事實上，他是為了阻止餓到發狂的同伴才不幸身亡。

無辜遇害，又遭到冤枉，特別是被對他很好的阿采嫂誤會，可以想見阿坤一定死得很不甘心吧？難怪事情已經過了那麼久，他的亡魂仍在當年事發的地方徘徊。

「婆婆，妳知道那個阿采嫂住在哪裡嗎？她年紀多大了？尚在人世嗎？」江雨寒問道。她答應過阿坤，要替他找到他口中的「阿姨」。

「阿采嫂的兒子身體不好，自從老鄉長在村子口蓋了一間大醫院之後，她就帶著兒子搬到醫院附近去住。是不是還活著，我不知道，如果還沒老去，歲數也已經很大了。」

「好，知道名字就好了，我明天就去醫院附近找人。」如果那位阿釆婆婆還活著，她相信一定可以找到的。

阿凱接著問道：「老婆婆，妳聽說過西北方防空壕的事嗎？」

「防空壕？我知道，從以前就聽說日本時代那裡面死過很多人，怨氣很重。」

「那些人是怎麼死的？」

1 阿哉，台語，意指我哪知道。

第四十六章 修羅之雨

「我剛回到村子的時候，曾經誤闖西北山區的防空洞，意外發現裡面竟然潛藏著大量怨靈，從它們的軍服看起來，很像是昭和年代的日本軍人，而且就像妳說的那樣怨氣很重、冤魂不散。婆婆，妳知道那些人為什麼會死在那裡面嗎？」江雨寒連忙問道。

老婆婆黧黑愁苦的臉龐流露猶疑的神色，緩緩搖頭：「我不清楚。」

「連婆婆也不知道……」唯一的線索破滅，江雨寒難掩失望。

老婆婆和她的爺爺生活在同個年代，她原以為縱使老婆婆不見得像她爺爺或阿凱的阿公那樣深悉防空洞的來龍去脈，但至少也略知一二，詎料事與願違。

「西北山區的防空壕離我這裡太遠了，我不清楚那裡發生過什麼事。不過，妳說的那些日本兵仔，大概是在空襲的時候被炸彈炸死的吧！」老婆婆悠悠說道。

「空襲？」阿凱心念一動，想起幼時常聽大人提到村子曾遭空襲的事。

「那個年代天天在空襲，連我們這些住在深山種田的人，三不五時都要疏開躲空襲，那時飛龍機炸死很多人，北村就是整個村子被炸毀，那庄的人不分老小幾乎全死光了。西北防空壕以前是日本兵仔躲空襲的地方，旁邊還有個軍營和飛行場，聽說被炸彈炸得特別慘，也許那時候防空壕被炸毀，那些日本兵仔就死在裡面了……」

二次世界大戰末期，作為日本帝國領土的一部分、日軍南進基地的台灣，遭到同盟國聯軍猛烈空襲。

自一九四三年十一月二十五日，聯軍首度以B-25中型轟炸機空襲新竹飛行場作為序幕，直至一九四五年八月十五日天皇宣布投降之前，近兩年的時間，台灣各地陸陸續續慘遭轟炸。

史上最著名的有肇始自一九四四年十月十四日的高雄大空襲，以及一九四五年五月三十一日台北大空襲。

數以百計的B-25中型轟炸機對城市聚落進行大規模低空掃射，配合B-24、B-29等重型轟炸機，掛載大量汽油彈、燒夷彈、破片殺傷彈，在台灣各地下起一場又一場的修羅之雨，將這座曾有福爾摩沙之譽的美麗島嶼炸得烽火連天、滿目瘡痍。

慘烈的軍事行動，除了犧牲不少無辜的台灣人民，日本軍方亦是死傷慘重、元氣大傷。

江雨寒回想起書上對於二戰的記載，認為老婆婆的猜測不無道理。

如果西北防空洞真的是日本軍隊二戰時的藏身之所，那麼被炸死或是因山洞崩塌而困死其中，確實是極有可能的；只是，她總覺得尚有些不合理的地方。

小島田說，他遍查國史中關於二戰時期軍民在台傷亡的紀錄檔案，都沒有看到跟山村與西北防空洞相關的資料。如果防空洞裡的軍魂真的是死於空襲，這麼大規模的軍事犧牲怎麼可能連一筆記載都沒有？

再者，亡於戰亂的日軍，何以對村民懷有如此強烈的怨恨，在死後不久即化為厲鬼屠殺附近生靈？

兵燹無情，客死異鄉的軍人固然可憐，飽受空襲轟炸、流離失所的百姓也同樣悲哀。台灣人民並無意挑起戰爭，只是因為馬關條約被割讓給日本，成為異族殖民地，而毫無選擇地被迫承受戰爭的業火焚身，何其無辜。

小時候她和阿凱去過早已形同廢墟的北村，即使距離二戰的年代已遠，當年燒夷彈燒毀整個村莊的慘狀仍歷歷在目，至今斷瓦頹垣如故，猶為焦土。

還有她在妖刀之神的神識中見到的轟炸場景——貧困到連乾飯鹹菜都吃不上一口的村民

在躲空襲時被活活炸死、屍骨支離——要論淒慘程度，平民百姓亦是不遑多讓。

若說那些冤魂因為戰死而怨恨村民，似乎是說不通；或許還有其他原因？

「婆婆，除了妳和阿凱的阿公之外，妳認為還有誰可能知道當年發生在防空洞的事呢？」小雨問道。

「那麼多年以前的事，知道內情的那些人大概也不在人世了。」老婆婆停頓片刻，繼續說道：「不過，要是阿采嫂還活著，我想她應該會知道。在我們這種深山的村落，謀生很不容易，種田務農也賺不了幾個錢，阿采嫂為了孩子的醫藥費，從年輕的時候就開始在鄰近幾十個庄頭挨家挨戶兜售十全大補丸，跟我們這些一輩子住在山坳裡的種田人比起來，阿采嫂的見識很廣，我們庄裡就數她消息最靈通。」

「太好了！婆婆，謝謝妳告訴我！我一定要找到那位阿采婆婆！」彷彿看到一線曙光，小雨眼中閃著希望。

老婆婆搖搖頭，緩緩勸道：「孩子，妳不該管這些事情，妳應該聽伏藏兄的話，趕快遠離這個村子。」憂悒愁苦的眼眸在清冷月光的映照下，彷彿正流淌著黑色血淚，看起來格外悽楚。「伏藏兄曾經對我說起，他預料到自己距大去之期不遠，無力再庇護你們，所以遺命江家後代務必在他亡故後速速離開村子。伏藏兄是個讀書人，他說的話，我多半聽不懂，但我感覺得出來，他很擔心你們，特別是妳。妳為什麼遲遲不離開？繼續留在這個村子裡，妳會有危險……」

她知道危險，或許真的會像二姑媽警示的那樣不得善終、死狀淒慘，然而即使如此，她也不願離開，因為她決心留在這裡，和阿凱同生共死。

她不是特別勇敢的人，也害怕死亡，如果有得選，她當然希望和阿凱一起好好活著，她還想跟阿凱一起去好多好多地方、親眼看阿凱完成學業；但若天命難違，她也九死不悔。

江雨寒心裡這麼想，卻不便說出來。她雙手握著老婆婆枯瘦的手，冰冷徹骨的觸感中隱隱透露一絲暖意。「婆婆不要為我擔心，我會保重自己。倒是婆婆為什麼還留在這裡？還不能去投胎嗎？」

「我的陽壽未盡，時刻未到，只能在這裡靜候輪迴。」

「有什麼我能幫妳的？」阿凱問道。

老婆婆抬起頭，感激地看著他。

「謝謝你。你已經幫我夠多了。」

車子行駛在通往村口醫院的山間鄉道，江雨寒習慣性地打開車窗，拂面涼風帶來兩側山坡盛開的芒果花甜香，混合日曬的溫煦氣息，令人心曠神怡。

「你今天不去麒麟山監工沒關係嗎？其實我自己去找阿采婆婆就可以了，你不用特地陪我。」她轉向駕駛座的阿凱說。

因為每天跑醫院探望麗環，那一帶她還算熟，附近只有一個小聚落，人口也不多，想找個人大概不難。

「小胖和百九在那裡，有事他們會聯絡我。」

自從蕭巖妄圖獻祭小雨那件事之後，他察覺到阿公早已不動聲色派人暗中保護她，以防閃失；但他仍然不放心，要是可以的話，自己想盡量陪在她身旁。

途經西村，停紅燈的時候，她注意到巷口的公車站牌下站了一位老奶奶，年紀很大，應該有九十多歲了，滿臉皺紋像蜘蛛網般，雙手拄著一支杖尖磨損的枴杖。

正在想這老奶奶是不是想搭公車去醫院、要不要載她一程的時候，號誌轉換，車子立即往前行駛，只好作罷。

反正這條路上有頻繁往返於村口醫院的專車，所以應該也不會等太久。

他們到醫院鄰近的聚落尋找阿采婆婆的下落，原以為可以很快找到人的，不料竟沒有人聽過「阿采嫂」或「阿采婆」這個名字。

不論是年輕人還是老人家，聽到這個名字都是一臉茫然。

阿凱找上這一帶的村長、鄰長詢問，同樣問不出個所以然。

「沒有人知道阿采婆婆是誰，好奇怪。老婆婆不是說她住在醫院附近嗎？難道阿采婆婆很久以前就不在了，所以現在已經沒有人知道她了嗎？」挨家挨戶尋訪了一整天，眼見日落西山，一無所獲，江雨寒不禁有些洩氣。要是阿采婆婆早已離世，他們還能向誰探問當年二戰時期的舊事？

「不對，那位老婆婆還活著。」正在發動車子的阿凱突然說。

「你怎麼知道？」

「附近的村民看起來確實沒聽過這個名字，但是鄰長和村長回話的態度很不自然。」

江雨寒努力回想著，「他們的態度很拘謹，說話的時候好像還有點緊張的樣子。」

「他們在害怕，害怕不小心洩漏謊言的破綻。」

「謊言？」江雨寒大感驚訝。「他們為什麼要說謊？」但她隨即想起一個可能性——

「難道……」

「我阿公搞的鬼。」阿凱淡淡地說。「恐怕是我向他問起陡坡幽靈的事那天，他就交代下去了。阿公這麼害怕我們和那位老人家接觸，一定有問題。我們明天再來找一次，現在早已不是他隻手遮天的年代，就不信他能封住所有人的嘴。」

「好！」

隔天下午，阿凱開車經過西村的公車停靠站時，她又看到昨日那位老奶奶。午後的冬陽明媚耀眼，那位老奶奶佇立在站牌下的陰影處，雙手拄著枴杖，微瞇的雙眼遠望彷彿無盡蜿蜒的公路另一頭。

「阿凱，路邊停一下。」江雨寒連忙要求。

阿凱依言緩下車速，路邊臨停。

「那位老婆婆不知道要去哪裡，這個公車站沒有椅子，看她站得很吃力的樣子，我們載她一程好嗎？」

「好。」

兩人一起下車，走向公車站牌。

老奶奶緩緩抬頭，瞇起白濁的眼睛看著他們，江雨寒對她點頭致意。

「老婆婆，妳在等村口醫院的公車嗎？還是想到哪裡去？我們可以載妳。」

「多謝妳啊，年輕人，我在等我的孫女回來。」

原來是在等人。年紀這麼大了，連站都站不穩，還親自在公車站等候，江雨寒忽然覺得有點感動。

「妳孫女快到了嗎？」

「她在北部唸書，說好除夕要回來的。」老奶奶微笑地說，滿布皺紋的臉十分慈祥。

「除夕？可是現在距離除夕還有大半個月欸。」江雨寒詫異地說，心想老婆婆大概是記錯日期了。「時間還早，妳等她回來那天再來就好了。」

「沒有關係，我想在這裡等，好像等一下就能看到她一樣。」

「可是……」

雖然冬陽和煦，但巷口風大，老奶奶拄著老舊枴杖的身形在風中顯得顫顫巍巍，江雨寒正想繼續勸她回家，阿凱卻輕按她的肩膀阻止。

「老人家有自己的想法，隨她吧！我有幾個朋友住附近，我叫他們弄幾張椅子過來。」

他說著，走回車子拿手機聯絡。

阿凱的朋友很快就抬著自家的藤椅趕過來，整齊擺放在公車站牌下。

老奶奶向他們一一道謝後，才慢慢坐在一張有靠背的藤椅上。

「多謝你們，實在是很不好意思。」

「不用客氣。」阿凱擺擺手，示意那幾位朋友先離開。「如果不介意的話，想向妳打聽一個人。」

「你想找誰，說給我聽聽，如果是附近庄頭的人，大概沒有幾個我不認識的。」

這位老奶奶雖然年紀甚大、老眼昏花，但神智十分清楚，說話也有條有理。

阿凱將阿采嫂的事簡單述說了一遍。

老奶奶靜靜聽著，白濁的雙眼瞇得更細了，好像陷入了久遠的回憶，也好像睡著了。

「阿采嫂……好久沒有人這樣叫我了，自從我先生作古了以後……」

阿凱和江雨寒驚訝地相視一眼，沒想到會在這裡巧遇他們苦尋不著的人。

「妳就是阿采嫂？可是聽說阿采嫂住在村口醫院附近……」江雨寒不敢相信地說。

「『阿采』是我先生的名字，我先生死得早，三十出頭就亡故了，自他去世後，就再也沒有人叫我阿采嫂。我本名是秀子。我兒自小身體不好，長大後也不能像正常人那樣走路，為了看醫生方便，我帶著他搬到老鄉長的醫院附近，不過，後來他也過世了，我就搬回祖厝和小兒子一起住。」

「原來是這樣。」江雨寒恍然大悟地點點頭。

這位看起來年近百歲的老奶奶被稱為阿采嫂是六十多年前的事，難怪現在沒有人聽過這個名字了。

明顯患有白內障的雙眼來回打量他們二人，「你們找我有什麼事？我不認識你們。」

「秀子婆婆，妳記得阿坤嗎？」

「阿坤……阿坤……」老奶奶口中喃喃重複這兩個字，混濁的眼瞳漸漸泛起水霧。

她兩眼含淚告訴他們，當年阿坤和她之間的事。

很久很久以前，秀子婆婆還年輕時，寄宿在村中大宅的那些日本人垂頭喪氣地搬走了，過了一段時間，有新來的軍隊駐紮在村子裡。

鄰長說，那些軍人是他們的同胞，但在她看來，那些人和日本人一樣，都說著山裡人聽不懂的話。

還好，大家雖然語言不通，倒也井水不犯河水，軍人每天忙著操練，村民每天忙著種田，彼此相安。

有一天，門外突然傳來罵人的聲音，正在煮飯的秀子探頭看，只見一名軍官正在他們家的芭樂園痛打一個阿兵哥。

秀子看到那個少年阿兵哥雙手緊緊握著一顆芭樂，立刻明白怎麼回事了。

她連忙跑過去，用台語對軍官說：「不要打他了，那個芭樂是我給他的，不是偷的！」

軍官不知道是聽不懂台語，抑或是不想理她，即使她一再重複大喊「芭樂是我給他的」，軍官仍然把少年阿兵哥狠狠揍了一頓，打得他蜷縮在地，還使勁踹上幾腳。

少年阿兵哥被拎走之後，她撿起地上那顆咬了一口的芭樂，心裡非常難過。

那個年代，山村裡沒有商店，也沒有市集，只有適逢節日的時候，部分村民會自己做一些發糕、饅頭，編一些籮筐、草鞋，在陡坡上的小徑販賣。

有一次，她擔著自己種的芭樂，跟著鄰人去陡坡擺攤。

幾個年輕的阿兵哥站在遠處，眼神貪婪如餓狼般盯著那些籮筐裡的食物，卻不敢靠近。現在村民們都知道那些當兵的很窮，衣衫破爛不說，常常連飯也沒得吃，日子過得比山村務農的人家還要艱苦，所以也沒有人想兜攬他們。

秀子認出上次偷芭樂被打的那個少年阿兵哥，招手叫他過來，塞了幾顆芭樂到他手裡。

「給你吃。」她用台語說。

阿兵哥大概聽不懂，雙手捧著芭樂，卻不敢動。

「伊供給你粗啦！給你粗！❶」旁邊一個村民用極為不標準的台灣國語對他說。

阿兵哥狀似理解了，閃著淚光的眼睛看了秀子一下，低頭用力啃咬著芭樂。芭樂很硬，他卻吃得極快，好像很久沒吃過食物那樣。

「吃慢點、吃慢點！下次啊，別再偷別人的東西，這樣是不對的，就算你的長官不打你，別人也會打你，你家鄉的爸媽哪有不心疼的……」秀子好意勸他。

對方非常專心地狼吞虎嚥著，不知道有沒有聽到她說的話。

不用操練的時候，阿兵哥偶爾會來找她。有時候幫忙曬鹹菜，有時候幫忙採收芭樂。問他家在哪裡？他很仔細地回答了，但因語言不通，她一個字也聽不懂；就算聽懂了，大概也不知道那是什麼地方。問他叫什麼名字？他說的中文名字，她同樣聽不懂。

「阿姨，妳叫我阿坤好了。」他說。

「阿坤」兩個字聽起來像台語發音，她終於聽懂了，於是就叫他阿坤。

雖然阿坤總是用鄉音濃重的方言喊她「阿姨」，讓她覺得有點彆扭，但她其實是很喜歡這個歲數跟她大女兒差不多的少年阿兵哥的。

有一次，秀子去陡坡下面的小溪洗衣服，因為同行的女伴有事先回家，她就一個人留下來洗。好不容易洗完衣服，已是黃昏時分，殘陽如血。

她用扁擔挑著洗好的衣服，爬上陡坡。

不知從哪裡冒出兩個穿皮鞋的軍官攔住她，一個拉她的手，一個拉她的辮子，涎著臉說一些陌生的語言，兩人臉上邪穢的笑容透露出惡意。

秀子又氣又怕，舉起扁擔想防衛，豈料卻讓那兩個人笑得更開心了，他們一伸手就搶走了扁擔。

危急間，路邊草叢突然飛出兩顆小石頭，不偏不倚砸中那兩人的頭部。

「阿姨，妳快走！」

是阿坤的聲音！

她看向草叢，正想找尋阿坤的身影，那聲音又連連催促：「阿姨！妳快走！」同時草叢中又飛出更多小石頭，砸向那兩名軍官。

雖聽不懂阿坤在喊什麼，但聽語氣，大概是叫她快逃吧？於是秀子轉身就跑，一路衝到鄰長家討救兵。

「快點跟我去救人！阿坤一個人打不過他們！」

「等等！等等！妳說要救誰啊？」鄰長一頭霧水地看著她。

「救阿坤啊！他為了救我，在下坡那裡跟兩個穿皮鞋的軍官打起來了！你再不去幫手，阿坤會被他們打死的！」

「阿……阿坤？」鄰長的臉色忽然變得很難看。

「對啦！之前常來幫我採芭樂那個阿坤啊！」心急如焚的秀子不耐煩地說。

鄰長遲疑了一下，有些艱難地說：「……阿坤，阿坤早就死了欸！」

她整個人愣住了。「死了？什麼時候死的？怎麼會死？」

鄰長告訴她，前陣子清明的時候，阿坤因為餓到受不了，跟著一群人跑去陡坡那邊搶奪村民賣的發糕和紅龜粿引發衝突，大夥兒就打起來了。

阿坤在一陣混亂中被活活打死，屍身還被推進深谷裡面，連有沒有人幫他收屍都不知道。由於這事並不名譽，大家也弄不清阿坤是被憤怒的村民還是飢餓的同伴打死，所以那些長官下令封鎖消息，不許眾人議論。

「哪有可能！阿坤剛才明明還在叫我！」她完全不敢相信。

「真的啦！我們相識那麼久，我這個人會空喙哺舌❷咒讖人家嗎？」

「我不管！橫豎你跟我去下坡那邊看看就對了！」

鄰長沒辦法，只好多找幾位村民，眾人拿著火把和鋤頭、鐮刀一起到陡坡處探視。

漆黑一片的山坡上，沒有軍官，也沒有阿坤，只有幾顆沾血的大小石子掉在路中央。

村民撥開秀子說的草叢一看，後方就是懸崖邊緣，萬不可能躲人。

她便將那些石子撿起來，堆在深谷那側的路旁，當作是阿坤的墓碑，年年祭拜。

「……可憐的孩子。我還記得清明是他的忌日，我每年都會做些紅龜粿跟發糕去落崎❸那邊祭拜他——那時候這孩子就是因為肚子餓，跟人家搶紅龜粿，才會被活活打死的……但現在沒辦法了，年紀大了，連走到巷口都很吃力，不能再去落崎拜他。人老了，真的無法度了❹……這可憐的孩子，我一直叫他不可以搶別人的東西，怎麼就不聽我的話呢？」

看著老奶奶神色淒切地追悼當年的遺憾，江雨寒忍不住說：「阿坤不是因為搶紅龜粿被打死的，他沒有搶！」

老奶奶訝異地抬頭看著她。「妳怎麼知道？妳……妳是誰？妳怎麼會認識阿坤？」

「我……我是……」

江雨寒正尋思要怎麼說明，才能讓秀子婆婆相信她這個乍然冒出來的陌生人的話時，阿凱代替她說道：「我是崇德宮北辰帝君的乩身，我叫阿凱。」

「帝爺公的乩身……我知道！我知道！你是老鄉長的賢孫啊！」老奶奶突然異常激動。「老鄉長的醫院救了很多人，功德無量，我兒子最後那幾個月一直住在老鄉長的醫院，他去世後，我付不出那些醫藥費，醫院也就沒跟我收……我一直想著一定要向老鄉長親自道謝，感謝你們的大恩大德……」

她說著說著就要站起來，似乎想向阿凱鞠躬致謝的樣子，阿凱連忙將她按回椅子上。

「不用客氣，這沒什麼，醫院的職責本是救人。我今天來找妳，是要告訴妳關於落崎亡魂的事。」

「亡魂……你看到阿坤了？」老奶奶枯瘦如柴的手緊緊攥住阿凱的手。「他、他還沒去投胎嗎？都過了這麼久了……他現在怎麼樣？他有跟你說什麼嗎？」

江雨寒在一旁看著，終於明白阿凱為什麼要代替她說明——一聽到阿凱的身分之後，秀子婆婆對他所說的一切是徹底信任、絕無懷疑，完全不用擔心怎樣說才能讓她相信。

「大概心中懷有遺憾，阿坤的靈體一直在落崎徘徊。他想告訴妳，當年他沒有搶村民的東西，是因為要阻止餓到發狂的同伴，才會在混亂中被打死。」

老奶奶昏耄的眼睛大睜，蒙著一層薄翳的雙瞳有種蒼白的茫然，過了許久，鬆弛下垂的眼瞼沉重地闔上，眨出兩行淚水，在皺紋深鐫的臉頰上蜿蜒。

「原來是這樣……原來我一直誤會他……」

她萬分痛惜阿坤因不聽她的話而導致橫死早夭的下場，沒想到事實卻不是她以為的那樣，她誤會阿坤，誤會了七十多年。

原來他一直有把她的話聽進去，他沒有搶奪別人的食物……

老奶奶嗚嗚咽咽地哭起來，衰老的聲音聽起來格外悽愴。

「婆婆，妳不要難過，這七十多年來，阿坤一直記掛著妳，想讓妳知道當年的真相。現在遺願達成，阿坤應該可以安息了。」江雨寒抽出數張紙手帕為老奶奶拭淚，並輕輕拍撫她佝僂的背。

老奶奶右手抓著阿凱、左手握著江雨寒的手，誠摯地說：「謝謝你們告訴我這件事，要不是你們，我到老死也不會知道當年的真相，真不知該怎麼感謝你們！」

「不用客氣，我答應過阿坤，一定要替他完成心願，能順利找到老婆婆，我也很高興。」江雨寒說。

「我有一個冒昧的請求：你們能帶我去落崎嗎？因為身體衰老，我很久沒有去拜阿坤，很想再去奠祭他一次。」

「沒問題。」阿凱立刻答應了。

他開車載著老奶奶前往東南山區。經過市場時，江雨寒特地下車買了各式紅綠鹹甜的糕粿，以及一些香花紙錢。

到達斜坡處，已是傍晚。深山的黃昏總來得特別早，暮靄四合，夕霧瀰漫。

老奶奶對著懸崖下虔誠祭奠時，江雨寒看見茂密的蘆葦叢中影影綽綽飄浮著一個形體，身上的軍服破敗依舊，但面貌清俊，不復殘缺，凝望著老婆婆的神情似悲似喜。

「阿凱，那個……」江雨寒輕輕拉扯阿凱，小聲地說。

阿凱點點頭，表示他也看到了。

江雨寒轉頭看了看兀自對著前方唸唸有詞地祝禱的老奶奶，壓低聲音問阿凱：「秀子婆婆好像沒發現，她看不到嗎？」

「不是所有人都能見到冥界的靈體，也或許阿坤不想嚇到老人家。」

兩人低聲交談間，只見那個幽靈悠悠轉向他們，深深一鞠躬，緊接著化為一片螢火蟲似的綠色光點，散逸在昏暗的暮色中。

「怎會這樣？」江雨寒驚訝地望著那些肉眼逐漸無法辨識的光點。

「這個靈體對塵世已經沒有罣礙，前往它該去的地方了。」

「那真是太好了。」江雨寒雙掌合十，對著靈體消失的方向默默祝禱：「阿坤一路好走，願你投胎到幸福安樂的地方，下輩子不要再為戰亂所苦……」

1 伊供給你粗啦，給你粗，台灣國語唸法，意為：她說給你吃啦！給你吃。
2 空喙哺舌，台語，意指信口開河、說話無憑無據。
3 落崎，台語，斜坡。
4 無法度了，台語，無可奈何。

第四十七章 山村舊怨

回程的路上，江雨寒向老奶奶打聽起防空洞的過往。

老奶奶見問，臉上的表情顯得猶豫，數度欲言又止。在江雨寒苦苦哀求之下，才下定決心似地說：「我同姒仔❶的娘家在防空壕附近，她曾偷偷告訴我那裡發生過的事。當時她再三再四警告這是村子裡的祕密，絕對不能說出去，只能帶進棺材裡，否則將會招來大禍。論理我不該洩漏，但你們夫妻倆對我有恩，既然你們一定要知道，我就告訴你們吧！」

她看他們兩人舉止親暱，便誤認江雨寒是老鄉長的孫媳婦、自己人，對她毫不避諱。

坐在後座的江雨寒滿臉期待地望著副駕的老奶奶。因為過於專注老奶奶接下來要說的話，以至於沒發現對方將她和阿凱誤認成夫妻。

老奶奶告訴他們，二戰時期因村子裡有日本兵仔設置的軍營和飛行場，而引來美軍戰機大規模的轟炸，除了北村被戰火燒成灰燼之外，西北山區那個日軍特地修築作為軍事掩體、戰時指揮所的大型防空壕也在某一次的空襲行動中被炸毀，好幾個主要出入口都被山上崩落的土石掩埋了。

「所以防空洞裡面那些日本軍人，真的是被炸死的嗎？」江雨寒忍不住問道。

老奶奶遲疑片刻，緩緩搖頭。「不是。那座山很大，防空壕也很堅固，洞口雖然被炸毀，內部是很牢靠的。據說洞口坍塌當時，在防空壕躲避空襲的日本兵仔還活著，飛龍機飛走之後，附近倖存的庄民還有聽到裡面傳來他們的呼救聲。」

「那他們為什麼不逃出來？是因為出入口坍塌出不來？」

「那個防空壕規模很大，出入口不止一個，空襲那時沒有全部被炸毀，他們出不來是因為……其他的出入口也被堵住了。」

「被堵住？既然其他出口沒有炸毀，為什麼被堵住？被誰堵住？」江雨寒連續追問。她心裡隱隱閃過一個可怕的想法，但因為太可怕了，她簡直不敢相信。

老奶奶長長地吁了一口氣，「……空襲過後，附近那些僥倖不死的村民，用山腳的落石……把剩餘出口給徹底封死了。」

果然。江雨寒感覺自己的指尖陣陣發涼。「為什麼？」

劫後餘生的村民堵住所有出入口，徹底斷絕內部日軍的逃生之路，導致那麼多人活活困死在不見天日的防空洞裡……她實在無法理解為什麼要這樣做？

想起眾多日本兵被關在陰寒闃暗的山體深處等死的情景，江雨寒不禁不寒而慄。

對方雖然是日本人，非我族類，但同樣是活生生的生命，那些軍人也有父母孩子在家鄉引領盼望著他們回去，怎麼能這般慘無人道地坑殺他們？

「因為仇恨。」負責開車的阿凱忽然說道。

老奶奶嘆了一口氣，神情沉痛。「是的，因為仇恨。早已變成廢村的蘭桃坑，相傳當年就是慘遭日軍屠殺滅村，還有『殤水宮』，阿凱應該知道『殤水宮』的事吧？」

「知道，帝君出巡運庄時途經『殤水宮』遺址，我看過立在廟前廣場的紀念石碑。」

「殤水宮？」江雨寒困惑地看向阿凱。

所謂「出巡」、「運庄」，指的是神明繞境驅儺的活動，既是崇德宮神輦繞境會經過的地方，那必然在山村之內，她卻從未聽過這座宮廟的大名。而且以宮廟名稱來說，這個宮名也太特殊了。

阿凱告訴她，那是位在南村深山的一座廢棄宮廟，數十年前意外被迷路的村民發現時，已然殘破不堪，大殿外的牌匾上僅剩殘餘的「水宮」兩字，首字模糊難辨，所以被稱為「殤水宮」。

後來經過幾位民俗學者尋訪調查「殤水宮」的興廢始末，方才得知在日治初期，日軍為了抓捕抗日分子，在「殤水宮」附近村落進行「清庄」，將村裡十六歲以上的男子全數剿殺，導致滅村，信徒被屠殺殆盡的「殤水宮」也隨之荒廢。

雖然該事件距今已一百二十餘年，當時枉死的村民亡魂仍時時在廟前廣場徘徊著。

阿凱敘述完這段鮮為人知的往事之後，老奶奶接著感慨地說：「我從小常聽大人們偷偷地說，當時日本人為了徹底統治台灣人，藉口要清查戶口，把村落的民眾聚集起來，稍有可疑，立刻就以剿匪為名義進行『清庄』。我們這一輩人出生在日本時代，取日本名、讀日本書、講日本話，也以為自己是日本人，心裡沒有什麼反抗意識，但對我們的先輩來說，受到異族統治所造成的犧牲和苦痛，是永遠不會忘記的。」

所以當年劫後餘生的村民們看到日軍受困在主要出口坍塌的防空洞時，不僅沒有伸出援手，反而紛紛搬運起附近的落石，合力將剩餘的洞口也堵上，目的就是為了報仇雪恨？江雨寒想到這裡，不由得全身顫慄。

她不是生在日治時代的人，沒有親身經歷過先民們的血淚和冤屈，不過當時的受害者歷經百年仍冤魂不散，遭際之慘、恨意之深可想而知；但如果事情真相確實像老婆婆說的那樣，她也可以理解防空洞中強大的怨靈是如何形成。

不是死於戰火，是死於村民們蓄積已久的仇恨，然後，變成更大的仇恨——那些蠢蠢欲動的怨靈仇視村民的後代，蟄伏在洞壕深處，伺機復仇。

這就是阿公說的「因果報應」嗎？

「**欲知前世因，今生受者是；欲知來世果，今生作者是。**」阿公在那場夢中一再告訴她，因果業報是干涉不了的，縱有大神通之力，亦難回天。

她終於明白了。

阿公當年和防空洞怨靈周旋許久，後來發現怨念無法消除，只能勉強設下結界，用自己的血咒封印洞穴，不過這只是暫時之計……

村子終將被業報吞噬。

「我同姒的爸爸，就是當時動手堵住防空壕出口的村民之一，沒過多久，他去西北山區砍柴的時候就失蹤了，後來被發現頭顱掛在沒有人爬得上去的峭壁上，我同姒的家人想去收屍都沒辦法。我同姒很害怕，覺得這是報應，她也害怕總有一天報應會降臨在她身上，所以偷偷告訴我這件事。不過，除了頭先那幾年防空壕附近常出人命，之後村子裡就漸漸平靜，沒再發生怪事了，我同姒也沒受到什麼報應，幾年前自然老死了，我想應該沒有事了吧？」

秀子婆婆絮絮地說著。

江雨寒不知道該說什麼，抬頭看向前方駕駛座的阿凱，只見他的側臉神色異常凝重。

❀❀❀

隔天是小島田出院的日子，在徵求阿凱的同意之後，江雨寒將他接回阿凱家住，方便照應。小島田右腳膝關節處仍需以特製的支架固定，但在護具的輔助下，至少能站立跟行走，比之前好了不少。

一回到阿凱家，他就迫不及待到二樓小客廳查看荒魂大人的御神體。

安放在刀架上的脇差隱隱散發冰藍色微光，隨著光芒的閃爍，小島田的膝蓋也跟著頻率陣陣刺痛。

江雨寒見他痛得幾乎站立不住，連忙扶著他離開這裡，前往安排給他暫住、位於三樓的房間。

「那隻妖狐的長刀，果然和神明大人有關。」小島田坐在大床邊緣，撫著劇痛不已的右膝說道。「這段時間，御神體還是這個老樣子？」

「嗯。我有空的時候就會按照你教我的方式，在御神體前奉祀各式神樂，可是完全沒有反應。我畢竟不是真正的巫女，沒有受過正統的神樂舞訓練，這樣做真的有用嗎？」她有些洩氣地說。

「《古事記》和《日本書紀》記載，天照大神因須佐之男命的無禮而躲進天岩戶不肯出來，天鈿女命手持天香山竹，以歌舞將其引出巖穴，這便是神樂舞的起源，可見絲竹歌舞可解神怒的傳說確實是有根據的。妳身上潛藏著神明大人賦予妳的神力，是奉祀神明的最佳人選，要對自己有信心，妳一定可以做到。」

「好吧，我也希望我可以。」

江雨寒苦笑了一下，接著將昨日打聽到的關於防空洞的真相告知小島田，他聽完之後不禁愣住了。

「有這種事？如果這是真的，也太可怕、太可憐了！」他嘆氣道。

戰死沙場，那是軍人的天職，雖然悲壯，亦不失為一種榮耀，死無可怨；可若果真是被封閉在防空洞裡這種死法，未免太憋屈淒慘，難怪惡靈怨氣如此之重。

「我是聽村子裡的老婆婆說的，而老婆婆是聽親戚轉述，不是親眼所見。沒有其他佐證，我也不敢肯定事實就是這樣。而且，要是真的有那麼多日軍在那裡犧牲，為什麼史料上完全沒有記載呢？」

「我查過戰史資料，這個村子遭到轟炸是一九四四到一九四五年間的事，當時太平洋戰爭已接近尾聲，我軍節節敗退，連神風特攻隊這種自殺式攻擊都用上了，可能怕打擊到僅剩不多的士氣，所以刻意掩蓋掉這件事吧？我之前真是太天真了，戰亂年代的事，誰能說得準呢？」小島田黯然地說。

「匿而不報嗎？也不無可能。」江雨寒說。「假如這一切都是真的，你打算怎麼做？」

「我會淨化那裡的怨靈，引導它們放下仇恨、成佛升天，不過，我知道這只是一廂情願的妄想而已。據我之前的實地感應，那些亡靈的怨念深重，幾乎形成魔障，恐怕沒有妥協的可能。」小島田雙眉緊皺，神情異常嚴肅。

怨靈或許可解，但魔障難除，若冤鬼成魔，連神明大人都未必是對手。

聽小島田這樣說，江雨寒心中的絕望感更深了。果然業障難消、因果難移……

「真的沒有辦法了嗎？」她垂頭看著自己的雙手，深感無力。

蘭桃坑陣眼力量減弱，麒麟窟陣眼也受妖狐破壞，風天法陣岌岌可危，她知道時間不多了，一旦防空洞的封印徹底崩毀，鄰近村子所有村民——包括她和阿凱，都必須為先民犯下的罪惡血債血償。

她能怎麼做？

「雖然情況艱難，但請不要放棄希望，也許還有其他方法，比如說請求神明大人的幫助，或者是設法延長封印的時間等等。辦法總是人想出來的，我們一起努力吧！」小島田見她神情愁苦，溫言勸慰道。

「延長封印的時間」這句話提醒了江雨寒，她驀然想起之前蕭巖抓她去當人柱的事。

❀❀❀

趁阿凱去麒麟山監工，江雨寒跑到崇德宮找蕭巖。她的突然出現，讓對方十分訝異。再次和蕭巖見面，她的心情也非常複雜，特別是看到他那隻差點斷掉的小指還用紗布、繃帶固定著的時候。

「阿寒，怎麼會來找我？阿凱呢？」他顯然沒想到江雨寒竟敢一個人來找他。

「他在麒麟山。我有件事想請教伯伯。」

此時三輛深色系的名車同時駛進廟前廣場停放，卻遲遲沒有人下車，蕭巖探頭一看，心底了然。

「妳問吧！」

「那天在麒麟山上，伯伯曾說，把我當成人柱沉在麒麟潭底下，便可以維持風天法陣的結界，這是真的嗎？」

「自然千真萬確。」若非有十成的把握，當日他也不敢冒大不韙將她丟下麒麟窟──他深知李老異常珍視伏公的孫女，他是抱持著被千刀萬剮、凌遲到死的覺悟才這樣做的。

「可是我感覺不到自己有那種擔當人柱的力量。」

小島田說她可以承擔巫女之職、奉祀御神，蕭巖說她可以成為人柱、強化法陣，但江雨寒總覺得自己不過是一個普通人，什麼能力也沒有。

「因為伏公千方百計封住了妳的靈力，但在面臨生死關頭之際，潛藏的力量便會爆發。妳那與生俱來的靈力是神祇賜予，加上伏公的血脈，一定可以有效地鞏固封印、鎮壓防空壕惡靈。」

「如果像你說的那樣，由我擔當人柱維持麒麟窟陣眼，能維持多久的時間？」

「伏公曾經告誡過，使用人柱並非良策，有損好生之德，且人柱之力遠遠比不上蛟龍之力，而效期過短，所以伏公生前堅決反對使用人柱來補強陣眼。但是，自願獻祭的人柱耐久值，取決於犧牲者的精神強度。妳身上那來自神祇的靈能本強大異常，要是妳的意志力也夠堅強，或許能持續很久很久，一直到靈魂消散的那天。」

直到她魂飛魄散嗎？這麼說來，只要她意志堅定，便可以長保封印不壞，如此一來，阿凱就不用冒著生命危險去對抗防空洞怨靈了。

雖然早已決定要和阿凱同生共死，但她更希望他能好好活著。

得到自己想要的答案之後，江雨寒向蕭巖道聲謝，轉身離開。

「阿寒，千萬不要這樣做。」

走出廟門之前，蕭巖的聲音自背後傳來——

「我知道妳打算犧牲自己，換取阿凱一生平安無虞，但妳想過阿凱的心情嗎？」

江雨寒愣了一下，停下腳步。

「我將妳推落麒麟窟時，阿凱毫不猶豫地跟著跳下，為了救妳，他是連命也不要，他不會讓妳犧牲的。不要嘗試做這種傻事。」

「傻事？」她詫異地轉過身，「當初是你強迫我去獻祭，現在你卻叫我不要做傻事，這不是很奇怪嗎？我自願當人柱，只要犧牲我一個，就可以挽救附近庄頭數千條人命，你應該很高興才對。」

蕭巖嘆了一口氣，語重心長地說：「我的好友雲峰，因妳母親的緣故，英年早逝，所以我認為紅顏皆禍水，一向對妳心懷芥蒂，總覺得妳的存在會害了阿凱。但我發現，自從妳回來村子之後，阿凱性情變得沉穩許多，不像從前那樣浮躁衝動，我開始相信妳對他有正向的影響力，也認為妳確實是適合阿凱的人，我並不希望妳犧牲。」

江雨寒驚訝地看著蕭巖，不敢相信他會說出這樣的話。

「我這一生，為了守護風天法陣，捨棄所有，也註定沒有自己的後代，阿凱對我來說，就像我的孩子一樣，我知道他對我不諒解，但我所做的一切，都是為了他好。」

蕭巖說這話的神態十分真誠，她也不禁有些感動。雖然他對阿凱非常嚴厲，但她也相信他是出於好意。

「謝謝伯伯，阿凱總有一天會了解你的用心良苦。」

蕭巖略一頷首，繼續說道：「妳也不要再去想人柱的事，事態還沒有嚴重到那個地步，之前是我因過於焦急而誤判情勢。日前我在麒麟窟超度那些枉死的女孩子時，意外發現潭底蟄伏著一條潛蛟，雖然還不成氣候，但蛟為龍屬，有那條小蛟龍在，麒麟窟的風水寶氣尚可維持。」

她曾聽聞當年麒麟潭裡有一條蛟龍，歷經數百年的潛修之後，化為神龍升天，當時的升龍之威意外毀損設於麒麟窟的結界陣眼；沒想到竟有另一條小蛟龍住在裡面。

聽蕭巖這麼說，她頓感安心多了，也許他們還有充裕的時間可以尋找其他解決之法。

要離開之前，蕭巖請她轉告李松平的手下，就說他絕對不會再對阿寒下毒手了，請李老大可放心，不必掛慮。

「叔公的手下？可是我不知道叔公的手下在哪裡？」江雨寒不明所以地說。

她的反應也讓蕭巖感到意外，「妳不知道嗎？李老一直派人跟著妳，眼前停在廟埕的那三台車就是了。」

江雨寒驚訝地看著外面那三台價格不菲的名車。

這麼說，叔公已經知道她和阿凱找到秀子婆婆的事了？

❀❀❀

前往麒麟山的半路上，阿凱突然被李松平叫回山上的宅邸。

「我沒想到秀子竟會告訴你們防空壕的事，她應該知道這是不宣之祕。」李松平坐在花梨大桌後方，神情凝肅。

「你這樣處心積慮地隱瞞，是怕我們洩漏出去？」阿凱不解地問。

「這種不堪的過往，應該隨我們這一輩人的老去而永遠埋葬，不能讓你們背負著上一代的罪惡感。」李松平蒼老低沉的聲音聽起來像嘆息。「阿寒那孩子跟伏藏兄一樣，太過婦人之仁，容易誤事，所以她知道得越少越好；而對抗防空壕惡靈，是你註定的宿命，不讓你知道真相，是怕影響你的決心。」

「你多慮了。」阿凱正色說道：「我既然決定代替小雨承接天命，就絕不動搖。」

「那就好！伏藏兄平生常嘆『冤冤相報何時了』，我知道他有他的考量，但我們也不能任人宰割，必要時刻，須採取必要手段。」

「我一直很想問你一件事。當年伯公把惡靈封印在法陣之內，沒有設法消滅，真的是因為力有未逮嗎？」

從小常聽阿公語帶譴責地批評江伏藏過於婦人之仁，讓他不禁懷疑伯公當年沒有除惡務盡，是不能，還是不為？

李松平沉默許久，似乎感到難以回答。

「我不清楚。這個問題我也曾經追問伏藏兄無數次，他都避而不答，唯有一次逼急了，他只回我四個字——『風月同天』，但我始終不明白他的意思。」李松平緩緩說道。「也有可能忌憚因果，不想干涉太多吧！其實，伏藏兄的……」

說到這裡，阿凱的手機突然響起。

看到是小胖打來，他莫名有種不好的預感，於是匆匆向李松平致歉，立刻接通來電。

「老大慘了！出事了！出事了！」電話那頭傳來小胖顫抖而急切的聲音。

「怎麼了？」

「死死死……那些負責清除樹藤的工人，死死死……死了！」因為不住顫抖的緣故，小胖話說得結結巴巴。

阿凱陡然色變，「怎麼死的？」

「頭頭頭……頭被砍斷，我們發現的時候，就已經插插插插插在樹上……」他的聲音聽起來快哭了。

「先報警，我馬上過去！」

阿凱急忙趕赴現場，麒麟山上已亂成一團，只見眾人圍著一棵高大的枯木，枯木怒張的枝椏處分別插著三顆人頭，大量鮮血自頸部的斷面汩汩湧出，染紅了樹幹。

他認得那三名死者，是他找來的那些廠商其中三家公司的負責人。昨天下山之前還曾跟他們打過照面，如今卻以這種方式被懸首示眾。

俐落無比的斬首刀法、周遭遺留的妖物氣息、殺雞儆猴似的示威手段，阿凱一望即知凶手是誰，新仇舊恨令他燃起滿腔怒火，立刻追尋對方殘留在風中的惡意而去。

追至鄰近東方的山區，樹林裡突然出現一位老者，將他攔下。

那位老者看起來年紀甚大，枯瘦的臉龐布滿深刻的皺紋，狀似樹幹上的紋路一樣。一身襤褸，掌如樹枝，手拄一支冒著翠綠新芽的褐色枴杖。

雖然看起來眼生，對方身上散發的氣息卻讓他感到熟悉。

「老樹公？」

「你這孩子真機靈，我特地變化人身，你還認得出我。」

「祢變身的技術不太行，即使化身成人，看起來也像一棵樹一樣。」阿凱毫不留情地點臭。

「祢還好嗎？前幾天一直感應不到祢的氣，我很擔心。」

「當時和風神主一戰，幾乎要了我的老命。不過，感謝你讓原先氣數已盡的畸零山得見天日，如今山上萬物重獲生機，我枯竭的神力也漸漸回來了。」老樹公示意他看枴杖上長出的幾片嫩葉，「你看，這就是畸零山復甦的生命力。」

「原來那些寄生植物和外來樹種的侵襲，真的是造成麒麟山生機枯竭的原因，祢為什麼不早點告訴我？」

「天道窮通有定，而天機不可洩漏，我身為山神，必須順應自然之理，一枯一榮，無非天意。」老樹公略一停頓，繼續說道：「不過，如今我的神力雖稍有回復，然遠不是風神主的對手，我知道你想做什麼，但現下切記戒急用忍！」

「妖狐怙惡不悛，上回帝君網開一面，沒想到牠竟繼續濫殺無辜，若不盡快處理，一定會造成更多傷亡。」

老樹公搖搖頭，「風神主有四百多年的道行，修成九尾，足見妖力高強，再加上妖刀在手，縱使你有神尊護體，憑藉一身肉軀凡胎，終究無法與之抗衡。」

「祢有什麼辦法可以對付妖狐嗎？」他知道老樹公說的是事實，但眼見妖狐猖獗如此，他實在嚥不下這口氣。

「風神主和我多年為鄰，我深知牠雖天性驕縱狂妄，原先也不是窮凶極惡之輩，是殘存在那把妖刀中的意念控制了牠的心性，才變得這般喪心病狂，如果能讓妖刀離手，我有信心可以把牠導回正道。你暫且忍耐，待我神力復原，一定助你一臂之力。」

老樹公既這麼說，他也只得答應了。

阿凱打電話告訴江雨寒，麒麟山上的廠商出了意外，他必須協助處理後續及賠償事宜，可能會很晚才回家，叫她先睡，不必等他。

於是她梳洗過後就躺在阿凱的被窩裡，聞著他房裡特有的紫荊花香氣，安穩入睡了。

在夢裡，她獨自一個人回到姑媽的深山別墅。組長、琴姐他們早就離開了，而小島田也已搬到阿凱家，她不知道自己為什麼要回到這裡。

她信步走回自己位於二樓的房間，一開門，就看到一個散發黯淡綠光的瘦小靈體迎向前來，好像在等待她一樣。

「你還在這裡，還沒離開嗎？」

一眼認出對方是從風天法陣逃脫的那位少年日本兵，江雨寒十分高興，但想起眼前少年是因何而死，她就不由得深感歉疚。

「對不起……我……我不知道能幫你什麼……你在這裡等我，是希望我能為你做些什麼嗎？如果是的話，你儘管說，我一定盡力……」

「Nigeru……」少年日本兵嘴唇微微翕動，低聲地說。

「Nigeru？」她聽不懂對方的語言，於是便像上次那樣試圖觸碰對方，希望藉此了解對方想傳達的意思。

不料一碰到少年日本兵的手，周遭場景遽變，她頓時陷入一團沉重無比的黑暗中，沒有一絲光源，伸手不見五指。

她緊張地四處摸索，周圍盡是凹凸不平而堅硬的石壁，感覺似乎置身在一個洞窟裡面。

這是什麼地方？日本少年呢？

正想出聲呼喚，這才注意到四周傳來的雜亂聲響，有低泣聲、摩擦聲，還有一些夾著哭聲的呢喃碎語，聽起來像是日文。

是誰？是誰在說話？

這些聲響都極細微且壓抑，但不絕如縷地在一個密閉空間持續迴蕩著，造成很大的回音，使她的耳朵隱隱作痛。

她努力想看清楚發出這些聲音的人是誰，但即使睜大了眼睛，眼前也只有絕對的黑暗。

「你們是誰？這是什麼地方？」輕聲問了幾次，周遭迴響的碎語如故，無人回應她微弱的提問。

正不知所措，忽有一隻修長的手輕輕搭上她的肩膀。

「找到妳了，霞君。」

耳邊傳來的聲音清越冰冷，如玉器相觸，聽似隱含笑意。

「是祢。」她認得這個聲音，可是一時想不到該如何稱呼。

小島田習慣稱之為「神明大人」或「荒魂大人」，但既是曾被人民奉祀在神社的御神尊，應該有個正規的名諱吧？

「妳想知道我的名字？」對方即刻看穿了江雨寒內心的想法，「那是無關緊要的事，我早已忘了自己的名字了。不過，在我作為『御神刀』的平安時代，似乎曾有人稱我為『日祈宮宗正』。」

「御神刀」指的是奉祀在神明御駕前的太刀或脇差，而日本刀通常以地名、鑄造者、持有人或刀銘來命名，她猜想「日祈宮」或許是祂當初作為御神刀時所在的神宮或地名，「宗正」則是鑄造者的名號吧？

平安時代起始於西元七九四年，距今已一千二百多年，也就是說阿凱和小島田自北山撿回來的那把脇差，竟有一千多年的歷史？

日祈宮宗正輕笑道：「如今還有心思想這些，我的來歷對妳來說很重要嗎？生魂離體雖是我賦予妳的能力，但畢竟是危險的，特別是這種神無之地。」

「這是哪裡？」

日祈宮宗正右手輕揚，併攏的食指和中指指尖冒出一道青藍色火焰。火光不大，但足以照見四方。

只見一排穿戴舊式日軍服色的男子整齊地坐在山壁前，大部分垂首默然，有的側身用手指在堅硬的山壁上摳抓，抓得十指血肉模糊、指甲脫落仍不停止。

江雨寒原以為那些人想徒手挖洞，定睛細看後才發現，他們是用鮮血淋漓的指尖刻字，灰白石灰岩層上布滿黑紅相間的刻痕。

「這裡是……防空洞？」她四下打量，在人群中發現一個熟識的面孔——那個少年日本兵眼角含淚，在山壁上用染血的指尖刻了一些她看不懂的日文。

山壁上的日文字雖然很多，但看起來大部分都是重複的。

「這些是什麼字，能告訴我嗎？」她轉身問日祈宮。

「這個是『父親』，這個是『母親』，而這個……」祂左手指著那個被刻了最多次的日文字，「『帰る』，回家的意思。」

江雨寒頓時想起麗環被少年日本兵附身時，曾經一再重複念誦著這個日語詞彙，心中慘然。這就是當年受困在防空洞裡，逃生無門的日軍臨死前的情景嗎？所有出入口被村民封鎖，只能在此絕望地等死的人們……
最終客死異鄉，魂欲歸而不得。
「日祈宮大人，祢能救它們嗎？」明知希望渺茫，她仍抱持一絲冀望懇求。
日祈宮搖搖頭，左手朝那些抱頭痛哭的人們拂去，只見祂寬大的袍袖就像無形的氣流般穿過它們的身軀，對方也絲毫感覺不到祂的存在。
「這是過去的時空，無能為力。我們回去吧！」
祂輕聲說道，握著江雨寒的手。
轉瞬間，她的靈魂就回到御神體所在的阿凱家小客廳。
「我找妳，是有事想請妳幫忙。」
猶自沉浸在剛才的悲傷情緒、淚眼汪汪的江雨寒聞言，緩緩擦掉眼淚，問道：「我能幫祢什麼？」
「我將久受荒魂意志浸染的佩刀棄置在曠野之原，卻被一隻鬼祟的小狐狸偷偷撿走，在附近逞凶橫行，必須給牠一點教訓。請帶著這把脇差，去找那隻小狐狸吧！」
日祈宮入魔之後，身上佩帶的太刀長期浸染在祂對人類的憎恨和惡意之中，且殺戮甚重，逐漸魔化成充滿邪穢的惡念體。

後來，祂厭倦了對人類無止盡的殘殺，於是引誘能借用強大神力的阿凱到北山，希望藉由對方的手將自己封印回御神體。

在與阿凱戰鬥時，祂分靈幻化成江雨寒的模樣，利用阿凱分心之際，順勢丟棄身為惡念體的太刀，只留下御神體脇差。

當時丟棄太刀是為了讓阿凱順利擊敗自己，沒想到事後卻被妖狐撿走，道行修為遠遠不及日祈宮的妖狐遂遭到惡念體操控，繼續傷害人類，這是祂始料未及的。

雖然妖狐本性就具有貪愛五欲之心，但會變得如此殘暴，追根究柢仍是受了殘留在惡念體中的荒魂意志影響，所以祂也無意趕盡殺絕。

江雨寒猜想日祈宮大人說的小狐狸，一定就是那天在麒麟山上濫殺無辜的妖狐風神主，她知道阿凱也一直想找牠算帳，於是毫不猶豫地答應了：「好，義不容辭！」

❀❀❀

隔天阿凱依舊忙著處理那三名犧牲者的後事，江雨寒待在家中，和小島田說起昨夜生靈離體、遇見荒魂大人——日祈宮宗正之事。

「聽妳的敘述，神明大人的神智似乎清楚多了，至少說起話來很正常，不像之前那樣顛倒錯亂。這是好現象啊！可見妳這陣子勤於奉祀神樂確實是有效果的，也許神明大人就快要脫離癲狂的荒魂階段，轉變為和御魂了。」小島田興奮異常地說。「如果日祈宮宗正大人願意幫助我們消滅防空洞的惡靈，那就太好了！曾是神聖的御神刀，又有一千多年的道行，這是貨真價實的大明神啊，那些惡靈絕不是對手！」

「可是……」

思及昨夜在防空洞的所見所聞，她不禁覺得非常不忍心。

他們死得那麼慘，變成怨靈似乎也……也無可厚非……

「有什麼問題嗎？妳想說什麼？」小島田察覺到她猶豫的神態。

「沒什麼。」江雨寒搖搖頭。「對了，『nigeru』是什麼意思？」她忽然想起日本少年昨天對她說的話。

他到底想告訴她什麼呢？

「『nigeru』是日語『快逃』的意思，言下之意是即將有危險。怎麼了，妳在哪裡聽到這句話？」小島田立刻關切地問。

「只是偶然間聽到，覺得好奇而已，沒事的。」

因為不想讓對方擔心，她掩飾地一笑，卻心生隱憂——

日本少年特意示警，是感應到了什麼嗎？

1 同姒仔，台語，指妯娌，為丈夫兄弟的妻子。

第四十八章 荒山疑塚

由於麒麟山再度發生駭人聽聞的命案，一時被眾人視為畏途，除了負責採檢的刑警之外，沒有人敢靠近，特別是那些承包造林工程的廠商。

餘下的七家廠商負責人表示，在殺人凶手落網之前，他們寧可退回工程款、賠償違約金，也不願意再度上山施作。

目前山上的狀況非常尷尬，清除到一半的蔓生植物沒有經過妥善處理，藉著不定根及四處飛散的細小種子，只會繁衍得更快，導致前功盡棄。

再加上最近村子裡頻頻傳出年輕女性失蹤的消息，阿凱認為不能再枯等老樹公恢復神力，他向小島田請求協助，希望虎靈神使能找出風神主的藏身之處。

神使果然不負所託，經過數日上天入地的搜尋，終於在村子東邊的墳山發現妖狐活動的足跡。

橘色小貓蹲踞在阿凱肩頭，帶領他和小島田、江雨寒來到那座墳山山腳下。

雖說是墳山，其實上面也只有一座古墓，規模宏偉的墓園盤踞整個山頭。

這座古墓修建的年代不可考，墓主身分也不得而知，她小時候曾聽人說那是古代某位將軍的墓，又有人說是王爺墓，眾說紛紜、莫衷一是，對村民來說是一個神祕的存在。

村裡的孩子們從小到處探險，舉凡廢棄遊樂園、防空洞、公墓、深山廢墟等等，無所不至，但從來沒有人敢靠近這座墳山，或許是潛意識裡都畏懼著那傳說中會拿大刀砍人頭的將軍幽靈吧！

他們三人抵達墳山外圍時雖是上午，因山雨欲來，墨染似的雲層籠罩山頭，加上四周古樹參天、濃蔭蓋地，倍顯陰寒，江雨寒不由得拉緊身上的外套和圍巾。

神使伸出右前爪指向山頭的方向，示意他們前進。

「這座山雖然不高，不像麒麟山那麼崎嶇難走，但阿光你的腳真的沒問題嗎？千萬不要太勉強了。」江雨寒擔憂地看向堅持要跟來的小島田。

「沒問題的，我用護具護住膝蓋，這種高度的土丘還難不倒我。」小島田篤定地說。

「好吧，那我們慢慢走。」

整座山上長滿荒樹野草，完全沒有路徑可通行，他們邊撥開樹叢邊前進，舉步維艱。

「像這種時候，要是小胖先生在就好了。」小島田不禁想起小胖的好處。

「對了，我聽小胖說，前幾天村子裡又有一些女生失蹤了，跟你們說的那隻妖狐有關嗎？」江雨寒問道。

「從那妖狐專找女生下手的習性看來，恐怕八九不離十。」小島田皺了皺眉頭。

「牠為什麼專對女生下手呢？」

「這個嘛……我也不是很清楚，我聽那隻妖狐說過，牠對『公的』沒興趣。辰凱先生，你知道為什麼妖狐只挑女生嗎？殺害那些女生對牠有什麼好處？」

「老樹公說那隻妖狐行不從徑、倒行逆施，以採陰補陽的房中術吸取人類精元來增強妖力。」阿凱回答道。

「房中術？」小島田表示不解。

「那是古代道教的一種修煉方式，曾經盛行於秦漢時期，著重以道御術，透過男女交合達到調和陰陽、補益遣疾之效。」

「男……男女交合？這麼說，那妖狐專抓女生，就是為了吸取她們的精氣嗎？弄死那麼多人，這房中術也太可怕了。」小島田神情慘然。

「房中術是原是養生方技，不以傷人為目的，是妖狐的採補手段過於殘忍，致死方休，所以絕對不能放過牠！」阿凱忿然說道。

「沒錯！否則不知道還會有多少無辜的女生受害！」小島田深以為然，同仇敵愾。

他小島田光今年三十歲，母胎單身，唯二握過手的女性只有母親大人和小雨小姐，而那妖狐竟為了增強自身的妖力就害死那麼多女生，簡直不可原諒！

一行三人披荊斬棘地在原始野林中穿行三個多小時，終於爬到山頂，一條長約四百公尺的殘破甬道出現在腳下，甬道盡頭隱約可見掩蔽在古木叢間的長方形墓碑和圓形寶頂，周圍黃土漫漫、陰風慘慘。

「呼！總算到了！」小島田吁了一口氣。

「這種地方怎麼會有規模這麼大的古墓？墓主人到底是誰？我們趕快去看看。」

江雨寒迫不及待踏上石板鋪成的甬道，阿凱卻一把拉住她。

「小心一點，那座墳墓也許就是妖狐的藏身之所。」他謹慎地將江雨寒拉到自己背後，率先往前走。

他們穿過占地廣袤的墓前廣場，走到墓碑前細看。

那座呈現灰白色的巨大墓碑大約一百六十多公分高，以某種粗礪而堅硬的石材製成，外表大致保持完好，碑面邊緣的芝草刻紋仍清晰可見，但中間的鐫字卻湮滅難辨了，唯有上緣剩餘兩個殘缺不全的字體——

右上角的殘字看起來像「自」又像「目」，左上角則是看起來像個「囧」字。

「哇，連墓碑上的字都模糊不見了。你們知道這是多久以前的墳墓嗎？」小島田轉向阿凱問道。

「沒有人清楚確切的年代，只知道山村剛形成聚落的時候，就已經可以從村子裡望見這座山上的墳墓。村民們對格局這麼龐大的古墓感到懼怕，也從不接近這裡。」阿凱回答道。「為了讓亡者的姓名流傳後世，墓碑上的字通常刻得特別深，可是這塊墓碑的字卻幾乎磨平了，至少得有幾百年的歷史吧！」

不發一語的江雨寒低著頭用手指在自己的掌心畫字，重複描畫幾次之後，忽然露出恍然大悟的神情。

「怎麼了，小雨，有什麼發現嗎？」一直注視著她的阿凱察覺到那細微的表情變化。

「這大概是一座建於明代的墳墓。」江雨寒說。

小島田十分驚訝，「妳怎麼知道的？從哪裡可以看出年代？」

「這裡。」她指著墓碑上的兩個殘字。「我看過目前在台灣僅剩的幾座明墓，有些墓碑上方會橫刻『皇明』兩字，我想這原本應該是個『皇』字，只是下半部不見了，而另外一個字是『明』。」

「皇？」小島田疑惑地皺起眉頭，再次轉頭細看墓碑上殘餘的筆畫。「我學過漢字，『皇』字上面不是一個『白』嗎？這個字怎麼看也不像……」

「皇字楷書的上方部件確實是『白』沒有錯，但有些篆體是寫成像『自』那樣，裡面有兩畫。」江雨寒一邊說著，一邊在塵土堆積得極厚的墓埕地面用樹枝寫下「皇明」二字的篆體，果然和墓碑上的殘字十分相似。「目前所見的明墓碑文大多使用楷書，但也有參雜一些篆書的。」

小島田聽得似懂非懂，不過他認為江雨寒博學多聞，她說的一定對，所以頻頻點頭。雖然對她說的話並不存疑，但還是忍不住好奇地問道：「只憑這兩個殘字，就能判斷出是明代的墳墓嗎？」

「其實我也不敢斷言是明墓，畢竟碑文只剩殘缺筆畫，沒有其他文字佐證；不過，明朝從洪武開國算起，距今已有六百多年，若要再往前推算到宋元時期，似乎不符合實際情況，目前在台灣已找到的最古老墓塚就是明墓。如果說是清朝的墓，或許不無可能，但清墓和明墓的外觀細看仍有分別，例如：明墓墓碑下面的墓腳，大多像這樣特別長、埋得特別深，所以能數百年屹立不倒。」

「太厲害了！妳怎麼連這種事情都知道？」小島田忍不住驚嘆。

江雨寒苦笑道：「身為一個編劇，因應劇情需求，進行各種實地考察是必要的。」

編劇組的成員曾針對台灣的古墓塚及墓葬文化做過詳實的田野調查，而拜天生體質招陰的麗環所賜，實地勘查的經過「精彩」到足以寫成一本恐怖小說。

「如果這真是明代的墳墓，或許墓主和那隻妖狐存在某種淵源——老樹公說過，妖狐有四百多年的道行，距今四百多年前對應的朝代正是明朝。」阿凱若有所思地說。

「你說得有理，這裡一定是妖狐的巢穴沒錯，我們要把牠抓出來。」小島田四下張望，搜索的目光最後落在墓碑後方高聳的圓形寶頂。「該不會躲在墓穴裡面吧？」

「就算真的躲在裡面，我們也不能破壞先民的墳塚啊！這是絕對不允許的！」江雨寒見小島田一副摩拳擦掌、準備動手刨墳的樣子，連忙阻止。

進行台灣古墓的田野調查時，她曾訪問過一些俗稱「土公仔」的墓葬師傅，當時他們諄諄告誡她，隨意破壞墳墓是對亡者大不敬的行為，會為自身招來厄運；若非令月、吉日、佳時、良辰，連墳頭上的一根草也不能擅動。

曾經有一位土公仔，因為沒按照地理師算好的時辰開墳，結果被墓中的煞氣一沖，當場就瞎了一隻眼睛；還有一些鋌而走險的盜墓者，泰半不得善終。

「呃……我知道這樣做不對，」小島田尷尬地搔搔頭，「可是牠要是躲在墓穴裡不出來，我們能怎麼辦？」

「我們再想想其他的辦法……」

「算了，我們回去吧！」阿凱出人意表地說，拉著江雨寒的手轉身離開。

「好不容易來到這裡，怎麼可以就這樣算了！辰凱先生！」

一名夜歸的年輕女子行走在路燈黯淡的村道。她穿著一件合身的深色羊絨長外套，頸間繫著圍巾，下身搭配超短裙、透膚絲襪和細跟長靴。

因風寒露冷，她將外套的風帽戴在頭上，再用頸間的圍巾覆住口鼻，雖然整個人裹得嚴密，但玲瓏有致的纖巧腰身、短裙底下露出的一大截白皙修長的大腿，讓她的身姿看起來格外婀娜。

時間是晚上九點多，不算很晚，但由於村子最近很不平靜，少女失蹤事件頻傳，所以家家戶戶很早就閉門不出，長長的村道上只有她一人踽踽獨行。

走到村子東邊的險降坡處，正要右轉爬上另一個小斜坡，忽見一道黑色身影無聲無息地落在身前，擋住去路。

「殘留在墓前的處女氣息……」那人有著一張異於常人的尖細窄臉，兩隻狹長的狐狸眼閃著金色的光芒，正是妖狐風神主。牠直勾勾地盯視眼前女子，眼神流露赤裸的貪婪和欲望。「終於讓我找到妳了，跟我走！」

風神主急切地伸出右手攫抓，只見女子身形微側、輕巧閃過，反手一把牢牢握住對方的手腕。

「承蒙厚愛，但我可不想跟你一起研究房中術啊！」「女子」輕笑道，聽那聲音，明顯是個男人。

「你！」風神主驚覺上當的同時，右手傳來一陣劇烈疼痛，低頭一看，手腕已被貼在其上的雷符嚴重灼傷。

發現自己遭到愚弄，牠登時大怒，左手抽出腰間佩刀，朝眼前的人斬去。

小島田吃過妖刀的苦頭，心知厲害，連忙鬆手後退。饒是他退得快，仍被刀芒餘威劃破長大衣的袖子。

「哇！小雨小姐的衣服！慘了慘了！這件看起來很貴欸！」小島田看著破了大洞的衣服哀號。

「又是你這跳梁小丑！特來送死？」風神主怒道。

「不是送死，是來送你上路。」阿凱緩緩自斜坡樹叢後走出來，手上拿著名為「日祈宮宗正」的短刃。

「是你！」

風神主見阿凱出現，回憶起當日在畸零山上的降神之威，心裡有些膽怯，但轉念又想對方此刻並無神尊護體，區區一介肉體凡軀，有何可懼？便掣起妖刀揮向阿凱。

阿凱曾和妖刀之神對戰，深諳眼前這把長刀倏長倏短、詭譎莫測的特性，於是盡量避免與之正面交鋒，而採迂迴戰略，只守不攻。

風神主刀速疾如電掣，連攻不輟，卻刀刀落空，心裡十分不耐煩，口出嘲諷：「沒有真神降駕，你就只能像老鼠一樣閃躲嗎？無用的鼠輩、懦夫！」

知道對方意圖激怒自己，阿凱只是置若罔聞，腳踏罡步且閃且退，漸漸將對方引進斜坡旁的樹林。

雜樹林裡密集叢生的樹木竟似有自主意識般，紛紛橫伸枝幹加以攔阻干擾，風神主手上的長刀雖然鋒利異常，在這樣的情況下卻也不免大受影響，漸漸減緩揮刀的速度。

「可惡！畸零山的老廢物！」牠氣憤地揚聲詈罵：「藏頭藏尾算什麼東西！手下敗將，不敢現身？」

攻擊屢屢受阻，加上阿凱在進入樹林之後，身形越發敏捷，雲蹤飄忽，風神主見遲遲無法傷及對方，怒氣更熾，刀鋒夾帶狂烈風怒之勢，將扞格的樹木枝幹全數砍掉，林中一時散葉如雨，塵沙暴起。

四周狂舞的枝葉遮蔽視線，轉瞬間眼前的敵人就消失了蹤影，風神主不禁停手。

「人呢？」

「在你背後。」

隱含輕笑的嗓音，伴隨著一陣凜冽刺骨的寒意直逼後頸，風神主不暇多想，急忙回身舉刀擋格，驚聞錚然一響，手上的長刀應聲而斷。

阿凱以「日祈宮宗正」砍斷妖刀之後，並未收勢，反手斬向風神主，氣勢如虹。

風神主猶自陷在斷刀的愕然中，反應不及，倉促間以受創嚴重的右手接刃，硬生生被斬斷手掌，血似泉湧。

「這是什麼兵器，竟能斷妖刀、傷我至此？」風神主難以置信地瞪視阿凱手上那把泛著幽藍冷光的短刃。

牠潛修四百餘年，道行深厚，加之最近不斷吸取人類精氣，妖力大盛，尋常刀刃必定傷牠不得。

阿凱將脇差刃身的鮮血擦拭在袖子上，回刀入鞘。「妖刀的主人說，這是給你的一點小小警告。」

「是那個瘋掉的神祇！可惡！當初應該趁祂五感盡失、陷入瘋狂時下手除掉祂！」風神主握著出血不止的右手，恨恨地說。

「現在下手也還來得及，要試試看嗎？」阿凱嘴角微揚，眼中卻毫無笑意。

妖刀已斷，右手接連遭到重創，而敵人神兵在手，風神主心知自己沒有必勝的把握，遂冷哼一聲，化為一道黑色旋風，往東方群山逃竄。

「虎靈！」阿凱輕喝一聲，一隻橘色小貓瞬間出現在他攤開的左掌上，姿態乖巧。

阿凱咬破自己的手指，火速在小貓美麗的毛皮上用鮮血寫下降神敕令，接著抓起小貓往風神主逃逸的方向用力丟去。

「交給你了！把臭狐狸抓回來！」

稟受帝君賜力的小貓半空驟現虎形，龐大如山的法身神威凜然，渾身金黃色毛髮像烈焰在風中狂肆飆舞，疾如流星般追趕著那道黑色旋風。

只聞東方群山傳來陣陣吼聲，貫耳如雷。

「真是太神奇了！靈力枯竭的神使居然能借用尊神的威力！」小島田仍穿著那身向江雨寒借來的女裝，慢慢踅到阿凱身邊。

阿凱看了他一眼，想笑又不好意思笑出來，只得用手掩口，轉向旁邊掩飾地輕咳幾聲。

「別裝了，我知道你很想笑。」小島田無奈地說。「我可是為了大局犧牲啊。」

那天自明代的古墓回來之後，阿凱說風神主行蹤飄忽不定，他們在墓前守株待兔曠日費時，終非良策；既然牠專抓村子裡的妙齡女子，只要設下誘餌，牠必定會自行上鉤。

小島田認為阿凱所言極是，便議請江雨寒充當誘餌，他和阿凱躲在一旁保護。

江雨寒立即同意了，但阿凱並不願讓她涉險，最後的結果就是由小島田男扮女裝，上陣誘敵。

所幸小島田身量不高，自從在麒麟山受創於妖刀之後，身體又瘦了許多，加上四肢纖細，江雨寒有一些較為寬鬆的毛衣、長大衣，他還勉強能穿得上。

為了打扮得更像女生，她還特地為他上妝，粉底、遮瑕膏、假睫毛、眼線、腮紅、口紅一應俱全。

天生娃娃臉的小島田原本就長相清秀，塗脂抹粉、換上女裝之後，看起來竟有幾分姿色，宛如靚女。

「你打扮成女生，滿好看的。」阿凱由衷說道。

「這算是讚美嗎？」小島田苦笑地說。

如果讓父親大人看到他現在的鬼樣子，八成會從長年癱瘓的病床上跳起來毒打他一頓。

「你故意叫我穿女裝，是為了報復我吧！因為之前小雨小姐的巫女服的事。」

「想太多了，我是那麼會記恨的人嗎？」阿凱轉眼遠望東方群山，微微上揚的唇角洩漏一絲笑意。

過沒多久，銜令而去的虎靈神使嘴裡叼著一隻黑色巨狐，回來覆命。

牠將斷了右前爪的狐狸甩擲在地，一腳重重踩在傷痕累累的狐軀上，虎首高揚。

「太棒了！神使威猛！」小島田用驚嘆佩服的眼神看著久違的神使法身。「這隻狐狸怎麼處理？」

阿凱望向一旁的幽深樹林，「老樹公，怎麼處理？」

化為人形的畸零山神拄著長滿綠葉的枴杖，緩緩自林中踱出。

祂憐憫地看著奄奄一息、渾身血汙的黑色巨狐，「把牠交給我吧！風神主本性不壞，甚有戀主的忠義之心，牠在主人逝世之後，守護墳塚長達四百多年，不肯離去。只是誤拾墮神佩刀，被刀上附著的妖力控制了心智。如今妖刀已斷，牠的功體也被帝君廢除，就讓牠跟著我在畸零山修行吧！」

「可是，牠殘害那麼多人命……」阿凱想起蔡雅芙等人慘死的事，不禁覺得僅廢功體是太便宜牠了。

「若非受到妖刀中的惡念驅使，風神主必不至於此。給牠一個改過遷善的機會，牠是狐類之中最有靈性的貔狐，如果能依循正道潛心修行，將來一定可以彌補牠曾經犯下的過錯。」畸零山神婉言說道。

「好吧！聽祢的。」見山神大人情詞懇切，阿凱只得答應。

山神抱起傷勢沉重的黑狐，化為光影，朝麒麟山的方向飛去。

山村的危機解除之後，江雨寒回到編劇組工作，阿凱則獨自留在村子裡。

「凱，新聞說強颱已經登陸了，我這裡風雨漸漸變大，村子裡還好嗎？」風狂雨驟的深夜，她躲在陽台上講電話，斜斜打在身上的冰冷雨絲讓她禁不住輕顫。

夜空烏雲濃黑如染，狂降而下的暴雨就像潑墨一般。

「大雨一直下不停，但這個季節本來就多雨，習慣就好了……」電話那頭傳來的聲音，聽得出來有些憂慮，卻故作輕鬆。

「村子地勢那麼高，應該不會淹水吧？你趕快睡覺，今天很冷，要蓋好被子，記得關窗戶。」不知道為什麼，她隱隱有些不安，又依依不捨地叮囑了幾句：「如果有什麼狀況，就立刻打電話給我，我今晚要熬夜寫稿。後天放假，我就回去找你，等我喔。」

她回到房裡，將可怕的風雨聲關在落地窗外。

一起挑燈夜戰的同事們還在爭吵不休，一來一往的唇槍舌戰也像外頭風雨一樣狂暴。

「……妳到底在講什麼東西？我一句都聽不懂欸！講人話好不好？連最基本的對白都寫不好，妳跟人家當什麼編劇啦！」

阿星比平常更勇猛地衝著麗環飆罵，大概是因為連續熬了好幾天沒睡，讓他的怒氣值直線上升。

麗環火氣也不小，一掌重重拍在桌子上，連筆電都跳了起來。「你這老是扯後腿的廢棒說我對白寫不好？老娘在當編劇的時候，你還在『媽媽十塊』啦！」

吵了一個多小時了，還沒吵完啊……

江雨寒無奈地望向承羽，對方遞給她一個苦笑，帶著一貫的溫文和寬容。

看了看時間，半夜兩點多了。她決定不管他們了，先把自己的部分趕完，這樣後天才能如期回去山村找阿凱。

逐漸增強的雨勢猛烈敲打著落地窗，此時山村的風雨一定更驚人吧？阿凱爸媽都還在國外，他一個人在家怕不怕呢？真想立刻回去陪在他身邊……

早上九點多，奮鬥了一夜的編劇組終於向五臟廟投降，六個人難得意見相同，決定先到巷口吃個早餐再回來寫稿。

此時天空仍是黑壓壓的，但暴雨暫歇。一大堆斷裂的枝椏、從高處摔落的大小盆栽橫在路面積水中，舉步維艱。

不知道阿凱起床了沒有？昨晚風雨那麼大，不知道他睡得好不好？江雨寒緊握著手機，想打電話給他，又怕擾他清夢，猶豫許久，終究把手機收進口袋。

晚一點再打好了。

早餐店的電視正在播放風災相關的即時速報——

「……因連夜強降雨引發嚴重土石流，洪水夾帶大量泥沙沖進村莊……以下是直升機拍攝到的畫面……國軍緊急出動……」

一踏進早餐店，她手上剛收好的雨傘不禁墜地。

她聽不懂電視上的主播或是記者在說些什麼，但她清楚看到直升機傳回來的畫面中那座巍峨山形，是她再熟悉不過的麒麟山！

她和阿凱一起長大的村子，就在那座山腳下！

而如今，山腳下只見山洪氾濫、泥流滾滾。

阿凱呢？廟宇呢？房子呢？村民呢？

她立刻拿出手機撥打阿凱的手機，完全不通。她重複打了好幾次，又不死心地改打雷包、小胖等人的電話，結果只是讓她更絕望。

江雨寒轉身就跑，同事們連忙抓住她。

「妳要去哪裡？妳先不要慌……」

「也許他們已經事先撤離了……」

「一定沒事的，不要怕。」

「阿凱他們一定在安全的地方……」

彷彿沒聽到他們焦慮的安撫，她使盡力氣試圖掙脫眾人的箝制。

「我要找阿凱！我要找阿凱！放開我！放開我！」雨勢漸大，她帶著哭聲的嘶喊在瀟瀟風雨中更顯淒涼。

「好！我帶妳去找他！」承羽紅了眼眶，握緊她的手臂。

通往山村的路完全被泥流覆蓋了，看不到原本的村道在哪裡。他們不得已將車子停在距離村子很遠的地方，徒步跋涉。

由於土石流肆虐，嚴重改變了山村的地貌，但她認得山的形狀，只要朝著東南群山的方向，一定可以找到阿凱……

她一路上緊握著拳頭，指甲深深陷進掌心，滲出的鮮血混在摻雜泥沙的雨水中，涔涔滴下。從爛泥堆中穿刺而出的斷枝殘梗不時劃破她的手腳，甚至臉頰，她卻渾然不覺。

好不容易進到被土石掩埋的村落，他們在西南高地上的養雞場找到一大群嚇得魂不附體的倖存村民。

大約有三、四百人，有些她或許曾經認識，但此刻她誰也不認得了。

「阿凱呢？阿凱在哪裡？」她抓住人就問。

「那個年輕的乩童……那個年輕的乩童……」被她抓住的大嬸突然激動地雙手掩面，泣不成聲。

「阿凱呢？阿凱在哪裡？」她又抓住另一個人。「告訴我阿凱在哪裡！」

「阿凱……阿凱他……」陌生男子難過得說不出話來。

一個好像是村長還是鄰長的壯碩中年人握著她的肩膀，「妳冷靜聽我說，阿凱三點多的時候跑來敲大家的門，他說有災難要發生了，叫我們趕快幫忙叫醒親戚朋友逃命。那時村子正下大雨，大家都不想出來淋雨，可是阿凱說，再不跑連活命的機會都沒有了，他還說，崇德宮的神明指示大家往西南邊跑。我想村裡的神明很靈，阿凱也一向可靠，就幫著他把附近的村民叫醒集合……」

「阿凱呢？阿凱在哪裡？」江雨寒焦急不已地追問。她不想聽這些，她只想知道阿凱究竟在哪裡？

「阿凱……阿凱叫我帶著村民快跑，他……」中年人忍了很久的眼淚終於潰堤，像洶湧的洪水。「那山坳子裡還有幾戶人家，因為電話打不通，阿凱說要去通知他們……」

「然後呢？阿凱呢？阿凱在哪裡？」她淌滿鮮血的手掌緊張地抓著中年人。

「……突然泥流沖刷下來，淹沒村子，阿凱就……就沒了……」

四周哭號的聲音、擤鼻涕的聲音有如雷鳴，她卻什麼也聽不見了。

江雨寒雙膝跪地，頓時癱倒在泥潦中。

❀❀❀

阿凱死了。可是找不到屍首。

具有靈媒體質的麗環為了槁木死灰般的江雨寒，每天在這個被土石流摧毀的山村來回穿梭，尋找阿凱的遺體。

雖然她的靈能力一向兩光不靠譜，但她很想至少做些什麼來安慰小雨。

她站在泥濘的大地上，閉上眼睛默禱，試圖感應四周浮游的靈體。

「阿凱……如果你在附近，就快點出現，讓我帶你回家。小雨自從你出事到現在都不吃飯，你也不想看到她這麼難過吧！快點讓我帶你回家……」

她不斷重複默禱這段話，遠處巨石下方驀地靈燁爍爍——雖然距離很遠，雖然她閉著雙眼，仍能清晰感受到那道白光的溫暖。

她張開眼睛，連忙奔跑到那顆從山上滾下來的巨石前方。「阿凱，你在這裡對不對？我去叫人！」她轉身想找人來開挖。

「……請讓我留在這裡。」

一個平靜的、年輕的聲音汩汩流進她心底，像一陣暖流。

「為什麼？小雨很想你！」她不解。

「她等著收埋我的遺骨，一旦讓她如願，她活不下去的……」

麗環大吃一驚，突然想起前幾天和小雨的對話——

「當初我不應該丟下阿凱自己離開村子。」她望著麒麟山的方向，眼淚都快流乾了，不知道第幾次這樣自言自語。

麗環忍不住對她說：「別傻了！當初妳留在村子又能改變什麼！」

「我能陪他一起死。」小雨異常冷靜地說。

這時太陽很大，正午豔陽曝曬在身上，麗環卻感覺毛骨悚然。

「原來是這樣……可是你暴屍荒野，沒有靈厝掩蔽，烈日鑠形，靈體會非常痛苦的。」

麗環覺得很不忍心。

「……沒有關係……讓我留在這裡就好。」

「可是……」麗環本想說些什麼，終究無聲地長嘆。

深夜，小雨坐在荒地的大石頭上，看著麒麟山。

森冷的山風陣陣，寒心徹骨，她懷裡那束盛開的彼岸花在風中振翅欲舞，有如一隻隻染血的紅蝶。

「凱，等我收埋你之後，我們就可以永遠在一起了，這次你真的要等我喔……」她溫柔的聲音悠悠飄散，像一曲永恆的風歌。

阿凱的鬼魂默默出現她身後，陪她凝視著眼前這片灑在瘡痍大地上的寧靜月光。

「阿凱！阿凱！」

江雨寒驀然自那場過於逼真的惡夢中哭醒。

一旁好不容易入睡的阿凱被她驚醒，連忙輕拍著她安撫。「怎麼了？又做惡夢了嗎？我在這裡。」

她睜眼看到阿凱，立即嗚咽地抱住他，「我以為你死了！」

見她淚如泉湧、滿臉驚惶的樣子，他的神情一黯，因她過於擔心自己而連日惡夢感到十分心疼。

「我沒事，別怕，我會一直陪著妳的。」

第四十九章 神無之地

阿凱曾經告訴他，雷晴恐怕早已不在人世了，村裡那些女孩子失蹤當天，她就和蔡雅芙她們一起慘遭妖狐毒手，然而不知何故，唯有她的屍首下落不明。這段日子以來，阿凱雇請無數人手在麒麟山區一帶搜索，仍未尋獲。

但雷包始終不願相信自己唯一的寶貝妹妹就這樣死了，他認為雷晴一定還活著，只是因為某些原因躲起來了，不肯回家。

於是他放下自己的工作，每天早出晚歸地四處尋找雷晴。

阿凱明白他一時無法接受這個打擊，所以並不加以攔阻，只交代小胖看好雷包，別讓他出事。

這天一大早，他一如往常要出門去找雷晴，他的爸爸喝得醉醺醺、搖搖晃晃地回來了。

和雷包擦身而過時，雷父突然用力打了雷包一巴掌。「沒用的畜生！不去工作，整天都在幹什麼？養條狗都比你這畜生好！」他對著雷包辱罵。

從小到大，每次只要爸爸喝了酒，就成天不分青紅皂白地打人罵狗，雷包那越南籍的媽媽就是這樣被打跑的，他早已習慣了，也不想多加理會，只是恨恨地瞪了爸爸一眼，繼續往外走。

那帶著恨意和鄙視的眼神激怒了雷父，他一把抓住雷包，劈頭蓋臉地使勁暴打，「幹X娘XX！你那三小眼神？恁爸叫你這樣看我！我幹X娘XX！賤女人生的死賤種，沒一個好東西！」邊打邊詈罵。

一直以來總是默默挨打、不敢還手的雷包被打得心頭火起，憤然將身形比他矮小的爸爸用力推開。

「你就只會打人嗎？媽媽和妹妹都被你打跑了，你打夠了沒有？」

被推倒在地的雷父像灘爛泥一樣，一時爬不起來，氣勢略縮了縮，但嘴上仍是罵罵咧咧：「你媽那賤女人是跟著別的男人跑了，她嫁來台灣就只是為了那張身分證，不要臉的賤女人，照三餐打她剛好而已！雷晴那騷貨跟她媽一樣不要臉，整天倒貼男人，現在不知躲在哪個男人那裡發浪！我倒運白養了那個賠錢貨，早知道這樣，她國中畢業我就該叫她去茶店仔❶做趁食查某❷！」

「你到底在說三小！」雷包氣得渾身發抖，「她們兩個不肯回家還不都是你害的，你還有臉講這種話！」

「我知道你最近到處找雷晴，我跟你說啦，她現在一定躲在某個男人那裡，搞不好就是老鄉長家的阿凱把她藏起來了，雷晴不是一直很喜歡他嗎？自己送上門給人家X免錢……」

「閉上你的臭嘴！不准你侮辱阿凱和晴晴！」

雷包握緊拳頭上前想揍自己的爸爸，小胖碰巧在這時來到雷家，連忙攔了下來——

「別打！別打！再怎麼說也是自己的爸爸，兒子打老子，傳出去不好聽啦！我們走我們走！」他死拉活扯硬是將氣到想殺人的雷包拖出大門外。

兩人站在空曠的大馬路邊，被凜冽的寒風迎面吹拂著，雷包的怒氣稍稍冷卻了一些。

「怎麼了？你們剛才在吵什麼，怎麼氣成這樣？」小胖關心地問道。他知道雷包的爸爸向來喝醉酒就亂打人，而雷包逆來順受慣了，總是罵不還口、打不還手的，剛才見他竟想動手，顯然是氣極了。

「一堆不是人說的話，不提了！」

他可以懷疑任何一個人藏匿了雷晴，唯獨不可能懷疑到老大頭上，因為他深知阿凱不是那種人，何況阿凱心裡從始至終都只有小雨，容不下其他，這是無庸置疑的。

但雷晴究竟在哪裡呢？要是果真不幸慘死了，也總該有屍體吧……

雷包淒然四顧，忽然注意到遠方的大榕樹下立著一個纖瘦的人影，身上的黑色連帽長大衣看起來似乎有些眼熟，好像是雷晴去年秋天拚命打工存錢買的那一款。

「晴晴？是晴晴嗎？」他立刻拔腿朝榕樹跑過去。

「真的是晴晴？不會吧！」小胖半信半疑，但還是快步跟在雷包後面。

兩人跑到榕樹下時，那個身影已經走遠。

「不是、不是晴晴吧！」只是短短幾十公尺的路程，小胖已經跑得氣喘吁吁。「是她的話幹嘛跑啊？」

雷包躬身撿起掉落在榕樹根旁的一串鑰匙，上面掛著一些精巧可愛的小吊飾。「是晴晴的房間鑰匙！」

自收伏妖狐之後，麒麟山的綠化整治工程繼續進行。為了防止再生事端，阿凱每日親自坐鎮現場監工。

小島田日日在防空洞附近觀察陣法的變化，希望尋找補救之法。

江雨寒則更勤於奉祀神樂，以協助日祈宮脫離荒魂階段。除去探望麗環及吃飯睡覺的時間之外，她都守在御神體之前。

每當彈奏完一曲，安放在刀架上的脇差便會以比平常更快速一些的頻率閃爍著冰藍光芒，彷彿是作為迴響，令她大受鼓舞。

這日她忽然想起日祈宮曾對〈十面埋伏〉的旋律展現興趣，於是特地以琵琶演奏正宗的曲調。

彈到一半，意外接到小島田的電話。

「小雨小姐不好了！辰凱先生闖進防空洞了！」話筒那頭的小島田語出驚人，上氣不接下氣地說。

「為什麼？」江雨寒大為驚異。阿凱深知防空洞的危險性，為什麼貿然闖入？

「都是我不好！」小島田自責地說，聲音聽起來十分焦急愧悔。「我看到一個奇怪的女生走進防空洞，因為那個女生外表特異，從她行走的樣子看起來實在不像活人，我就沒理她，接著雷包先生和小胖先生跑過來，也要跟著進去，我立刻把他們攔下來，雷包先生說那個女生是他妹妹，他一定要把她帶回來，他們兩個就衝進去了，我攔不住，只好告訴辰凱先生這件事。沒想到辰凱先生急著救人，也跟著進去了，到現在已經過了三個小時，都還沒有人出來……」

「為什麼不早點讓我知道？」心急如焚的江雨寒不禁埋怨，大失常態。

「我當時就想通知妳，但是辰凱先生進去之前特別交代不能告訴妳這件事，怕妳擔心，他說他很快就會回來，但已經過了這麼久了……我不知道該怎麼辦，是不是我也跟著進去看看……」

「先不要，你等我！」

江雨寒放下琵琶，正要轉身離去，安放在刀架上的御神體猛然震動起來，發出刀、鞘相觸的清脆聲響。

她猶豫了一下，一把抓起「日祈宮宗正」，匆匆出門。

到達現場，只見到聞風而來的蕭巖和警察先生俊毅以及村裡的一些年輕人，也都在防空洞外不斷觀望。

「蕭伯伯，阿凱會不會有事？」

據小島田這些天的觀察，防空洞中的陣法之力漸次趨弱，而怨念增強，所以江雨寒心中萬分焦慮，深怕阿凱出了什麼意外。

「妳放心，以阿凱的身手，只要別闖入位在法陣中心的指揮所，就絕對不會有事。我相信阿凱了解事情的嚴重性，不會擅闖禁地。」

蕭巖沉著篤定的態度讓江雨寒稍感安心，於是轉向小島田問道：「你剛才說的那個女生長什麼樣子？真的是雷包的妹妹雷晴嗎？」

小島田認真地回想了一下，「我沒看到她的臉，那個女孩子穿著黑色外套，外套的帽子遮住頭臉，一雙染血的紅色短靴，但腳掌的方向跟正常人相反，走路像活屍一樣，看起來根本不是人類，可是追在她後面的雷包先生堅持說那是他妹妹，一定要進去拉她出來，我也沒有辦法。小胖先生也勸不住雷包先生，又怕他一個人有危險，就跟著跑進去了。」

黑色外套、紅色短靴？

她突然想起不久前在醫院及夢中都見過這樣裝扮的女子，阿達也說雷晴曾經去看他，難道……那個人就是雷晴？她還活著嗎？或者……

江雨寒疑惑地抬頭看向蕭巖，只見他神情嚴肅地搖搖頭。

「雷晴已經死了。」彷彿洞悉江雨寒心中的疑問，蕭巖對她說道：「自從麒麟山首次發生命案之後，村裡常有人看到很像雷晴的女子，住在醫院治療的那三個孩子也告訴我，雷晴去找過他們。但根據我的判斷，雷晴事發當天就已經亡故了，在村子裡遊蕩的，大概是受到惡靈控制的軀殼。」

「它們控制雷晴是為了……」她很快就想到那些怨靈這樣做的目的：「為了引誘活人進入防空洞？」

蕭巖點點頭。

「這樣阿凱不是會有危險嗎？」

怨靈引誘活人進入防空洞，一定是為了破壞風天法陣，萬一法陣崩毀，身陷其中的阿凱必然首當其衝，想到這裡，江雨寒急得快哭了。

「我說過了，阿凱能力足以自保，先耐心等待吧！」

雖然蕭巖這樣說，但思及祖父的徒弟蘇雲峰為了救她母親而葬身防空洞的前車之鑑，江雨寒仍然非常擔憂。

「要不我進去看看，也許能幫上忙？」一旁的俊毅關切地徵詢蕭巖的意見。

「裡面的路線非常複雜，你不熟悉路況，進去反而危險。」蕭巖說。

俊毅雖然很想幫忙，但也知道自己可能越幫越忙，只得罷了。他安慰一臉泫然欲泣的江雨寒說：「妳不要擔心，相信阿凱一定可以把他們帶回來的。」

她點點頭，不自覺握緊手中的日祈宮宗正，暗自祈禱阿凱平安歸來。

過了一會兒，日影漸漸西斜，不僅江雨寒神情焦急，連蕭巖都微微變了臉色。

日落之後，陽氣消匿，妖氛大盛，阿凱不可能不知道這一點，卻拖到現在還沒出來，莫非出事了？

蕭巖再也無法氣定神閒地被動等候，回車上取出七星劍，準備進入防空洞。

江雨寒看到他的神色，明白情況可能不容樂觀，心裡更加驚懼不安，她在蕭巖踏進防空洞之前攔住他。

「我可以跟你一起去找阿凱嗎？」

「千萬不可！妳是伏公後人，身上的血會影響風天法陣的存續，防空壕惡靈正千方百計要引誘妳上鉤，無論如何，妳千萬不能進入！」

「可是……」她真的好擔心阿凱！

「妳要明白事情的嚴重性。」蕭巖交代洞外的眾人：「你們務必要看好阿寒，她若擅自跑進去，一切就真的完了！」

話說到這個地步，不管江雨寒多想親自去找阿凱，都是不可能的事了。

她含著眼淚看著蕭巖的身影消失在防空洞的陰暗處。

「小雨！小雨！」鈞皓忽然出現在洞口邊緣的鬼桫欏樹叢中，小聲地對她招招手。

江雨寒便朝他走過去。

「妳別哭，我進去幫妳看看老大的情況吧！這裡我熟。」

江雨寒搖搖頭。「你不是討厭指揮室嗎？那裡有強大惡靈蟄伏，你若靠近的話，連你也會有危險。」

鈞皓哂然一笑，「我已經死過一次了，難道它們還能把我怎麼樣嗎？放心啦！」

「可是……」

江雨寒還想再勸他不要冒險，鈞皓卻是心意已決——

「老大對我那麼好，教我打電動，幫我買遊戲片，還把他自己的遊戲帳號送給我，現在他可能有危險，我能什麼都不做嗎？就算不為了妳，我也必須為了他闖一闖！」

說完之後，鈞皓的靈體便消失了。

「鈞皓！鈞皓！」她望向防空洞，裡面只有一片無盡的黑暗。

聽到她倉皇的低呼，俊毅走到她身旁，「鈞皓……跑進去了？」

「你知道鈞皓的事？」她十分訝異。

鈞皓對她說過，警察先生的八字很硬，且體質對靈界事物絕緣，即便他每天在俊毅身旁晃悠晃悠，也應該是感應不到「他」的存在才對。

「這陣子我一直有種感覺，好像鈞皓就在我身邊。雖然我看不到他，可是好幾次聽到他的笑聲，就像小時候聽過的那樣。阿凱曾說有一個小鬼跟著我，那一定就是鈞皓吧！妳剛才叫著他的名字，他是不是跑進去裡面了？」俊毅望著防空洞深處。

「嗯，他說要去找阿凱。警察先生，我好害怕……我怕他們出事。」

西山日落，附近大湖漫起夜霧，凜冽的山風夾帶濃厚水氣，陰寒入骨，江雨寒抱緊懷中的「日祈宮宗正」，不自覺顫抖。

她好想進去防空洞，好想親眼確認阿凱沒事，可是她明白自己什麼忙都幫不上，還可能會拖累阿凱，所以只能在這裡心焦地等待著。

俊毅見她發抖，便把自己的外套脫下來披在她身上。「不要怕，鈞皓鬼靈精怪，阿凱神威護體，一定不會有事，他們一定會平安出來的。」

「可是阿凱已經進去這麼久了，他知道入夜後的防空洞有多危險，如果不是遇到什麼狀況，他應該早就出來了。」

「也許他還在找雷包和小胖他們。阿凱這個人那麼有義氣，沒找到人之前，他絕對不會自己跑出來的。放心吧！蕭宮主不是說過，阿凱能力足以自保嗎？我對他有信心，妳也要對他有信心。」

俊毅的極力勸慰並未使她安心，她知道俊毅之所以這麼樂觀，純粹只是因為不了解防空洞惡靈的恐怖。

日祈宮宗正大人曾說防空洞深處、日軍當年遇難之所在是「神無之地」，連神明都無能為力的禁地，阿凱身上的神威能不能發揮作用、能發揮多少作用，都是未知數；但為了不辜負他的一番好意，江雨寒點點頭，擦去淚水，勉強露出一個微笑，假裝放心不少的樣子。

她向俊毅道謝，拉緊披在肩上的大衣，走向小島田那邊。

只見他的神色十分嚴肅凝重，她從未見過樂觀開朗的小島田露出這種幾近絕望的表情。

「情況很危險嗎？」一轉身背對俊毅，她的眼淚就不禁滑落。

「我很想勸妳不要擔心，但我剛才感應到鬼氣大盛，封印的力量正在快速消失，大概結界受到破壞，法陣已經支持不住了！」

「那阿凱怎麼辦？我能做點什麼嗎？如果我成為麒麟窟的人柱，能撐住法陣嗎？」她焦急地問。

「冷靜一點，小雨小姐！即使妳現在成為人柱，也來不及了。我進去看看好了，封印既毀，辰凱先生現在一定很危險，或許我能幫上什麼忙。」小島田說著就要走進防空洞。

「不要！」江雨寒連忙攔住他。「明知道危險，怎麼能讓你去送死！」

「送死？妳這麼說就太看不起我了喔？難道我只能送死嗎？」小島田苦笑不已。

「我不是那個意思！我是說，不能讓你冒這個險。別忘了，令尊大人還在日本等你回去，你如果有什麼意外，我……」

江雨寒眼中淚水直流。想到小島田那臥病在床的老父親，她的心情異常沉重。早知事態如此嚴重，她當初就不應該找他來台灣！

阿凱生死未卜已經夠慘了，她寧願犧牲的是她自己，不想再連累任何人！

即使深知毫無勝算，小島田仍故作輕鬆地說：「不要擔心，別看我好像不太靠譜的樣子，緊要關頭，我好歹還是能發揮一點作用的，而且有虎靈神使在……」

江雨寒連連搖頭，「不要，小島田先生，我要求解除契約，之前付的錢就當賠給你的違約金，你趕快回日本！從現在開始，我們的事跟你沒有任何關係！」

「別開玩笑了！我小島田光從不接受解約，妳跟辰凱先生的事就是我的事！」

他口哨輕揚，橘色小貓瞬間閃現在他肩頭，一人一貓火速消失在洞壕深處。

「阿光！」江雨寒無助地被留在原地。

深夜，大湖邊瀰漫的霧氣越濃，溫度越低，她臉上的淚水凝結成霜，哀戚憂思的容顏也幾乎被寒風凍成雕像。

一同在外面等候的俊毅、百九等人一再勸她回車上休息，她卻執意不肯，一個人默默坐在洞口邊緣的鬼桫欏樹叢間。

漸漸焦急起來的俊毅本想聯絡派出所的同事前來支援，但想到蕭宮主在進去防空壕之前一再告誡他人多更礙事，只得罷了。

阿凱進入防空洞是下午一點的事，距今已過了好幾個小時，究竟遇到什麼狀況，為什麼到現在還沒出來？是迷路了？還是受困？或者是……江雨寒緊握著手中的日祈宮宗正，眼睛眨也不眨地直望防空洞深處，好希望下一秒就能看到阿凱他們走出來。

不過她沒等到阿凱，而是等到鈞皓，只見他幾近透明的靈體倉皇狼狽地閃現在她身邊。

「小雨！不好了！」

「怎麼了？」江雨寒倏地起身。

「老大那兩個朋友被鬼附身，撕毀貼在指揮室的符咒，破壞結界，裡面的惡鬼已經衝出來了！」

果然跟阿光說的一樣，封印已毀……

「那阿凱呢？阿光呢？你有沒有看到他們？他們還好嗎？」她焦急不已。

「我找到老大的時候，他正在施法抵擋那些惡鬼，不讓它們全部衝出來。後來那個小日本鬼子也來了，他說老大不可以勉強借用神明的力量來束縛惡鬼，降神太久身體支撐不住，會有生命危險！可是老大完全沒理他，堅持請神降身，小日本鬼子很著急的樣子！」

江雨寒聽完之後，愣了幾秒，立即轉身跑進防空洞，守在洞外的俊毅和百九等人連開口喊住她的機會都沒有，只能眼睜睜看她的身影倏忽被闇影吞噬。

「小雨！小雨！小雨！妳不能進去吧！」鈞皓飄浮在她身後緊追不捨。「那個宮廟的人不是說妳一進去就完了！妳不要衝動啊！」

「封印既毀，我進不進來還有差嗎？」她頭也不回地說。

之前她一直在外面等，是因為擔心自己貿然行事會加速風天法陣崩壞的速度，既然法陣已毀，她就管不了那麼多了，一心只想找到阿凱。

「但是裡面真的很危險啊！結界剛破的時候，部分惡鬼已經在防空壕裡到處亂竄了，要是遇上它們，妳會被吃掉的！」

想到那些惡鬼凶殘陰狠的樣子，鈞皓不禁打了個哆嗦。

江雨寒置若罔聞，憑著之前的印象，逆風直往指揮室的方向走。

鈞皓雖然害怕惡鬼，但又不放心她一人獨闖，只得緊跟在後。

日落之後，陽氣隱匿，萬鬼肆行，蕭巖察覺封印之力驟衰，原先受風天法陣禁制的惡靈妖氣大盛，心裡擔憂阿凱的安危，明知入夜的防空壕萬分凶險，他依舊不顧一切仗劍直入。

他點燃符紙，藉著靈符之火的照明快速前進，一路來到滿布鐘乳石的溶洞。廣大闃暗的空間裡，為數眾多的「厲首」狂飛亂舞，但因忌憚靈符之火而不敢近身，持續在他周圍環繞徘徊，伺機攻擊。

越往溶洞深處，洞穴越形窄小，漸漸限縮成一條僅可容身的狹隘裂隙，向地底延伸，蕭巖擺脫那些如影隨形的厲首之後，繼續朝著位於地底深處的指揮所前進。

忽有一陣陰寒的強風迎面撲來，靈符的火光瞬間熄滅，他知道這陣陰風非同尋常，來不及再度點燃符紙，當即抽出七星劍應戰。

四周伸手不見五指，只能提高警覺小心防範潛伏在暗處的敵人。他聽到右側響起古怪的呢喃，低沉碎語中夾帶強烈怨念，連忙朝聲音的來向揮劍，霎時鏗然一響，金屬兵器相觸產生的火光迸現。

藉著那電光火石間的一瞬之光，他看到一張陰惻惻的灰敗臉孔，正以陰狠怨毒的神情注視著他。

蕭巖心中一震，暗呼不妙。他知道眼前的靈體並非之前那些徒有形影、實無攻擊力的陰兵，而是實際具有強大怨力的惡靈，可見風天法陣已然毀壞，當初被江伏藏禁錮的怨靈脫逸而出了。

難道阿凱……

正驚疑不定，突然感應背後一陣濃烈殺意，連忙回劍一刺，正中試圖襲擊他的惡靈。

蕭巖手上的七星劍是數十年來配祀在北辰帝君座前劍爐的神器，鮮少用於實戰，但既經動用便所向披靡，他身後的惡靈一遭刺中，立即化為霧靄，杳然消逝。

後方威脅解除後，他旋即朝前劈砍，消滅適才火光中見到的怨靈。

因為身處黑暗中，目不能視物，無從得知周遭惡靈的數量，蕭巖不敢大意，以劍刃劃破自己的手掌，用血在地面滴成一圈，以血為界，緊接著取出隨身攜帶的符紙，點燃靈火，四下一照。

確認附近再也沒有潛藏的陰兵，蕭巖繼續匆促前行。

封印既破，怨靈湧現，他知道阿凱的處境非常危險，一定要盡快趕到阿凱身邊。

但願還來得及！

◇◇◇

風天法陣徹底毀壞之後，到阿凱勉強借用神力暫時封鎖指揮室之前的這段時間，有部分的怨靈已乘隙脫逸，正在防空洞中四處流竄。

鈞皓既害怕遇上那些具有強大怨力的惡靈，也討厭江雨寒握在手中的那把短刀散發的邪肆妖氣，但很有義氣的他認為無論如何也不能丟下阿凱和小雨，自己逃掉，所以一直不離不棄地緊跟在她身後，幸好一路走來並不如他想像中的那般凶險。

「奇怪，我們進來這麼久了，為什麼連一隻鬼都沒看到呢？」他不敢置信地左顧右盼。

「我們也太幸運了！難道惡鬼它們也像那些會飛的人頭一樣害怕這把刀的妖氣，所以躲得遠遠的嗎？這樣看起來，那些鬼也沒多厲害嘛！有這把刀，我們就贏定了不是嗎？」

江雨寒卻不像鈞皓那麼天真樂觀。「沒那回事。這位神明大人也許曾經神威赫赫，但以祂目前的狀況，並不能給我們什麼幫助。」

日祈宮大人既已喪失神格，神力亦未完全恢復，不能奢望祂成為他們的助力；何況，日祈宮原是日本神祇，在面對那麼多冤死的日本同胞、以及祂入魔之前曾經想守護的台灣人民時，還指不定祂會幫哪一邊。

鈞皓的表情瞬間垮下，「呃……那怎麼辦？我還以為找到救星了說。」

江雨寒搖搖頭，沒有回答。

或許她不應該將立場敵我未明的日祈宮帶進來這裡，但風天法陣既破，情況糟到無以復加，一切都無所謂了，她現在只求能救回阿凱。

通過布滿鐘乳石的溶洞，在鈞皓的指引下，她進入一條狹窄的通道，這通道是自然形成的山體裂縫，牆面都是有稜有角的嶙峋岩層，一不小心就會被割傷。

「你確定這是通往指揮室的路嗎？這麼窄，以前駐紮在這裡的日軍怎麼行進的？」路面跟山壁一樣凹凸不平，行走艱難，她不禁懷疑是不是走錯路了。

「有另外一條水泥修築的路很寬，不過曲曲折折、繞來繞去的，走那邊要繞很久，這裡比較快，直直往下走就是了，妳不是想快點找到老大嗎？」他雖然不喜歡靠近妖氣沖天的指揮室，但好歹在這裡住過幾十年，熟門熟路。

「太好了，還好有你幫我！謝謝你，鈞皓！」她感激地說。

「我不知道幫妳是對還是錯，也許我這樣做會害了妳。」

他清楚指揮室目前的情形非常危險，老大已經獨木難支，御神體既然無用，小雨到那邊也幫不上什麼忙，只是徒增犧牲而已，但放任她自己一個人在危機四伏的防空壕裡亂撞亂闖，結果也不會比較好，不如就順她的意思吧。

「我現在唯一的心願就是找到阿凱，能一起逃出去是最好，如果逃不了，跟他死在一起我也很高興。」

「不要說這種不吉利的傻話啦！」鈞皓偷偷擦掉眼角的淚。「我一點也不希望你們來跟我作伴！」

深入山體隙縫後，冰寒徹骨的朔風越發強勁，夾帶一股濃烈的腥味迎面而來。

「這是……血的味道！」

江雨寒心中大驚，顧不得足下險阻，加快了奔行的腳步。

到了相對寬敞些的空間，藉由手機光源的照明，她看到似乎隱約有個人影倚著山壁斜躺，連忙趨前探察。

只見那人滿臉血汙，身軀被數把刺刀貫穿，氣息奄奄，右手兀自握著一把斷折的七星劍，周遭散落許多燃燒一半的焦黃符紙。

「蕭伯伯！」江雨寒認出他之後，大驚失色。

「……阿寒……」身受重傷的蕭巖吃力地抬頭看她。「逃出法陣的……惡靈，已被我……消滅……但我……看不到阿凱了，妳……叫阿凱……叫他快……快……」

他每講一個字，口中就會湧出更多的鮮血，江雨寒很想叫他不要再說話，保留體力，但她知道對方的傷勢太重，明顯沒有救了，只好流著眼淚傾聽，不敢打斷他的話。

「此地……非神所轄……天威不祐……即使……即使……借用神力，也……難久持，叫……阿凱……逃……」

江雨寒見蕭巖彌留之際仍一心記掛阿凱的安危，心裡又感動又難過。

「你放心！我一定帶阿凱出去！」雖然毫無把握，但她告訴自己非做到不可！

蕭巖點了一下頭，緊繃的神情稍稍鬆懈了一些，眼神也逐漸渙散。

「李老說……伏公手札……最後寫著『風……月……同天』，妳記得……妳……記得……」說到這裡，蕭巖放開了手中緊握的斷劍，溘然長逝。

「伯伯！伯伯！」

看著蕭巖在眼前死去，回想起第一次在防空洞遇到他的情景，以及之後在崇德宮晤談的事，江雨寒感覺他的死亡極不真實，好像在做夢一樣。

「欸！小雨！現在不是難過的時候，我們趕快去找老大吧！」鈞皓見她出神過久，不由得出聲提醒。

江雨寒自怔忡狀態回神，用力擦掉模糊了視線的淚水，繼續前進。

「妳聽得懂那個人在說什麼嗎？聽起來好像是很重要的事，可是我一句話也聽不懂。他說什麼東西寫著什麼？」

江雨寒搖搖頭。

伏公手札，指的應該是當初放在爺爺晚年靜修的紅瓦厝、後來被一把天火焚毀的那些。照蕭伯伯所說，阿凱的阿公曾經看過那些手札，且知道最後一頁寫著「風月同天」。

但「風月同天」意謂什麼，她一點頭緒也沒有。

她想起有一次和承羽在崇德宮抽籤詩，掣中鐫刻著「風月同天」的籤，當時她逕自理解為易經卦象《風天小畜》，但因為是隨意抽著玩的，沒怎麼放在心上，後來也就逐漸淡忘了這件事。

如今想來，她當初的臆測太過草率，似非正解，不過如今她也無暇再去思索這些了。

1 茶店仔，台語，情色場所。

2 趁食查某，台語，妓女。

第五十章 風月同天

狹窄的山體隙縫連接到一條寬敞的水泥甬道，按照鈞皓的指示，她很快就來到阿凱的所在之處。

只見他跏趺端坐在一個闃暗的門洞之外，雙眸緊閉，眉宇深蹙，額頭冷汗涔涔，神情甚不安穩。

他的身側有一座以松根及桑枝架起的小型護摩❶，小島田正往火堆裡添加作為供神之物的芥子和穀粒。

距此不遠的地方躺著兩個人，那裡火光較弱，看不清楚，但從體型判斷，大概是小胖和雷濤。除了他們兩人之外，四周還散落一些斷肢殘骸，身分不明的屍塊。

見到江雨寒出現，小島田非常驚訝，一臉焦急。

「小雨小姐！妳怎麼會來這裡？妳不應該……妳不可以……」

「阿凱怎麼了？」江雨寒情急地打斷他的話，連連追問：「現在是什麼情況？阿凱怎麼會這個樣子？他還好嗎？」

「我進來的時候，封印已經破了，惡靈在洞穴到處流竄，我遭到一群惡靈襲擊，幸好辰凱先生的師父替我解圍，他叫我快去救阿凱。我趕到這裡，發現絕大部分的怨靈都還被困在這個指揮所裡，是辰凱先生借用神明大人的力量暫時束縛住它們，但是……」

「蕭伯伯說防空洞裡天神不祐，即使借用神力也無法久持，阿凱一個人抵擋不了多久！」江雨寒駭然說道。

「我知道，辰凱先生的師父告訴我，長時間借用神明大人的力量會損傷乩身，嚴重的話會喪命，所以他叫我勸辰凱先生千萬不要逞強，快點逃出防空洞。可是辰凱先生不聽我的，後來就進入這個凝神狀態，似乎斷絕所有對外界的感知，不管我怎麼喊，他都沒有反應，我只能在旁邊燒起護摩替他護法……」

她連忙轉向阿凱呼喚道：「阿凱！阿凱！你有聽到我說話嗎？不要再強借神力了，這樣你會死的，阿凱！」

然而阿凱身形紋風未動，唯有額頭沁汗如雨。

緊張飄浮在一旁的鈞皓小聲地說：「等等！等等！老大在請神降身前曾經說過，如果他不向神明借力束縛這些傾巢而出的惡靈，小雨必定會受到危害，而其他人也都會沒命，你們現在要他收回神力，不就大家一起死嗎？」

「我知道我們可能會死，可是不能只犧牲辰凱先生一個人。要死一起死、要逃一起逃！」小島田凜然說道。

「看不出來你這人還真有義氣！」鈞皓不禁對他肅然起敬。「很抱歉，我之前都偷偷叫你小日本鬼子。」

江雨寒見阿凱毫無回應，轉身望著突如黑洞的指揮室，略一猶豫，便朝裡面走了進去。

「喂！小雨！」小島田忍不住驚呼。

「阿光，替我照顧阿凱！」

小島田和鈞皓立即衝過去想把她拉回來，卻被一股無形的壓力擋在外頭。

❁❁❁

指揮室裡墨色瘴氣瀰漫如霧，彷彿走進濕度極高的牢窨，她感覺到自己的皮膚像泡在涼浸浸的水裡一樣，頭髮和身上的衣物也被濡濕了。

一大團黑霧在她眼前緩緩旋繞流轉，忽有一個帶著強烈惡意的意念竄入她的腦海——

「又來了個厭物，和那個叛國者一樣可恨……」

江雨寒愣了一下。耳邊沒聽到任何聲音，但卻好像有人正在對她講話。

「不對！這個氣息是……」

那團黑霧驀然快速漩流捲動，轉眼凝聚成一張巨大的鬼臉，充塞整個空間。

她不自覺後退了幾步，下意識遠離那張滿布怨念和憎恨的大臉。

「她身上流著那人的血！」雙眼赭紅的鬼臉露出厭惡表情，倏地狂肆尖銳地叫囂起來。

「這可憎可恨的血脈！」

「是妳……終於等到妳了……該死！」

「她手上的刀！」

「是那個騙了我們、害我們被禁錮在這裡的瘋狂神祇！」

「多可恨哪！」

諸多怨靈聚合而成的大臉齜牙咧嘴地逼向她，似乎欲啖之而後快。

江雨寒不得已，稍稍舉起手中的日祈宮宗正加以抵擋，那些怨靈才不再靠近，但神情越發憤怒。

「用神明的力量束縛我們還不夠，還想繼續封印我們？」

「不是的，我來這裡，只是想代替當年犯下過錯的村民道歉，請求你們放過村子的人。」她右手緊壓著心臟狂跳不已的胸口，鼓起勇氣說道。

眾怨靈聞言，驟然爆出淒厲刺耳的戾笑，此起彼落的諷笑聲在指揮室裡激盪，震落漫天泥塵。

「笑話！爾等當初何以不放過我們？」

「可恨的人類！你們全都得死！」

「我們是皇軍、我們誓死效忠天皇、我們不怕戰死！但卑微的死亡是一種屈辱！」

「吾等離鄉背井共赴國難，乃為天皇效命，不是為了這般螻蟻不如的犧牲！」

「把為國家民族戰死的榮耀還給我們！」

「這……很抱歉，你們說的那些，我做不到，因為時間無法倒流，歷史也無法改變；但為了表達誠摯的歉意，我們可以為你們建立神祠，世世代代永遠奉祀……」她從沒想過有朝一日會站在這裡和防空洞的怨靈進行談判，也不知道該如何消弭它們的怨恨，她能想到的做法只有這些。

據說日本平安時代存在赫赫有名的四大怨靈：菅原道真、平將門、崇德天皇、早良親王，人們因害怕祂們的鬼魂降災作祟，也為了平息祂們的憤怒及冤屈，便加以祭祀膜拜，藉由信仰的力量安撫綏靖，將之轉化為守護人民的神格「御靈」。

「神祠？奉祀？吾等不需要這些！」

「那你們希望我怎麼做，才願意原諒我們？」

她忽然想起很久以前那位日本少年附在麗環身上時所說的話，以及那些刻在石壁上的日文字——「回家」。

「用所有人的鮮血，洗淨我們的屈辱！血債血償！」眾多怨靈意念一致地吶喊著。

江雨寒搖搖頭，「我們死了，對你們也沒有絲毫好處，請讓我們做一些彌補吧！你們不是想回家嗎？」

「回家？」

「回到日本故土，你們的家鄉。」

巨大鬼臉的表情，在聽到「家鄉」時，出現一瞬的動搖。

「如果你們願意的話，我可以請小島田先生帶你們回日本，並將你們的遺骨一一送回家。小島田先生是你們的同胞，他一定可以做得到的。」

「哼！叛國者！」

「那個叛徒幫著台灣人將吾等禁錮在此，不值得信任！」

「妳同樣不可信任！妳身上流著那個人的血，那個可憎的修道者，用他的血把我們封印在這裡，妳也會做同樣的事！」

「台灣人奸宄成性，男無義、女無情，全都不能信任！」

「她手上拿著妖刀，必是妖刀之神的同夥，又想誆騙我們！」

「當初妖刀之神借我們妖力，嘴上說要幫助我們報仇雪恨，反而害我們被禁錮在此，實在可恨！」

「太可恨哪！」

激湧如潮的怨聲恨語在她腦海不斷迴響，讓她頭痛欲裂，幾乎站立不住。等到怨靈的怒火稍歇，她才能繼續開口：「我沒有騙你們，是真心誠意想請求你們原諒，並幫助你們脫離苦海……」

「可笑至極！用神明的力量束縛我們、手握妖刀擋在我們面前的人，大言不慚地說什麼誠意！」

「要是你們願意放下仇恨，答應不傷害任何生靈，我可以立刻解除神明大人對你們的束縛。你們也不想繼續被關在這裡吧？」

「妳會立刻釋放我們？」

「不能相信她！」

「我不想繼續被囚禁！」

「我們被禁錮夠久了！」

「她是妖刀之神的同夥！」

「不要信她假仁假義！」

「她身上流著那個人的血！不能原諒！殺死她！殺死她！殺死她！」

「對！殺了她！就沒有人可以威脅我們了！殺死她！」

原本分歧的意念歸於一統，巨大的鬼臉殺意高漲地逼近她，為了自保，她無奈地抽出劍鞘中的利刃，刀光如虹，怨靈頓時退避三舍。

雖然日祈宮神格已失、神力大減，但壕中怨靈似乎對這位曾經讓它們吃過苦頭的神祇十分忌憚。它們睚眥欲裂地瞪視她手中的短刀，踟躕逡巡，不敢上前。

「殺了我，無法讓你們得到解脫；我死了，你們依舊要受神縛禁錮，這樣真的好嗎？你們寧願抱著仇恨，永遠關在這裡嗎？」

從對方的反應看來，顯然不知道阿凱將它們束縛在此的神力實際上無法久持，所以她故意這樣說。

「這……」

「但妳這個人，和妳手上的妖刀，都不能信任。」

「我要怎麼做，你們才能相信我？」手上握著凶器來議和，似乎沒什麼說服力，但她深知若非妖刀在手，她的靈魂早被惡鬼生吞活剝，連談判的機會都沒有。

「用妖刀自盡，我們就相信妳！」怨靈充滿惡意地說。

對方開出來的條件，讓江雨寒愣了一下。

「怕了？連死亡都不敢面對的人，有何資格要我們放下仇恨？」

「我死了，你們就願意放過村子裡的人，並回到日本去嗎？」

「妳敢嗎？」怨靈譏誚道。「妳有面對死亡的勇氣嗎？」

「立刻解除對吾等的束縛，並當場自盡，吾等悉聽尊便！」

「好！我答應，你們也要說到做到。」江雨寒慨然允諾。

怨靈誤以為阿凱向神明借用的神力可以永遠將它們束縛在這裡，就像風天法陣禁錮它們如此漫長的歲月那般，然而事實上，神明降身的阿凱撐持不了太久，就會因為無法負荷過於強大的神力而導致肉身毀壞；阿凱若死，怨靈一定會衝進附近村落肆虐屠殺。如果能以她一身換得阿凱和其他人的性命，她求之不得。

「我死了之後，請你們務必要遵守約定，讓小島田帶你們歸葬日本。小島田是你們的同胞，他一心希望可以幫助你們成佛，不得已對付你們，只是為了保護還活著的人，請相信他。」她知道它們的內心深處盼著落葉歸根，但不願信任她和小島田。

「……吾等是否歸返故土，與爾何干？為何如此堅持？」

「『蒼蒼蒸民，誰無父母？提攜捧負，畏其不壽。誰無兄弟？如足如手。誰無夫婦？如賓如友。生也何恩，殺之何咎？』你們客死異鄉，已經很可憐，但願你們至少魂歸故里。我現在以妖刀為證、鮮血為盟，與你們達成誓約，並請轉告小島田先生，我們之間的約定。」

說完之後，她將刀鞘棄置於地，雙手緊握「日祈宮宗正」，鋒利的刀尖抵住左胸。

死亡在即，她好想再見阿凱一面，再抱著他一次，好好地向他道別，不過，她怕看到他將會動搖自己的決心，還是就這樣離開吧！只要心裡想著他，她就能勇敢地獨赴冥途。

強忍椎心之痛，她使勁將短刀刺進胸口，銳利無比的刀鋒旋即貫穿她單薄的身軀，殷紅的鮮血順著刀刃潸然下墜，落於泥地滃染如花，彷彿盛開在黑暗中的朵朵夜櫻。

隨著地上的血花越來越多，指揮室中的黑霧漸漸散去。

「義勇仁禮，視死如歸，吾等敬重閣下的武士道精神，謹遵誓約，既往不咎。」

江雨寒進入指揮室之後，小島田等人本想追進去，但不管試了幾次，都被一道無形的結界阻擋，只得繼續守在外面。

他們憂心不已的望著門洞內部，只見黑壓壓的一片迷霧，看不到江雨寒的身影。

指揮室外，闔目趺坐的阿凱面如死灰，唇角滲出鮮血，皮膚也逐漸綻裂血痕，明顯已經到達極限。

「辰凱先生！不要再堅持了！你會沒命的！」

小島田、神使和鈞皓急得像熱鍋上的螞蟻一樣，繞著阿凱團團轉，不停呼喊著他，卻無濟於事。

不知過了多久，指揮室的黑霧突然散逸無蹤，原本籠罩在周身的強大壓迫感也消失了，他們頓感肩頭一鬆。

「怎麼會這樣？怨念……怨念徹底消失了，為什麼？」小島田既驚且疑，滿臉不敢相信的表情。

阿凱倏然睜開眼睛。

怨念消弭之後，原本帝君敕降的神力也立即退散。

「太好了！辰凱先生！你沒事吧？」小島田連忙湊近關切。

只見他雖然神情疲憊，但至少看起來沒有生命危險。

「不好了，老大，小雨她……」

「小雨怎麼了？」

「小雨進去指揮室了！」

阿凱一聽，顧不得身體還很虛弱，立刻起身跑進指揮室。裡面妖氛散盡，不再闃暗如夜，藉著門外護摩的火光，他一眼就看到躺在殷紅血泊中的江雨寒。

芳魂已杳的她，再也不能像從前那樣，在看到他的時候露出開心的微笑，並輕輕叫他一聲「阿凱」。

他將她抱在懷裡，無聲的淚水和她的鮮血混成一塊。

❀❀❀

防空洞的詛咒解除之後，原先被惡鬼附身的雷包和小胖也悠悠轉醒，完全不記得自己在昏迷前做過什麼事情。

看到雷晴散落一地的屍塊和頭顱，雷包大受打擊、痛哭失聲，小胖連拉帶扯，好不容易才把伏地不起的他拖出防空洞。

小島田依照那些放下仇恨的洞壕鬼魂指示，果然在一處壕溝發現大量的日軍骸骨，他立即通報相關單位協助處理，在辦妥一切手續和法會儀式之後，將由他負責運送骨灰及引渡亡靈返回日本。

沉睡許久的麗環終於醒來了，雖然因為長期臥床、無法自主進食的緣故，瘦得不成人形，但精神尚好。

編劇組成員接獲小島田的通知，即刻返回山村。原本麗環得救應該是可喜可賀的事，但江雨寒的死，讓所有人都高興不起來。

最傷心的人莫過於阿凱。

自從將江雨寒的遺體帶出防空洞，他就一直抱著她坐在山腳下的大湖畔，任誰勸說都不肯放開、不肯離開。

她逝世的當天下午，承羽匆匆趕來探視。

看到阿凱懷中人胸口仍插著一把短刀的慘狀，他不禁掩面痛哭、泣不成聲。

他怎麼也沒想到，那麼溫柔和善的小雨竟會變成這個樣子，不由得深深懊悔自己當初帶她回到這個村子。

要是沒有回來這裡，也許這個夢魘就不會發生。小雨依舊是那認真負責且才氣縱橫的新銳編劇，然後終有一天如他所願地接替他的位置，成為編劇組的新任組長……可惜這一切都不可能了。

他看著面無表情、不言不語的阿凱，深知對方心裡非常難過。小雨的死，撕裂了這個看似剛毅的男人的心，讓他形同槁木死灰。

「我自己也很痛苦，不能勸你不要難過，但看到你現在這個樣子，小雨會很擔心的。」由於痛哭許久，承羽的聲音十分沙啞。「你也許不知道，小雨深愛著你，因為怕你有壓力、怕你不開心，她一直小心隱藏自己的心意。小雨總是處處為你著想，一定不願意讓你為了她這樣傷心。」

阿凱沒有說話，只是將臉頰輕輕靠在她冰冷的額頭。承羽明白此時此刻說什麼都是多餘，便黯然離去。

佇立在遠方望著阿凱的小島田這時才走過來，兩隻眼睛已哭得紅腫。

他緊靠阿凱坐下，兩手拉著袖子頻頻拭淚。「辰凱先生，我想勸你節哀，但我自己的眼淚都停不下來，實在不知道要怎麼勸你。可是我想到小雨小姐生前珍視辰凱先生遠勝自己的性命，所以請你務必要保重……」

江雨寒和怨靈達成協議，以妖刀自戕，目的是為了救阿凱，這一點小島田心知肚明，卻不敢直接說出來，唯恐刺激到對方。

橘色小貓用頭頂著阿凱輕輕磨蹭，發出嗚嗚的悲鳴聲。

小島田和神使靜靜地陪伴著他，一直等到為壕中亡靈誦經祝禱的時刻將近，才起身走向防空洞。

既然小雨小姐將護送日軍魂歸故里的重責大任託付給他，他就必須打起精神、好好地完成才行！

黃昏時分，年邁的李松平親自來到湖邊。

他不忍心看江雨寒的遺體，視線望向暮靄漸起的湖面，拄著枴杖的身形微微顫抖。

「這幾天，我翻遍伏藏兄留下來的手札，大概了解他的意思。」

李松平告訴他，在日本的奈良時代，天武天皇之孫長屋王，因敬仰中土的佛教文化，特命人縫製袈裟千領，致贈中土的僧侶。

那些袈裟的衣緣繡有「山川異域，風月同天；寄諸佛子，共結來緣」十六字，意指長屋王和中土佛子雖身處不同國度，仍是在同一片蒼穹之下仰望相同的明月，不分彼此，更冀望將來中土佛子能前往日本，締結深厚的緣分。

「伏藏兄逼不得已封印了防空壕裡的亡靈，卻仍一直懷抱著締結善緣、莫造惡業的心念，所以才沒有趕盡殺絕的吧？阿寒的死，雖然對我們來說無法接受，但恐怕是命中註定，你……要想開一點。」

阿凱整個人如泥塑木雕一般，垂首不發一語，對李松平的勸慰毫無反應。

「我知道你現在不想聽這些，我就先不吵你了，唉！」

從他人口中輾轉得知蕭巖身亡的消息之後，李松平便已派人將其遺體運回村裡停靈；本想告訴阿凱此事，但聽說他目前尚且不知蕭巖死訊，為了避免阿凱再受打擊，李松平決定閉口不提，默默離開。

西山殘陽將落，暮光如血染紅湖面。

一位白髮蒼顏、身穿卍字花紋錦袍的老者站在遠處，一邊踱步，一邊嘆息連連，且不時望向阿凱的方向，似乎在考慮要不要走過去。

正猶豫著，一陣猛烈山風襲至，一位手拄樹木為杖的老人倏然現形，身邊還跟著一隻毛皮油亮的黑色大狐。

「尊駕是？」錦袍老者驚訝地看著對方。

「本座乃畸零山神。」面部皺紋有如樹皮的老人說道。

「幸會、幸會！」錦袍老者肅然起敬，連忙整頓衣襟，態度謙下地自報名號：「小神蘭桃坑墳山土地，久仰鴻名，幸瞻雅範！敢問尊駕此來，也是為了李家少爺嗎？」

「我感應到小凱那孩子內心的痛苦，十分擔憂，不得不來看看。」

「那小姑娘死了。」墳山土地神情悲憫地說。「是個很善良的小姑娘，祖蔭深厚，卻死於非命，天佑善人吾不信啊！」

「他們兩人救了垂危的畸零山，復我神力，有大恩於我。」山神凝視遠方抱著江雨寒遺體的阿凱，沉吟片刻。「此時屍身未腐，祢我聯手，能起死回生否？」

墳山土地嘆氣搖頭，「李家少爺幫過我的忙，且澤及九泉，我也想救那位小姑娘，本想以她犧牲一己拯救數千人命的的無量功德，向掌管生死的泰山府君大人討個情，結果卻遍尋不著她的魂魄。沒有魂魄，就沒辦法讓她還陽，我才會這麼苦惱啊！」

「人死魂歸地府，為什麼會找不到魂魄？」畸零山神大為詫異。

墳山土地看著貫穿江雨寒的異族兵器，雙眉緊皺，狀甚不忍。「我在想，會不會是魂飛魄散了？您看她身上那把短刃，墮神佩刀，非比尋常啊！」

「那是……當日斬斷妖刀的神器！」畸零山神在看清楚之後，頓感絕望。「難道……真的沒辦法了嗎？」

她感覺自己在黑暗深淵中不斷下墜。

「……君……霞君……」

一隻溫柔而有力的手拉了自己一把，將自己帶離無盡深淵。

耳邊響起的熟悉嗓音讓她霍然睜開雙眼。

身側一個穿著華麗袍服、手持橫笛的人箕踞而坐，正是日祈宮。

祂伸手輕撫她左臉的傷疤，眼底含著笑意。

「是祢……」她想起身，卻因胸口傳來撕裂般的劇烈疼痛而動彈不得，只能勉強轉頭看看四周。只見自己渾身是血地躺在河畔的彼岸花海中，隨風飄零的紅色花瓣不時落在身上，幾乎將她掩沒。

紅霧瀰漫的河川敻無邊際，靜靜地流向彼方。

「這裡……就是三途川嗎？」

遍地盛開著曼珠沙華、相傳是人死後的必經之處……她意識到自己已然身亡的事實，心裡有些哀傷，但更多的是捨不下的牽掛。

阿凱現在不知道怎麼了？

「這是我的神域。」祂看著她，有如彼岸花般豔紅的薄唇微勾，低眉淺笑。「竟和那些虺蜴為心、豺狼成性的人訂立誓約，並率爾自戕，妳不怕它們背信棄約？」

江雨寒咳了幾下，大量鮮血自口中湧出，濡濕了覆蓋在身上的落花。

她緩緩拭去唇邊殘血，莞爾說道：「我以祢作為見證，死在『日祈宮宗正』刀下，它們若毀約，祢不會坐視不管的。」

日祈宮宗正微愣，俊臉變了神色。「我賦予妳的洞悉天地神靈之能真是討人厭呢，連我也算計了。」祂說著，輕輕一笑，似乎不以為忤。

「謝謝祢賜予我的能力，雖然我爺爺說那是一種詛咒，千方百計要消除它，但那種能力終究幫了我，讓防空洞的怨靈得以放下仇恨和怨念。」

「為了消除它們的怨念，犧牲自己，值得嗎？」

「只要阿凱平安無事，值得。」

對她來說，怨靈的仇恨、村民的性命，都是其次，在生命的最後，她唯一的念頭只有保住阿凱而已。

「呵。如今有何打算？」

「我已經死了，還能有什麼打算？」江雨寒不禁苦笑。

「隨我四處遊歷吧！」日祈宮拿起隨身佩帶的橫笛，在修長的指尖輕舞旋弄。「妳既以御神體自戕，魂魄已歸我所有，我可以帶妳去任何妳想去的地方。」

江雨寒按住胸前不斷湧出鮮血的傷口，忍痛坐了起來，「我想去……看看阿凱，祢能幫我嗎？」

「幽明兩隔，看著他又能如何？不若跟在我身邊，超脫生死，靈魂不滅。」

「我不想永生不滅，我只想遠遠的看著他就好了，直到我魂飛魄散的時候。」

她的雙親不需要她這個女兒，而對她有養育之恩的二姑媽自己兒女成群，將來也不需要她來奉養天年，她是個無牽無掛的人，若說對人世有什麼殘念，那就是未能親眼看到阿凱解除神誓、離開那個困住他二十幾年的村子。好希望阿凱能夠自由，不要再受她牽累……

日祈宮以手指旋舞橫笛的動作戛然而止。

「可以答應我嗎？」流著血淚的雙眼殷殷望著祂。

祂低眸沉吟許久，將橫笛遞到她手上，「……我一直記得那年的橫笛一曲江雨寒，再為我吹奏一闋吧！」

❀❀❀

夜幕降臨，神色慘沮的鈞皓在阿凱身後一棵黃花樹下現形。

江雨寒的死讓他悲慟了很久，但轉念一想，如果小雨死後魂魄滯留人間，像他一樣當個自由自在、無拘無束的幽靈似乎也不錯。

可是他四處都找不到她的魂魄。他去過阿凱家，也去過她以前住的深山別墅，上窮碧落下黃泉，始終一無所獲。

小雨到底跑去哪裡了？

看著阿凱緊抱江雨寒遺體不肯放開的樣子，鈞皓心裡一陣難過。

還是再找找看好了！

他揉揉因淚水氾濫而視線模糊的雙眼，轉身前往防空洞。

鈞皓來了又走、承羽和李松平等人何時離開，阿凱全然沒有注意，等他再次抬頭，已是一輪明月在天。

皎如明鏡的皓月高懸，籠罩在銀色月光中的夕霧被夜風吹動，有如流霜飛霰，朦朧了大湖彼岸的連綿山影。

「『風月同天』……妳現在也看著相同的月亮嗎？小雨……」

她溫順地躺在他懷裡，一如生前的樣子，卻再也無法回應他，一生流血不流淚的阿凱不禁抱著江雨寒的遺體痛哭。

不知過了多久，一陣帶著奇異香氣的微風襲至，像一隻手掌般輕拂過他的肩頭，他不由得抬頭一看，前方一道似曾相識的身影亭亭立在縹緲如紗的霧氣中，身穿袍服、頭戴烏帽，是妖刀之神。

祂眼似新月，緋紅如櫻的唇瓣微揚。

「……君……還給你了喔……」溫柔的嗓音被湖風吹散，僅聞隻字片語。

還給他什麼？阿凱正想問清楚，忽見妖刀之神朝江雨寒的屍身伸出右手，一把脇差瞬間出現在他掌上。

那是！小雨自戕的短刀！

他震驚地低頭審視懷中的屍身，貫穿左胸的刀刃已然不見，原本鮮血猶殷的傷口也無影無蹤，細嫩白皙的肌膚柔若凝脂，就像從未受過傷那樣。

「是祢救了小雨？」

曾經名為日祈宮宗正的妖神嫣然一笑，袖端輕揚，轉瞬消失在月色中。

江雨寒悠悠醒轉，在阿凱懷中輕輕蠕動著，一睜眼看見他的臉，她便開心地笑了。

「阿凱。」她一如往常輕喚他的名字，帶著發自內心的喜悅。

「小雨！」看到復甦的小雨容光煥發、笑顏如昔，他簡直不敢相信。「妳……妳沒死？」

「原本應該是死了，但我不放心留下你一個人，日祈宮大人就把我的魂魄還給我了。現在防空洞的詛咒已經解除，你的責任結束了，我們快去求帝君撤除神誓，這樣你就自由了，不用再當乩身，可以離開村子，想去哪裡就去哪裡……」

阿凱為她承受磨難太久、犧牲太多，如今防空洞的威脅既已消弭，她唯一想做的事就是立刻衝回崇德宮懇求帝君解除神誓，讓他恢復自由之身。

於是她試圖起身，阿凱的雙臂卻更加用力地摟住她，幾乎使她無法動彈。

「阿凱？」她不解地抬頭看著他。「怎麼了？我們先回崇德宮……」

「那些不重要，我只想一直抱著妳。」

近似祈求的語氣讓江雨寒不忍抗拒，她柔順地委身入懷，側臉偎在他胸前，靜靜傾聽他的心跳。

那怦然悸動的聲響令她微微一愣，眼中頓時閃過驚詫且難以置信的神情，既而若有所悟，淚盈於睫，唇邊卻不禁浮現一抹洋溢幸福的微笑。

「阿凱……真是個傻瓜……」江雨寒驀然伸手環抱著他。

群峰深處傳來陣陣橫笛聲，纏綿柔婉的音色交織著湖畔亙古的月光，映照在緊緊相擁的兩人身上。

山村的故事到此結束了，而他們要走的路還很長。

（全文完）

1 護摩，梵語 homa，意為「火祭祀法」，在火中投入祭神之物進行供養，以驅魔息災。源自印度婆羅門教，後傳入日本，融合佛教和本土神道，成為一種修法儀式。

番外・告白

番外・告白

離開山村到北部求學，轉眼已經一年。

可能年紀稍長的緣故，當初首度離家、躋身大一新鮮人的行列並未帶給阿凱多少衝擊。平順安逸而單調的校園生活令他感覺乏味；日日圍繞在身邊的那些年紀比他小很多且對他過度好奇和關注的同學們，也往往帶給他困擾。

他並不孤僻，但也沒興趣為了交際或合群等無謂的目的刻意配合別人，他對系上舉辦的種種活動：諸如夜教、宿營、聯誼、系遊、讀書會等等，往往敬謝不敏。

每天除了準時到教室上課之外，唯一還能讓他提起興致的地方，只有柔道社。

在這個成員眾多的社團裡，隨時可以找到身手還不錯的切磋對手，不像在村裡，通常只能自己對著假人練習。

為了迎戰即將到來的中正盃柔道錦標賽，阿凱課餘時間幾乎都待在體育館地下一樓的柔道教室進行特訓。

這天下午，他和一位學校代表隊的學長對練破勢時，對方突然石化一樣靜止不動，呆呆地注視門口的方向。

阿凱順著對方的目光轉頭望去，只見小雨正站在門邊對他微笑。

他十分驚訝，這個時間小雨應該是在租屋處寫劇本，或跟編劇組開視訊會議，怎麼會跑到學校來？

「不好意思，暫停一下。」他向對練的學長致歉，隨即走向小雨。「妳怎麼來了？」

「我去總圖借書，順便送飲料來給你。」小雨將手上那個裝著幾瓶麥茶的手提袋交給他。「天氣好熱，還要穿這麼厚重的道服，真辛苦呢！」

看到阿凱滿頭熱汗，自厚棉道服襟口裸露的胸膛也大汗淋漓，她不由得十分心疼，踮起腳尖用自己的手帕為他擦汗。

那位校隊學長這時也走過來，用既驚且喜的語氣對她說：「小雨學姐！好久不見！」

「你是？」小雨抬頭看向對方，一臉茫然的表情。

「我是妳系上的學弟劉冠璋！」那人連忙自我介紹。「妳大四的時候，我大一，妳不記得我了？我們一起修過幾門課，我在點書的時候還是妳負責指導我的！我到現在還記得我們那一組點的書是《四庫總目提要》……」
「哦，抱歉，我對學弟妹比較沒印象。」她歉然地笑笑。
她負責指導的學弟妹有很多，而她一向只在意句讀點的位置正不正確，不會去分辨他們誰是誰。
「沒關係，我們系上人那麼多，學姐不記得也是正常。」
這人倒是會自己找台階下，還想再找些話題攀談的時候，小雨已經準備離開了。
「時間不早了，等一下還要跟組長他們視訊，我先回去了喔！」她對著阿凱說。「等你回來吃晚餐，加油！」
小雨走遠之後，劉冠璋仍一直望著她的背影，再度陷入石化狀態。
這人是怎麼回事？阿凱奇怪地瞥了他一眼，轉身將小雨給的手提袋放在門邊的置物櫃，並拿出一瓶麥茶來喝。
喝完之後，正想去找道場上的其他社員練習，那位學長卻跟了過來。
「喂！學弟！」
被年紀比他小的人稱呼學弟，阿凱一直覺得怪怪的，不過都這樣被叫了一年，他也勉強習慣了。

「要繼續對練嗎？」

阿凱以為對方要找他繼續剛才的破勢練習，沒想到對方卻問起關於小雨的事——

「你和小雨學姐是什麼關係？」

這個問題讓阿凱感覺魯莽，不禁有些不悅，「這與你無關吧？」

也許是感受到阿凱的不悅，也或許是察覺到自己的唐突，冠璋連忙道歉：「啊，不好意思，我問得這麼直接，好像太失禮了，抱歉抱歉！我只是覺得非常驚訝，小雨學姐竟然會對你這麼好，我實在是……實在是不敢相信！」

這個人到底在說什麼？阿凱無言地看著對方，俊眉微皺。

「你今年才大二，小雨學姐畢業的時候你還沒入學，所以你應該不知道吧？小雨學姐當年是本校赫赫有名的校花，人長得漂亮，又是歷年書卷獎得主，很多人追求她，可是從來沒有一個男生可以接近她，我真的想不到你認識她，而且她居然對你這麼好，又是親自送飲料、又是擦汗，晚上還跟你一起吃飯！你是小雨學姐的親戚嗎？」冠璋一臉難以置信地對著阿凱上下打量。「你們長得有點像，應該是親戚吧？」

阿凱本來不想理他，但聽對方這麼一說，他不由得對小雨的學生時代心生好奇。當她還在這所大學就讀的時候，度過的是怎樣的一段歲月？在他見不到小雨的那些日子裡，旁人眼中的她，又是什麼樣的風采？

「……她真的很多人追？」

他拿出一瓶麥茶遞給冠璋，對方立刻忙不迭地接過去，並毫不客氣地打開來一氣喝盡，像渴了很久。

「當然啊！聽說她大一剛入學時就有很多人追，一直到大四還是很多人追。凡是她選修的課人都特別多，有些人數太少可能開不成的課，教授還會拜託她去加選，很多外系的學生都為了她特地跑來修我們中文系的課。」

「這樣有什麼意義？」

「意義可大了！跟她選同一門課，表示一個禮拜至少可以看到她一次、有機會可以坐在她的座位附近、可以假裝請教問題跟她攀談幾句，還可以找藉口借她的筆記本來摸一摸、聞一聞，多麼幸福的事啊！還有人故意跟她借筆不還的。」

「你也做過這樣的事？」

他原先還有一點點敬重這位黑帶已經洗到發白、蟬聯數屆大專盃個人賽冠軍的校隊學長，但看他說得口沫橫飛、一臉陶醉的樣子，他實在有種翻白眼的衝動。這類行為跟癡漢有什麼兩樣？

冠璋猶豫了一下，很不好意思地承認了：「我有一些選修課程確實是為了跟小雨學姐一起上課才選的，不過這種機會很少，因為我大一的必修課程排得很滿，而學姐那時候大四，需要選修的學分已經剩下不多了……好遺憾我沒有早一、兩年入學。」

「你喜歡她，為什麼不光明正大地追求，要做這些小動作？」

「因為我有自知之明，知道自己高攀不起呀！」冠璋苦笑地說。「聽說很多人向小雨學姐告白都被拒絕，連當時的風雲人物學生會會長都吃癟了，我一個小大一又算哪根蔥？小雨學姐待人和善，但她對追求她的人是很冷漠的。我聽學姐班上的學長們說，從來沒看過有哪個男生可以接近她。所以，你跟小雨學姐到底是什麼關係，她為什麼對你這麼好？」

看著對方那豔羨不已的表情，阿凱第一次認真思考起這個問題——

小雨為什麼對他這麼好？

⁂

他知道小雨喜歡他，一直都知道。

但是為什麼？她讀大學的時候，追求者眾；出社會工作，又有承羽這樣條件優越的對象在身邊守候，她為什麼只選擇他？

小雨不惜為他捨棄生命，現在又為了陪伴他而離開公司，搬到他狹小的租屋處和他同居。他何德何能，讓小雨這樣為他犧牲？

從學校走回租屋處的路上，他都在思考這個問題。

當初承羽告訴他，小雨喜歡的人是他的時候，他受寵若驚、不敢置信，但卻沒想過自己為什麼這麼幸運。

也許他應該問問小雨，為什麼她會選擇他？

打開租屋處的門，小雨正對著筆電和編劇組進行視訊會議。

她為他搬到北部之前，原本打算辭掉編劇的工作，但被公司挽留了，承羽請求她以Work from home的方式繼續留任。

看到阿凱回來，小雨立刻用麥克風對與會眾人說：「阿凱回來了，我要先下線了，你們討論完再把決議傳給我，我都配合。」說完後，她關掉電腦，開開心心地起身迎向阿凱。

「今天怎麼這麼早就回來了？最近不是都練到七、八點嗎？」

「妳繼續開會沒關係，不用為了我……」

她微笑接過他手上拎著的道服和運動提包，「工作哪有你重要。柔道特訓那麼辛苦，你一定餓了吧？晚餐我已經準備好了，微波加熱一下就可以吃了，你要先吃飯，還是先洗澡？」她一邊說，一邊俐落地把穿過的道服放進洗衣機、將運動提包歸位，再倒了一杯開水端給他。「先喝水。」

看著她一心一意為他忙碌的樣子，阿凱突然很想緊緊抱住她，但他意識到自己身上骯髒，只得強忍衝動。

「我先洗澡。」

吃過飯、洗過澡之後，兩個人擠在一張比單人床略大的床鋪上，小雨一如往常以他的胸膛為枕，縮在他懷裡。

自從受過御神刀重創、死而復生後，她的身體變得更加孱弱，經常晚間八點之後就漸感疲憊不支。因不忍她孤單獨眠，也不放心她自己在家，他每天必定趕在八點前回家陪她。

「妳會不會覺得這裡太小了？」

一開始他獨自北上求學，想說自己一個人住，便一切從簡，隨意在學校附近租了間一房一廳的套房；現在小雨來了，他覺得讓她住在這種地方實在太委屈。

「不會呀，我覺得這裡很好。怎麼了？你覺得我太擠嗎？」她小巧的下巴輕輕靠在他的肩窩，眼裡帶著笑意凝望他。

「我爸問我，要不要乾脆在學校附近買一間寬敞一點的。」

「用買的？」她驚訝地睜大眼睛，「不需要吧？等你完成學業，我們就要搬回村子了，不是嗎？」

「妳想回村子？」

「你不想回去嗎？想留在台北定居？」

「我都可以。」他伸手環抱她，「只要有妳的地方，我都可以。」

小雨開心地笑了，仰頭親吻他的臉頰。

「我也都可以，只要能陪著你就好。只是我常常想起你為我種下的那片花海，以及我們一起長大的地方。」

阿凱想起小時候的事，更感到困惑了。

「小雨，妳為什麼要對我這麼好？」

「說什麼傻話？對你好不是應該的嗎？阿凱也對我很好啊。」她枕著他的肩膀，左手食指輕輕地在他胸前畫圈圈。

「小時候，我總是欺負妳，還把妳最害怕的蛞蝓丟在妳桌上。」事隔十幾年，每每想起小雨當時崩潰大哭的樣子，他仍然於心有愧。

「小時候誰都頑皮過，我只記得你對我的好。」

她改用小手摩挲他的胸膛，那裡原本有一個妖狐留下的黑色掌印，現在已經完全看不見了。彷彿怕他舊傷處還會痛似的，她以極輕柔的力道緩緩撫摸著。

她無心的碰觸讓阿凱差點忘記他要問什麼，連忙握住她的手。

「妳還沒回答我……為什麼對我這麼好？」

他知道，要是她願意，明明可以有更多、更好的選擇；他也知道承羽雖然很有風度的祝福他們，但其實並未徹底放棄小雨。

為什麼在眾多追求者中，她唯獨挑中條件並不是最好的他？而他甚至算不上是她的追求者，因為他連一句愛她，都沒有說出口過。

「那你也告訴我，為什麼你對我這麼好？」她故意反問。

「是我先問的，當然妳先回答。」

想起鈞皓曾經對她說過一模一樣的話，小雨不禁失笑。

「你說這句話的樣子，簡直跟鈞皓一樣孩子氣。好，我先回答。」她翻身壓在阿凱身上，以無比慎重的語氣對著他說：「我對你好，因為你是阿凱，因為我愛你。」

她說這話的時候，臉上的神情是如此的坦然，彷彿在說一件天經地義的事。

她愛他，愛得那麼天公地道、理所當然。

阿凱望著她認真的臉，不由得愣住了，因她那有如盟誓般的鄭重宣言棖觸動容，並感到有些慚愧。

他早就從承羽口中得知小雨對他情有獨鍾，卻從來不曾主動對她示愛，未免太不公平。

「對不起，小雨，我應該早點告訴妳，我也愛妳……」

「傻瓜，我早就知道了。」她微笑地看著他，淚光瑩然的雙眼深深反映他的倒影。「每當我靠在你胸前，你的心總是這樣告訴我。」

番外・月光島事件

（一）

我的家鄉在一座離岸小島。

整座島嶼獨立於海，僅以一條跨海大橋與本島連接。小島不大，居民也不多，皆以討海維生。

當奇石遍布的珊瑚礁海岸沐浴在月色中，整座島就散發著銀白色光芒，在漆黑的海面上閃閃發光，所以被稱作「月光島」。

島上有一片彎彎的海灘，非常美麗，同時也有一個美麗的名字，叫「月牙灣」。

我在月光島長大，但如今我已在離家很遠的地方。

如果你剛好來到我的家鄉，可以去月牙灣找尋我多年前埋藏的寶藏，有緣人得之。

寶藏的位置是在……

玉琴窩在第二編劇室角落的沙發上，聚精會神地閱覽一篇部落格遊記，其中多張藍天、碧海、白沙的照片吸引她的目光。

編劇組代理組長江雨寒從門外進來，看到她在這裡，有些驚訝。

「琴姐，今天這麼早就來了。」

每日下午兩點是編劇組例行會議的時間，組中成員向來是只有遲到，沒有早到的。

玉琴對她笑了笑，「天氣太熱了，懶得出去吃飯，就先來這裡吹冷氣了。」

過了一會兒，其他組員才陸陸續續踏著慵懶的步伐晃進編劇室。

編劇組最近才剛完成耗時兩年的電影劇本，董事長龍心大悅，特賜編劇組七天旅遊假，今日會議的目的，是為了決定地點行程。

「承羽跟著董事長去國外開會了，只剩我們幾個，有點無聊呢！」阿星打了個大大哈欠，上半身懶洋洋地趴在冰涼的會議桌上，一副百無聊賴的樣子。

「去哪渡假我都沒意見，別再鬧鬼就好了。」小鴻意有所指地說。

玉琴從沙發上起身，「我發現一個好地方，用投影機放給你們看。」她說著，將剛才看到的那篇遊記投映在布幕上。

一望無際的藍海、純淨似雪的白沙令人驚豔，江雨寒不禁發出讚嘆——

「好漂亮的沙灘！」

小鴻抬頭看了看遊記裡的文字敘述，微微皺眉。「月光島？我知道，小時候我爸媽常帶我去那裡玩，以前還有個遊樂園，不過已經荒廢了，聽說現在月光島變得非常荒涼，而且離公司也太遠了……」雖然遊記照片拍得很漂亮，但他對這個地方實在沒什麼好感。

「不會啦！我查過路線，開車過去大概兩個小時的車程，還能接受吧！」玉琴說。

「遠點沒關係，我們之前在深山待了這麼久，偶爾也該去海邊浪漫一下！」阿星說。

「跟你在一起有何浪漫可言……」小鴻翻了翻白眼。「月光島實際上不像照片拍的這麼漂亮，也沒什麼好玩，大家去了肯定會失望。」

「沒差啊，不好玩就在旅館睡覺就好了，反正我們這次休假是為了休息，又不是外出取材。」最資深的編劇麗環說。

「可是……」

小鴻本來還想說些什麼，卻被麗環一句話堵住了嘴——「啊你剛才不是說沒意見？」

「呃……好吧。」小鴻嘆了一口氣，不再多言。

麗環轉向江雨寒：「現在承羽不在，代理組長最大，小雨妳的意思呢？」

「我覺得那裡很好，如果大家都同意的話，那度假地點就決定是月光島了。不過，我可以帶阿凱一起去嗎？他還沒去過海邊……」江雨寒小小聲地要求。

「當然可以，我們也好一段時間沒看到阿凱了，妳就帶他一起來吧！」玉琴和麗環欣然同意。

「我反對！」阿星突然大聲說。

「你反對個屁啊！」小鴻瞪了他一眼。

「這樣不公平啊，只有小雨可以帶伴，他們兩個整天如膠似漆、你儂我儂的，叫我們這些單身狗情何以堪！」阿星氣憤地說。

「有本事，你也可以帶伴啊！又沒有人叫你不要帶。」小鴻沒好氣地說。

「就是說嘛！不然你去問問看小良要不要跟你一起來。」麗環臉上露出不懷好意的笑。

「如果她答應的話，你就有機會可以脫單囉！」話雖這麼說，不過大家都知道她只是想看阿星出糗。

「好主意耶！阿星快衝啊！」

「我……」

「怕什麼啦！男子漢大丈夫……」

眾人的月光島之旅就在起鬨聲中決定了。

❀❀❀

一輛嶄新的七人座休旅車在炎炎夏日橫越熱鬧的城市，駛過一座跨海大橋，彷彿來到另一個世界。

所有的喧囂繁華瞬間不見了，眼前只有一個被防風林包圍的、絕對靜謐的村落。這裡沒有商店、沒有行人，只有木麻黃樹叢間隱隱露出幾處紅色屋瓦，顯示此地尚有人煙。

車子行駛在遭到茂密防風林包夾的村道，因為不見天日，炎熱的暑氣在樹影籠罩中消除不少。比木麻黃低矮的林投樹在森林裡恣意生長，茂盛到無法穿行的地步。

「這裡比我記憶中更荒涼了。」看著車窗外的小鴻說。

他的家在鄰近縣市，十多年前島上遊樂園還在的時候，爸媽常帶他來這裡，當時他就不喜歡月光島，總覺得村落太僻靜，遊樂園也不歡樂，陰氣森森的，而且這個島上到處長滿了林投樹。

他從小害怕林投樹，因為大人常常對他說有關林投樹的鬼故事——

清朝末年的時候，有一位年輕的寡婦獨自撫養三名幼子，靠著先夫留下來的遺產過活。一個素行不良的無賴花言巧語地姦騙了她，假借投資之名誆走大部分的財產，丟下婦人遠赴他鄉。人財兩失的年輕婦人生活陷入困頓，兩名幼子飢寒而死，遂在悲憤交加之下親手掐死第三個兒子，自經於林投樹。之後婦人的鬼魂經常在附近樹林出現，人稱林投姐。

被這個鄉野傳說嚇大的他，如今雖不像幼時膽小，但林投樹叢生的地方總讓他感覺不祥。或許還曾發生過什麼不好的事吧，他想不起來了，不過十多年後舊地重遊，這座小島仍散發讓他不喜的氣息。

睡了一整路的阿星從夢中醒來，舒適地伸了伸懶腰，四處張望；不經意瞥見負責開車的阿凱右手正和坐在副駕的小雨緊緊交握，於是默默從口袋掏出墨鏡戴上，望向窗外。

過了一會兒，眼前漸漸明亮，車子穿越林蔭村道，來到民宿前的小小停車場。

他們預訂的住處，是月光島上唯一的一家民宿，規模不大，兩間連棟的三層樓透天厝併在一起，其中一間大門敞開的房子外面立著木製招牌，漆著「海之家」三個白色大字。

「呼！總算到了！」麗環長吁一口氣。

「比想像中還偏遠呢！如果不是看到部落格文章，我根本不知道台灣居然還有這種地方！」玉琴說。

「民宿好小好舊欸！簡直就是普通民宅嘛！」阿星露出嫌棄的表情。

「這種偏鄉還有民宿就要謝天謝地了，總比睡在防風林好吧！」小鴻說。

「露營也不錯啊！在海邊的樹林露營，別有一番風味。」麗環半開玩笑地說。「我之前上網查過，有人說這裡的防風林鬧鬼欸，晚上大概會很精彩……」

「妳給我閉嘴！上次撞的鬼還不夠嗎？」玉琴怒斥。「快拿著行李滾下車啦！要人家阿凱等多久？」

眾人這才揹起行囊陸續下車。夾帶鹹味的涼風迎面襲來，盛夏耀眼的陽光在遠處的海面上燦笑著。

夜裡，銀白月色自窗紗隙縫瀉進屋內，灑落在阿凱和江雨寒兩人身上。

她裸露在月光下的肌膚有如白玉無瑕，臉頰、大腿和胸前的傷痕全都不見了，很難想像曾經受過那麼沉重的傷。

而今傷勢雖然痊癒了，但身體變得異常虛弱，體力也大不如前，很容易疲倦，才晚上八點，她就已枕在阿凱胸前熟睡了。

阿凱拉過一旁的涼被替她蓋上，雙臂輕輕擁著她。

他曾因神誓束縛，無法離開他出生的村子，所以從來沒有親眼看過海，小雨一直深以為憾，一有機會就拉他同行。

其實對他來說，有沒有看過海，一點都不重要；只要能跟她在一起，即使一輩子困守山村，他也樂意。

由於時間還很早，他並不想睡，只是微微閉目養神，突然聽到附近傳來敲鑼打鼓的熱鬧聲響，似有大隊人馬由遠而近從樓下經過。

江雨寒被這陣喧天鑼鼓驚醒，睜開惺忪睡眼茫然地望著阿凱。

「沒事，大概是島上的宮廟繞境，繼續睡吧。」阿凱溫柔地安撫她，大掌緩緩理順她那微顯散亂的長髮。

她順從地點點頭，抱緊阿凱，再度沉沉入睡。

麗環等四人站在只剩斷垣殘壁的荒廢樂園外面，開啟手電筒功能的手機把入口處刻著「愛幼園」三字的石碑照得通明，卻照不亮石碑後方的陰暗叢林。

「這個石碑的造型看起來真有點像墓碑。」阿星有感而發。

「不要在這裡說這種嚇人的話啦！什麼墓碑！」玉琴立刻抗議。

「這樣就怕了，妳們還有膽子穿過這個廢棄的遊樂園嗎？」阿星挑釁地說。

「當然！不過就是個廢墟，有什麼好怕的！」玉琴不甘示弱。

「你們要去月牙灣是無所謂，但為什麼一定要走這裡啊？走正常的路不行嗎？」小鴻望著幽深的樹林，心裡隱隱感到不安。

他對這個十多年前常來的樂園印象很不好，當年到底發生過什麼事呢？

「民宿老闆娘說這是當地人才知道的捷徑，從這裡穿過去近很多，走外環道要繞一大圈，還要先繞回跨海大橋，阿呆才走那！」麗環理所當然地說。「走啦！廢話少說！」

見麗環和玉琴率先走進荒廢的園區，小鴻只得放棄抵抗。

方圓數公里連一盞路燈也沒有，幸好正值十五月圓，在滿月的光輝照耀下，周遭事物還算清楚可辨。

整個樂園舊址幾乎被林投樹吞噬了，極目望去盡是盤根錯節的樹叢，當年設置的遊樂器材已無蹤影，只有一條花崗岩鋪成的石徑還倖存，他們踩著一塊一塊的石板穿梭在林間。

「對了，老闆娘說他們本地人很少靠近這裡，是為什麼啊？」阿星突然問道。

「我下午問過她，她說沒什麼，只是在地人連月牙灣都很少去，沒事更不會想來這個廢棄樂園了。」麗環回答。

「是喔，那麼漂亮的海灘他們居然很少去，真是可惜耶！」玉琴說。

「她說可能大家從小看膩了，也沒什麼稀奇。」麗環說。

穿過陰暗的荒林之後，眼前視野頓時豁然開朗，一大片平緩的沙灘沐浴在銀色月華下，散發瑩白似雪的光芒。遠處海面映照著滿月光輝，也反射出耀眼的波光粼粼。

月牙形的海灣擁抱著海洋，茂密的樹林包圍著沙灘，形成一個小小的祕境天地；樹叢與沙灘是強烈的黑與白對比，彷彿兩個世界。

「終於到了，我們可以來挖寶藏了。」玉琴說。

「寶藏？」

「你們忘了那篇部落格文章嗎？作者不是說她在這裡埋了寶藏，誰挖到就送給誰嗎？」

玉琴認真地說。

麗環噗哧一笑，「小姐，妳今年幾歲啊？居然會相信這種話！」

「有什麼關係，反正都來到這裡了，就當玩個尋寶遊戲，也沒損失啊！」玉琴說。

阿星贊同地點點頭，「說得也是，挖挖看也沒損失，如果挖到時空膠囊之類的東西，也滿好玩的。」他隨手撿起一些堆在海灘上的大型漂流木充當挖掘工具。「『寶藏』是埋在哪裡啊？」

「等等，我看一下。」玉琴掏出手機，打開那篇文章。「作者說……在一棵紅色的林投樹下。」

「紅色林投樹？倒是少見。」

四人分頭尋找，沒多久還真的在海灘和樹林的交界處找到一棵符合敘述的樹。

這棵樹有著貌似林投的外形，但較為高大，葉子的邊緣尖端呈緋色，在月光下閃爍著異樣的鮮紅色澤，彷彿在滴血一般。

玉琴仔細地看了看，「應該是這棵沒錯，開始挖吧！」

一旁小鴻抬頭看著在海風中舞動的葉子，說：「你們不覺得這葉子的顏色很奇怪嗎？」

玉琴跟著抬頭看，「是有點特別，紅紅的，跟一般林投樹的顏色不一樣。」

「我小時候曾經看過一個故事，」小鴻用神祕的語氣說：「據說葉子顏色異於平常，或者是特別鮮紅的植物，下面可能埋藏著屍體喔！因為樹根吸收了屍體的血和養分，所以改變了顏色。」

「欸！不會吧！」玉琴神色微變。

正奮力挖掘的阿星回頭罵道：「老子在這裡挖得滿身大汗，你在那邊給我講風涼話唬人！你過來，換你挖！」

小鴻笑了幾聲，接過阿星手上的漂流木。「只是開個應景的笑話而已。」

「很難笑。」阿星瞪了他一眼，和他交換位置。

雖然是暑氣炎炎的夏夜，在陣陣強勁海風的吹拂下，玉琴仍微感寒意，她搓了搓泛起一層疙瘩的雙臂，靠到麗環身邊。「小鴻說的不會是真的吧？我有點怕怕的。」

「哈哈哈！怎麼可能。」麗環嗤之以鼻。「誰埋藏屍體還會特地ＰＯ網昭告天下的？安啦！」

正說著，負責挖洞的小鴻突然停止動作，發出驚疑不定的聲音——

「呃……這是什麼東西？」

大家擠上前一看，坑洞裡有一大團黑漆漆的絲狀物，在手電筒的照耀下微帶光澤。

「難道是……頭髮？」阿星嚥了嚥口水，有些艱難地說。

「不、不可能啦！這裡怎麼會有頭髮？一定是髮菜，或者是破魚網之類的！」

「有道理，髮菜確實長得很像人的頭髮，所以才叫髮菜嘛，不要自己嚇自己啦！」

「原來是髮菜啊，剛才真的嚇到我了。」

「我還是第一次看到髮菜呢，原來長這樣。」

大家都這麼說，那團黑壓壓的物事就越看越像髮菜，但小鴻還是隱隱覺得不對勁，他看著坑洞，臉色相當難看。他也希望如眾人所說只是髮菜而已，但恐怕不是……

「你們都退後。」他示意眾人讓開，小心翼翼地繼續挖掘。

一綹長髮被扯開後，露出一顆慘白髑髏，銀色月光映照在兩個窟窿裡，目光森然。

（二）

她藉著微弱的路燈獨自穿行在兩旁長滿林投樹的石板小徑。
忽然有人自身後抓住她，一股極大的勁道將她拖進樹叢，壓制在地。
天上沒有月亮，且樹影很暗，看不清楚眼前的人。
她又驚又怕，穿著細跟涼鞋的雙腳瘋狂踢踹。
對方似乎被她的舉動激怒了，雙手猛力勒緊她的脖子……

瀕臨窒息的痛苦令她自夢中甦醒，江雨寒倏地驚坐而起，幾綹飄著馨香的秀髮輕輕拂過阿凱臉頰。

閉目休息的阿凱立刻睜開雙眼，擔憂地看著她。「怎麼了？」

江雨寒略定了定神，意識到自己原是伏在阿凱胸前睡覺的，沒有林投樹，也沒有企圖侵犯她的壞人。

她搖搖頭，「沒、沒事，只是做了一個夢。」她聽到海風中的鼓樂之聲猶自喧闐，忍不住問道：「現在幾點？」

「九點多。」

「才九點多。我們出去外面走走好不好？」

阿凱難得到海邊，卻為了陪她而一直待在民宿，令她深感歉意，所以這樣提議。

「我都可以，但妳不累嗎？不要勉強。」

「睡了一個小時，精神好多了。我們走吧！」她說著，起身穿上衣服，並如同往常將一頭長髮紮成馬尾。

民宿老闆娘說，島上的廟宇這幾天正在進行三年一度的繞境祈福活動，全村的村民都會共襄盛舉，熱鬧非凡。

「你們一定要去看看，真的很熱鬧，我是因為要顧店走不開，要不然我也想去呢！剛才我也建議你們的同伴去參加廟會，不過他們堅持要去月牙灣。我就想不通那種荒涼的海灘有什麼好看的。」老闆娘這麼說。

他們兩人正要出門的時候，廚房裡衝出一個渾身油膩、蓬頭垢面的中年婦人，一隻手握著啃了一半的雞腿，另一隻髒汙的手緊緊抓著江雨寒的手臂。「不要去啊！那裡有鬼！不要去！不要去！有鬼！」體型十分肥胖的婦女扯著喉嚨大喊。

江雨寒被這個突然冒出的人嚇了一跳，不過看對方似乎沒有惡意的樣子，所以並未將她強行推開，「妳說哪裡有鬼？」

「廟裡！海邊！樹林！村子裡！到處都是鬼！」那名婦人手拿著雞腿四處比劃著，眼中露出驚恐的神情。

原本在消毒餐桌的老闆娘連忙跑過來拉開那名婦人。

「阿錦！妳怎麼又偷吃冰箱的東西！那個雞腿還沒熟，不能吃啦！那是明天要煮給客人的菜！妳趕快回去，不要嚇到客人！」老闆娘劈手奪下阿錦的雞腿，並將她連推帶拉地拖進廚房。「金土啊！管好你妹妹！不要讓她跑出來嚇客人！」

安頓好阿錦之後，老闆娘一臉歉然地走回大廳。

「對不起！嚇到你們了吧！那個是我老公的妹妹，小時候生病燒壞腦袋，整天胡言亂語，本來應該讓她去住都市裡的精神病院的，但我老公捨不得，唉……她有時候還算正常，所以讓她在廚房幫忙做點事，誰知道我先生沒看好讓她跑出來，真的很不好意思！」

「沒關係，沒什麼。」江雨寒毫不介意地說，拉著阿凱的手出門去了。

❀❀❀

民宿距離島上的宮廟並不遠，但阿凱擔心小雨步行勞累，所以特地開車前往。

廟前廣場熱鬧非凡，廟宇階梯前幾十張紅色大圓桌整齊排放，其上擺置海量供品香燭；廣場周圍三面架了幾棚野台戲，有布袋戲也有歌仔戲，許多村民聚在台下。

阿凱把車停在廣場外圍的荒地，要價不菲的嶄新名車引起附近群眾的注意，但大部分的人都只是好奇的看了一眼，就轉回去交頭接耳，好像在議論些什麼。

一群聚在大樹下、年約二、三十歲的青年男子走了過來，其中幾個手上還拿著乩身操寶用的狼牙棒和鯊魚劍，眼神不懷好意。

帶頭的青年瞇起眼打量阿凱，「外地來的，很囂張嘛！開這種車到這裡顯擺，當我們村裡沒人？」

「沒這個意思，只是聽到這裡很熱鬧，過來看看。」阿凱淡淡地說。

「這裡熱不熱鬧，關你個雞巴事！准你來看？看三小啦幹！我們這裡不歡迎外地人啦！」為首的男子嘴裡不乾不淨，令阿凱不禁皺眉。

「翔哥別跟他廢話，揍就對了！先砸爛他的破車，再揍得他媽媽都不認得！」旁邊一個青年大聲叫囂。

「這女的還挺漂亮的！跟我們一起玩玩怎麼樣啊？」

幾個流裡流氣的少年望著江雨寒露出猥瑣的賊笑，其中一名高個子甚至朝她伸出手。

阿凱見狀倏地踏出一步，左手同時攥住高個子的手腕往前橫拉，右手順勢從對方腋下穿出夾住肩膀，使出一記俐落的單臂過肩摔，對方高大的身軀瞬間騰空後重摔在地，速度疾如流火，連慘叫都來不及。所幸腳下是泥土地，又長著茂密的牛筋草，造成的傷勢不嚴重，但一時也痛得站不起來，只能倒在地上摀著屁股哀號。其他人見狀都愣住了。

「想找麻煩？」阿凱神情淡漠地看著被稱作翔哥的青年。他不想打架，但也不怕打架。

帶頭的青年阿翔遲疑了一下，沒料到會踢到鐵板，但不動手的話，面子又掛不住，還好己方人多勢眾足以壯膽，於是暴喝一聲：「大家一起扁他，打死算我的！」

眾人紛紛掄起手中的武器，蜂擁而上，阿凱率先奪下阿翔手中的鯊魚劍，長腳一踹，登時將對方踹飛出去。

見阿翔一秒被踢翻在地，其他人不禁頓收攻勢，面面相覷。

「鯊魚劍不是這樣用的。我在操五寶的時候，你們還不知道在哪裡。」阿凱冷笑地說。

那些青年又驚又怒，沒有人敢繼續上前進攻，卻又不甘心撤退，正僵持著，一夥村民趕了過來，大聲喝止：「住手！這是在幹什麼！」

這群年長的村民氣憤地奪下年輕人手中武器，把他們推開。

「你們這群畜生！都幾歲人了，還在打架鬧事，不學好！嫌自己闖出來的禍還他媽的不夠是不是？」一名年約六十幾歲的長者厲聲斥責，甚有威嚴。

那些年輕人雖然凶神惡煞的樣子，面對這長者的責罵卻也不敢吭聲，一個個龜縮起來。

「沒有啦，宮主，我們跟他鬧著玩而已，沒有打架、沒有打架……」阿翔摀著肚子從地上爬起來，訕訕地說。

「放你媽的屁！你們馬上給我滾回去！下次再亂拿廟裡的法器惹事，我就用鯊魚劍抽死你們這些小王八蛋！」被稱為宮主的長者狠狠痛斥。

那群年輕人不敢反抗，摸著鼻子慢慢朝宮廟的方向走去，還倒在地上呻吟的高個子也由兩個少年攙扶著離開，幾個年輕人一邊走還一邊回頭瞪著阿凱，嘴裡不知在碎唸什麼。

「年輕人……」宮主轉頭看他，突然愣住了。「你是——崇德宮北辰帝君的乩身？」

「你認得我？」阿凱微感詫異。此地距離山村很遠，沒想到竟有認識他的人。

「幾年前我們宮廟進香的時候，路經貴寶地，當時王爺突然退駕，乩身當場昏倒，承蒙你出手相助，儀式才能順利完成，我記得你是叫做阿凱吧？」宮主說。「帝君乩身為了什麼事到我們月光島來呢？」

「只是來玩的。」

「哦，很歡迎你來，預計在我們這島上住幾天？我宮裡的年輕人不懂事，冒犯了你，讓你見笑了，等我這些事忙完之後，辦一桌叫那些年輕人向你賠禮。」

「不用麻煩了。」阿凱說著，把手中的鯊魚劍歸還給對方。

「應該的、應該的……那些孩子實在是……」

一語未完，幾位上了年紀的村民行色匆匆地跑到宮主身邊，說：「村長正到處找你，好像有什麼急事，叫你快去村辦公室一趟！」

「好，我這就過去。」宮主轉向阿凱，表情有些歉然，「暫時失陪了。」

「請便。」

宮主離開後，部分群眾也紛紛往某個方向移動，戲台依舊鑼鼓喧天，廟埕上的人數卻少了很多。

「出了什麼事啊？怎麼大家都跑了？」江雨寒感到困惑。

阿凱看向中門敞開的廟宇，若有所思。「我們回去吧，這個地方不安全。」

麗環和玉琴等人因意外挖到人類顱骨，被鄰近轄區的員警帶回去問話做筆錄。員警問他們為什麼特地跑到月牙灣挖沙時，玉琴據實以告，但卻遍尋不著當初她看到的那篇遊記網頁，幾個人差點被視為嫌疑犯，整整折騰了一天一夜。

等到他們狼狽不堪地回到海之家，已經沒有興致繼續待在月光島了，而且覺得很晦氣，眾人商議了一下，決定提早返程。

返抵員工宿舍已是深夜，小鴻拖著疲憊的腳步，走回自己位於二樓的套房。

一進房整個人直接癱軟在大床上，像一坨爛泥。本想稍躺片刻再起來洗澡，不料躺下不久就沉沉睡去了。

睡到半夜，他莫名其妙地冷醒。房裡沒有開燈，街燈從半掩的窗簾透進，帶給陰暗的空間一絲光亮。

恍惚中，他看到浴室門口好像立著一個人影，浴室裡很黑，但這個影子更黑，看起來像是一個長髮垂腰的女性背影。

單人套房裡理應只有他一個人，這個陌生的人影是誰？難道是小偷闖入？懷著這樣的疑惑，他悄悄起身，走到人影後方，一把抓住肩膀將對方扳過來——

瞬間正面對上一張沒有眼睛的白臉，失去眼球的眼窩是全然的黑，有如兩個無底坑洞。

小鴻爆出這輩子最淒厲的慘叫，從床上掙扎地爬起來。他瞠大雙眼，警戒地瞪視浴室前方，發現空無一物，而自己正好端端地坐在床上，這才恍悟那駭人的一幕只是夢而已。

他擦掉額上的冷汗，大大地鬆了一口氣。此時天色微白，熹亮的晨光透入窗簾，讓人感到莫名安心。

他拿起換洗衣物走進浴室。淋浴的時候，眼角餘光瞥見浴簾外立著一道黑影，似乎是一個長頭髮的人影，當他轉過頭諦視，那個影子就不見了。

他微微一愣，問道：「誰？」

四周一片沉寂，只有嘩啦啦的水聲迴盪在浴室裡。

從那天開始，小鴻每天晚上都睡不好，不是做惡夢，就是半夜在房間裡看到長髮女子的殘影。最後他受不了了，把這件事告訴江雨寒，希望阿凱可以救救他。

江雨寒同情地看著他，「我以前住的宿舍也曾經鬧鬼，可以體會你的感受，但是，阿凱已經不是神明乩身了，可能幫不了你……」

防空洞的事情了結之後，在江雨寒的懇求之下，北辰帝君同意讓阿凱解除神乩的身分，無須再受當年神誓的束縛；但失去神尊護體的阿凱，如今與凡人無異，只是一個普普通通的大學生，也沒有和鬼神溝通的能力了。

「不要這麼說啦，阿凱身手那麼厲害，就算現在不是神乩，也總比麗環那個神棍好，她只會把我的房間到處撒得都是米粒和艾草屑。妳跟阿凱說說看，幫我想想辦法！再這樣下去我要瘋掉了！」因為長期睡眠不足，原本外型還算帥氣的小鴻眼窩深陷、臉頰消瘦、眼圈發黑，看起來簡直變了一個人。「早知道就不要去月光島了，我就說那個地方不好吧！一定又是麗環那個掃把星帶衰，害我被纏上了……」

說到去月光島的事，江雨寒覺得自己也有責任，因為當時她是代理組長，旅遊地點是她同意的，現在小鴻變成這樣，她於情於理似乎都不該置身事外。

於是她說：「好吧，我問阿凱有沒有辦法。但是，不要抱太大的期待喔！」

⁂

意外出土的骷髏，化驗結果是一副年輕女性的骨骸。因年代久遠，皮肉早已腐化殆盡，骨骸發黃，一頭長髮也脫落，無其他證件，透過牙齒及親屬DNA比對，證實身分為月光島居民張秀婷。經勘驗發現頸椎處非自然斷裂，研判生前受外力襲擊致死。

死者母親表示，十二年前的八月十三日晚上八點左右，當時年僅十八歲的女兒聲稱心情不好，獨自步行前往月牙灣看海，結果直到隔天都沒回來，當時曾報案協尋，但始終沒有消息。很多村民都說她女兒可能是偷偷交了男朋友、跟人家跑了，或者是被網友誘拐走了，怎樣也沒想到原來早就慘遭殺害，埋屍在島上的海灘。

這樁駭人聽聞的妙齡女子凶殺案曝光後，警方積極想查出凶手進而繩之以法，無奈案發時間距今已有十餘年之久，能夠掌握的跡證線索有限，案情陷入膠著。

阿凱認為小鴻頻頻見鬼，應和當初在月光島上挖到頭骨的事有關，於是和江雨寒再度來到「海之家」。受到月牙灣骨骸案的影響，島上遊客更少，民宿的生意更差了，老闆娘看到他們來，很是高興，非常熱心地招待。

吃午餐的時候，偌大的餐廳只有他們兩個客人，老闆娘上完菜後就在一旁和他們閒話。

「真是有夠夭壽的，村子裡怎麼會出了這種事啊？死者是阿鸞姨的女兒，死的時候才十八歲而已呢，正是青春的時候，到底是哪個夭壽短命沒天良的幹出這種事……我看到阿鸞姨她老人家哭成那樣，就覺得很傷心……」老闆娘一邊感嘆，一邊用圍裙拭淚。

「老闆娘，妳認識死者張秀婷嗎？」江雨寒好奇地問道。

海之家的老闆娘看起來年紀大約三十多歲，張秀婷要是還活著，今年三十歲，彼此年齡相近，如果兩人相識的話，她想或許可以從老闆娘那邊得知更多關於死者的線索。

「我不認識她，我不是本地人，幾年前才嫁來這裡的，不過我認識阿鸞姨，以前我們店裡生意好的時候，還曾經找她來幫忙，她是個好人，家裡不是很有錢，但從來不計較我們給她的薪資，我們能給她多少，她就收多少。誰知道她女兒死得那麼慘，現在連殺人凶手都還找不到，真是老天沒眼！可憐阿鸞姨年輕時就死了老公，只有這麼一個女兒，好不容易養大了，又遇到這種事……」

阿凱注意到原本貼在櫃台後方那些歷年遊客的照片少了好幾張，燻黃的牆面上留下十幾個白色的長方形，顯見剛取下不久。「原本貼在那裡的照片哪裡去了？」

「那個喔，被警察拿走了，他們說要調查案發那年夏天來過島上的遊客。我想大概查不出什麼吧，那麼久的事了，就憑幾張照片能查到什麼東西？而且聽說十幾年前月光島的遊客還很多，那些人也不一定都會住在我們這裡啊。」老闆娘不以為然地說。「不過警察大人既然說要那些照片，我們就盡量配合就是了，希望能早日找到殺人凶手。」

吃完午飯，老闆娘走進廚房準備餐後水果，出來後見江雨寒已將桌面的碗碟廚餘收拾得乾乾淨淨、整整齊齊，感到過意不去，連忙說道：「哎呀！客人妳太客氣了，放著給我收就好了啊，真是不好意思！對了，我要提醒兩位一件事，沒事最好待在我們民宿裡，少到外頭去走動。」

「為什麼？」江雨寒奇怪地問道。

「這大熱天的，外面日頭毒，很容易中暑，還有，」老闆娘靠近他們，壓低聲音說：「不知道為什麼，島上的居民一直都很討厭外地來的人，對外地人很不友善，月光島近年來遊客越來越少，大概也是因為這個原因。加上阿鸞姨她女兒的命案，現在村民們更排斥外地人了，你們要小心一點。」

「他們認為張秀婷命案是外地人做的？」

「當然啊，當然是外地人做的，我也是這麼覺得。」老闆娘一副理所當然的樣子。

「島上居民才一百多個，大家彼此都認識，感情深厚，不可能會殺害自己村子裡的人啦。而且警察調查過了，阿鸞姨的女兒失蹤那天，村裡剛好也在舉行三年一次的廟會，大部分的人都在廟那邊，大家可以互相作證，沒有人有犯案的嫌疑。」

「喔。」江雨寒點點頭。

「記得喔，沒事不要到外面去。雖然這樣有點失禮，但我是為了你們好才這麼說的。」老闆娘叮囑道，臉上的表情有些歉然。

（三）

位於二樓的房間面向大海，阿凱站在海風習習的陽台上，望著民宿後方不遠處的廢棄遊樂園，及園區外圍那條通往月牙灣的外環道，陷入深思。

凶手是基於什麼原因，將屍體埋在那個地方呢？

以風水來說，海灘絕對不是好葬地。是就近棄屍，抑或者是擔心死者報復，刻意將屍體埋在烈日鑠形的沙地，防止冤魂作祟？

他想去發現骨骸的地點看看，但江雨寒仍沉睡未醒，只好耐心等待著。

整個下午，她都在昏睡中度過。窗外驕陽如熾，暑氣蒸騰，她身上卻裹著厚厚的被子，不勝寒冷的樣子。

阿凱來到床邊，心疼地凝視著她疲憊的睡顏。

雖然大難不死，身體卻變得異常羸弱，彷彿一陣風、一場雨就會將她帶走似的。看著她的時候，他總是很擔心她的身體狀況；看不到她的時候，他更是放心不下。

他伸出手，想摸摸她柔嫩的臉龐，又恐不小心驚醒她，所以遲疑了一會兒。猶豫不決間，江雨寒已經睜開眼睛，並抓住他懸在空中的大手。

「妳醒了。」

「對不起，你特地陪我來這裡，我卻一直在睡覺。」她知道這次月光島的事，阿凱本不想插手，但念在小鴻是她的朋友，他才勉強答應幫忙。

「能陪在妳身邊，我已經很高興了。」每次一想到差點失去她的事，他就痛不欲生。

江雨寒開心地微笑，將他的大手拉過來，親吻著他的掌心。他的手掌上有許多大大小小的傷疤，皮膚十分粗糙，幾乎磨破她細嫩的嘴唇，不過她毫不在意。

「上午開了那麼久的車，你不累嗎？」

「不累。」

「可是我很累，陪我睡一下吧。」她不由分說地將阿凱拉上床，體溫比常人低很多的身軀像隻貓一樣蜷縮在他懷裡。「我剛才做了一個很可怕的惡夢，小鴻他們挖到頭骨的那天晚上，我也做了一樣的夢，好奇怪……」

夜深人靜時分，阿凱和江雨寒來到廢棄的遊樂園中，他們小心翼翼地穿行在林投樹叢間的石板路。

藉著月亮的光輝，她仔細辨識周遭的環境，忽然在一根早已毀壞的路燈桿前停下腳步。

「這裡就是妳夢裡的地方？」

「好像是。這邊有六、七棵木麻黃長在一起，路燈下一棵龍血樹，跟我夢見的一模一樣。夢中的那個長頭髮女生，就是在這幾棵木麻黃下遭到襲擊，她拚命抵抗，結果被活活勒死……」她面露不忍的神情。

「有看到凶手嗎？」

江雨寒搖搖頭，「那天沒有月亮，當時的路燈又很暗，看不清楚。」

阿凱朝四周張望了一下，此地荒廢已久，到處都是比人還高、盤根錯節的林投樹，想從這裡找出十幾年前凶殺案的蛛絲馬跡，難度大概是海底撈針。

「我們去埋屍地點看看。」他扶著江雨寒繼續往前走，走了將近三十分鐘、攀爬過傾頹的圍牆，才抵達月牙灣。

視野遼闊的海岸邊空無一人，只有一片清冷月光。埋屍地點附近拉起黃色封鎖線，他們只能遠遠眺望。

「妳夢中的凶手只有一個人嗎？」他突然問。

「我不清楚，夢中的場景太暗了。」

「應該有幫凶。」

「為什麼這樣認為？」

「那個人遇害的地點離海灘不算很近，如果凶手只有一個人，很難把屍體運到這裡。而且妳說當天沒有月光，黑暗中更難行動，也許有人在旁邊幫忙照明、協助棄屍。」

「有道理。」

「還有一點，因為遊樂園的圍牆倒塌了，我們才能輕易地攀越到海岸這邊，但案發那年遊樂園仍正常營運，當時圍牆應該是完整的，凶手如何帶著屍體翻越兩公尺以上的高牆？」

江雨寒認真地思索，「會不會是走外環道呢？」剛才阿凱開車繞行遊樂園的時候她有注意到，靠近外環道那面的柵欄比較低，而且有其他小門可以出入，不像毗鄰海灘這邊的圍牆高聳。

「當年島上遊客很多，經由外環道棄屍，被撞見的機率太高了。」

江雨寒點點頭，「也對，民宿老闆娘說，外環道是唯一一條通往月牙灣的路，除了島上土生土長的小孩會從夜間休園的遊樂園抄近路之外，遊客都是從跨海大橋那邊走外環道的，在村子沒落之前，那條沿著海岸線修築的村道還是夜遊的勝地。」

「土生土長的小孩？」阿凱神色微變，似乎察覺到什麼。

「怎麼了？」

「海邊風大，我們先回去再說。」他脫下自己的外套，披在她身上。

回到民宿，江雨寒洗過澡之後，坐在梳妝台前，由阿凱用毛巾替自己擰乾一頭長髮。由於她的頭髮又多又長，吹整費時費力，阿凱便自願代勞。

「你懷疑殺人凶手就是島上的居民？」她詫異地低聲問道。

「嗯，就像老闆娘說的，只有當地人才會在休園時間從那裡抄近路，死者是這樣，凶手也是這樣。」長髮半乾之後，他拿起梳子輕輕梳理，馥郁的香氣縈繞在鼻息間。「或許死者碰巧在園中遇到同樣抄近路要前往月牙灣的凶手而遭遇不幸，也或許凶手早就盯上死者，預謀犯案……」他一邊梳著，一邊整理自己的思緒。「性侵未遂，卻下狠手殺害，除了一時激憤之外，也有可能是因為凶手的臉被死者看到，殺人滅口。」

「可是老闆娘也說，島上的人可以互相作證，沒有人有犯案的嫌疑……」

「是互相作證，還是互相包庇，很難說。那麼久以前的事，死無對證……」

阿凱拿起一旁的吹風機，正要打開開關，忽然聽到樓下似乎傳來一陣怪異的哭聲，於是停下手邊的動作。

江雨寒也聽到了，驚訝地看著鏡中的阿凱，「好像有人在哭。」

正想仔細諦聽，聲音卻戛然而止。等到吹好頭髮，兩人要就寢的時候，那個奇怪的哭聲又順著夜風傳過來。

「我們下去看看。」阿凱說。

「好。」

他們循聲走到一樓的廚房，入口處立著一個披頭散髮的黑影，令江雨寒莫名感到恐懼，不由得抱緊阿凱的手臂。

「別怕。」阿凱握著她的手，朝黑影靠近，不料才走了幾步，那個形影瞬間消失了。

「秀婷原諒我！不是我！不是我！我沒有害死妳！不要來找我！」漆黑的廚房裡傳出夾哭夾訴的聲音。

他們開燈一看，只見那名叫做阿錦的婦人跪在地上劇烈顫抖，身前的地面散落一堆燻雞、魚頭、五花肉、水煮蛋、海鮮等食物。

「這些東西都給妳吃……這些我都不要了！都給妳吃！拜託不要再來找我了！我沒有害妳！不是我！不是我！不是我……」她一邊說，一邊瘋狂搖頭。

江雨寒看她的樣子可憐，連忙過去把她扶起來，「沒事了、沒事了，不要害怕。」竭力安撫了許久，對方才稍稍冷靜下來。阿錦偷偷抬頭瞄了廚房門口一眼，「秀婷……秀婷走了？」

「秀婷是誰？」江雨寒故意問道。眼前這人雖然看起來神智失常，但她心想或許可以從對方口中探出什麼訊息。

「秀婷她……她是我國中同學。」

鬆了一口氣的阿錦似乎一下子就忘了方才的恐懼，撿起地上的大五花肉條咬了一口，那條肥滋滋、油膩膩的五花肉明顯只用開水稍稍汆燙過，上面還帶著血絲，江雨寒立刻從對方手中搶過來。

「這個還沒煮熟，不能吃，而且掉在地上都髒了。」

「可是我好餓啊！我好餓！我好餓！」阿錦緊盯江雨寒手上的肉條，垮著臉扁著嘴，似乎下一秒就要放聲大哭起來。

「好好好，我看看冰箱還有什麼東西，我煮給妳吃。」

江雨寒請阿凱看好對方，自己則快速地清理地面，再從冰箱拿出一些乾淨的食材烹煮。煮好上桌之後，阿錦放著筷子刀叉不用，雙手直接抓起盤子裡的的菜餚大吃大嚼起來，好像餓了很久那樣。

江雨寒有些錯愕地看著她的吃相。

第一次見面的時候，她以為阿錦是個中年婦女，現在燈光下仔細審視，實際年齡似乎也沒有很老，只是因為外表邋遢臃腫，所以顯得衰老。

「妳剛才說秀婷是妳國中同學，她常常來找妳嗎？」她用閒話家常的口吻輕輕問道。

「對啊！秀婷常常來找我！可是我不喜歡她來找我。」阿錦邊說邊搖頭。「秀婷死了，她是鬼。」

「她為什麼要來找妳呢？」

「因為……因為……我也不知道。」阿錦認真地想了想，但想不出原因。

「因為她的死，和妳有關嗎？」阿凱突然問道。

阿錦聞言，臉孔瞬間刷白，狀似想起什麼很可怕的事，她丟下手中的蝦卷，堅決否認：

「不關我的事！不是我害她的！我看到她的時候，她就已經死了！」

「妳在哪裡看到她？」江雨寒連忙追問。

「在外環道那邊，很多人圍著她，宮主阿伯很生氣地在罵阿翔和阿豪，還打他們……」

江雨寒和阿凱相視一眼，正準備繼續問時，阿錦的哥哥金土走了進來。

「不好意思，三更半夜，讓你們在這裡聽一個瘋子講話。」金土面無表情地說。「我妹妹是神經病，她說的都是瘋話。」

「你應該知道你妹妹為什麼會變成這樣。」阿凱看著他，了然的目光中微帶譴責。

「我什麼都沒聽到，也什麼都不知道。」陳金土說著，把吃飽喝足的阿錦帶走了。

黃昏時分，夕陽西下，赭色的餘暉染紅了海面，彷彿隱含血腥氣息。

阿凱和江雨寒來到位於海邊的廟宇，規模不大的廟裡只有宮主一個人坐在辦公桌後方。

宮主看到阿凱出現，拿菸的手明顯抖了一下，菸灰掉落在玻璃桌面上，但立刻強自鎮定。「幸好你還沒走，我說過要辦一桌向你賠罪的……」宮主起身客氣地說。

「你確實應該賠罪，但對象不是我。」

宮主臉色微變，偽裝平靜的神情難掩忐忑。「什麼意思？」

「為什麼要包庇那些鑄下大錯的年輕人？」

宮主黝黑的臉倏地刷白，嘴唇顫抖，「你果然知道了……你出現在島上的那天，我就知道瞞不過你……」

「我明白你袒護自己村民的心態，但死者也是月光島的人，你讓死者曝屍海濱、沉冤難雪，不會良心不安嗎？」

「良心……」宮主按著自己左胸的位置，深深吸了一口氣，許久後才緩緩地說：「我這樣做，並不是為了一己的私心；我這樣做，是因為秀婷已經死了……」

阿凱和江雨寒兩人默默無言地靜待他繼續說下去。

「那天晚上發現秀婷的時候，她已經沒有救了，她已經死了，可是阿翔和阿豪這幾個孩子還活著──雖然他們喝酒貪杯犯下大錯，我也氣得想活活打死這幾個畜生，但打死他們又能怎樣？秀婷也活不過來了。」

「就算是這樣，那些人也應該為自己的罪行負責。」

「當年阿翔他們都已經十九、二十歲，要面對的是刑法審判，被判死刑的機率很大，我們這些看著他們長大的人，怎麼忍心讓他們一輩子就這樣毀了？這些孩子有的是單親，有的是孤兒，成長過程說起來也實在可憐，他們雖然年輕氣盛，我知道他們本性不壞。」

「本性不壞就可以殺人？死者也是單親，她也可憐啊，難道她就該死？」阿凱不禁義憤填膺。「你不忍心讓犯人面對刑法審判，誰來還給死者公道？」

「這……我……」

「人在做，天在看！天聽若雷，神目如電，神明厭棄你的所作所為而不再接受你的祀奉，這座廟早已沒有神了，你還想自欺欺人多久？」

被阿凱戳破他長久以來為了欺瞞信眾而做出的種種掩飾，宮主頓時雙手掩臉，痛哭失聲。「我知道他們應該要為自己的惡行贖罪，也知道我的行為罔顧天理、神鬼共憤……唉！一念之差、一念之差啊……」滿頭白髮在搖曳的燭火映照下，帶著幾絲淒涼。

因為月光島的村民主動投案，終於讓懸宕多時的月牙灣白骨案真相大白。十數名涉案的老少村民被移送地檢署時，守候已久的大批媒體記者逮住空檔立刻蜂擁而上。

這樁冷案因為殘留的跡證不足，連戮力查案的警方都一籌莫展，這些村民卻選在案情陷入膠著之時出面自首，背後動機啟人疑竇。

面對記者們的提問，大多數村民都垂首不語，只有其中一位曾經擔任宮廟負責人的老者低聲說了一句：「人在做，天在看。」彷彿嘆息一般。

月光島事件落幕之後，阿凱就讀的學校也即將開學，準備返回北部的租屋處；而江雨寒也要回公司宿舍了。

由於小雨的公司離他的學校很遠，他們只能當遠距情侶。

「小雨，妳願意陪我回學校嗎？我不想一個禮拜只能看到妳一次。」他抱著正在幫他收拾行李的小雨要求道。

「好啊！」

「……這麼乾脆？」他反而愣了一下，沒想到小雨這麼輕易就答應了。那她的工作怎麼辦呢？

他知道小雨熱愛她的編劇工作，原以為她會猶豫很久的。

「我一直在等你開口呢！」她微笑地說。

後記

聊聊山村幕後，那些初衷與未來——

經過多次反覆增刪、字斟句酌的修改，這個故事終於完成了。

如今沒有劇透爆雷的疑慮，可以好好的聊一聊《山村奇譚》的人事物。

首先談談小島田光。因為小島田的出場費很高，而且麗環尊稱他為「高人」，所以一開始似乎有些讀者對他的能力值抱持很高的期望，可是隨著情節發展，期望漸漸變成失望，有些網友開始不禁想說「啊？小島田的能力就這樣？」

在〈貔狐鐮尾〉一章中，小島田因為表現欠佳、不如預期，遭到眾多網友質疑到底是不是神棍，紛紛要他退錢、把小雨之前付給他的高額費用還來！以下是網友們當時的吶喊，以及我的回覆：

A板友表示：小島田好弱喔！退錢退錢！

面對要求退錢的聲浪排山倒海而來，身陷困境的小島田究竟如何是好呢？

B板友表示：小島田出場費高達五百萬，這表現太讓人失望了吧！

小島田還沒輸！（應該是……至少還沒認輸。）

鈞皓：不管！退錢啦！賣身或賣腎，選一個唄！

C板友表示：高價聘請來的小島田難道是騙錢的神棍嗎？

小島田說不定真的很有當神棍的潛力。

不過，在一開始的設定裡面，小島田就是一個不很靠譜的靈能力者，但比麗環好很多，至少他有一位了不起的宮司父親，而且從小刻苦修行。他沒有天賦，可是很努力，為了不讓身邊的人失望，即使明知自己能力不足，仍然事事全力以赴，阿凱就曾經說過，小島田某些方面和小雨有點像。

小島田不是一個厲害的人，但是一個可愛的人──天生的秀麗娃娃臉、和年齡不相符的天真、發自內心的誠懇，這些就是最初對他的人設。

至於虎靈神使，麒麟山山神曾說過，它是百年器物成精的付喪神，而非真正的動物靈。

再來說說編劇組的組長曹承羽。他的原型來自我以前的上司，因為現實中確有其人，所以在初稿中描寫這個角色的時候，不禁有些束縛之感，唯恐把人物個性寫偏了，不過初稿在經過多次修改之後，我深自慶幸並未偏離最初的設定。

承羽是個真誠可靠的人，溫文儒雅，善體人意，對小雨一見鍾情，但為了對方著想，選擇在她身邊默默守護；然而，從初見小雨後獨排眾議堅持要編劇組保留她的編劇職位半年、專等她從學校畢業，到後來私下交代麗環多關照人生地不熟的小雨，都不難看出承羽深藏的情意和溫柔。

雖然就像某位網友說的，自從阿凱強勢登場後，組長就變成壁紙股了，這個形容真是莫名地貼切，但我想承羽的個人價值不在於戀愛是否成功，對於身邊所有人來說，他都是一個值得信賴的存在。

（順便一提，有位板友要為承羽點一首李聖傑的〈痴心絕對〉，我個人覺得滿好聽的，不知道承羽本人會不會喜歡這首歌？）

關於麒麟山的設定。

我在台灣到處旅行的時候，有次經過某山區，看到其中一座山因為長滿小花蔓澤蘭之類的植物，導致山上的樹都枯黃死掉了，心裡覺得很難過，所以特地設定為故事中的情節。

小花蔓澤蘭這類植物殺手防治不易，但對自然生態危害極大，如果讀者朋友們在野外有看到類似情形，可以通報林務單位或相關的縣市政府機構進行處理，一通電話，也許就可以拯救數座山頭。

關於墮神日祈宮宗正和小雨的關係。

有讀者曾經感到很好奇，墮神是不是喜歡小雨，或是喜歡小雨的前世——小霞？

日祈宮在入魔之前，是神聖的正神，所有信奉祂的人，都是祂的子民，不分性別，不分區域，不分人種，祂並不會特別去喜歡某個人。

小霞對祂來說只是信眾之一，不過特別虔誠、常常待在神社幫忙，所以日祈宮在受到戰爭影響轉變成荒魂之前曾對她留下較深的印象，知道有這麼一個信徒，而且因祂守護不力的緣故死掉了。

如果說日祈宮對小霞有什麼特殊的情感，那大概是愧疚吧！

至於小雨，稍微特別一點點，因為她曾經長期陪伴在祂身邊、為祂吹笛子。

墮神是日本神祇，獨在異鄉，又失去了所有虔心奉祀、仰賴祂的信眾，當祂獨自徘徊在深山曠野時，心裡既悲傷又寂寞，雖然因神識崩壞，漸漸陷入不可自持的癲狂，胡言亂語，又隨意揮刀傷人，但那時身邊有一個人陪著祂，祂還是很高興的，所以祂在送小雨的生魂回軀體之時曾對她說「謝謝妳陪我這麼久的時間」。

還有一點是，小雨能理解祂。

「失去了長年守護的人們，祢很傷心……而且寂寞吧？」

「感覺祢很難過，而且自責甚深。」

「無辜慘死的村民很可憐，但戰火無情，不是祢的錯。」

小雨曾經這樣對祂說。

在入魔之前，祂是守護一方的神祇，一向只有祂對人類的痛苦同情共感，這是第一次有人對祂心懷悲憫，並給予祂安慰。

所以之後墮神就不曾再揮刀傷她了，這對因陷入瘋狂而嗜血狂暴的荒魂來說，需要極大的克制力，而且祂還把自己貼身不離的橫笛交給她吹奏，可見小雨對祂的意義非同一般，後來小雨死了，祂才要求她的魂魄陪在身邊，在祂逐漸清明的神識中深刻記得那年的橫笛一曲江雨寒。

但是日祈宮喜歡小雨嗎？並沒有，只是因為小雨經常以神樂曲（正規的，加上自創的）奉祀於祂，或許不知不覺中把她當成自己的神使和眷屬了。

至於之前聊過的，小雨為什麼那麼善良？除了她天性如此，又受到江伏藏的薰陶教育之外，也有很大程度受到日祈宮神力的影響，祂是正直而慈悲的神明。

但既然祂那麼善良慈悲，為什麼被防空洞的怨靈稱作「妖刀之神」呢？那是因為祂受戰爭影響轉為荒魂之後，對自相殘殺的人類感到厭惡，恣意濫殺路人，又常去防空洞挑釁找碴，還讓日軍怨靈背黑鍋，那些怨靈對祂的觀感可想而知。

關於故事中的蘭桃坑。

幼年常聽阿嬤說起日治時代日軍在附近庄頭進行「清庄」的事。那時台灣男子還留著辮子，清庄的時候，日軍以三人為一組，將他們的辮子綁在一起，然後用刺刀刺穿他們的身體，再推落山谷或大坑（因年代久遠，我記不清究竟是山谷，還是坑洞，抑或是位於山谷裡的坑洞）。由於那些受難的村民頭髮綑在一起，即使有人當下沒被刺死，也會因為辮子被纏住而爬不出來，最終無法倖免。

我不知道阿嬤說的那個庄頭具體位置在哪裡，後來翻查歷史資料，發現關於村落附近的清庄紀錄非僅一處，我也分辨不出來阿嬤說的是其中哪一個事件。

書中的蘭桃坑，是依照小時候去過的山谷印象描述，位於村子的東北方，但那一帶地形複雜，我長大後曾多次尋找，卻再也找不到那座山谷了。

關於殤水宮。

「殤水宮」是故事中杜撰的宮廟，但有其歷史原型，出自史稱「阿公店大虐殺」中的滾水庄清庄事件。

民國前十四年農曆十一月十三日，日軍前往滾水庄搜捕抗日分子，因搜捕無果，遂將十六歲以上男子悉數集中於庄中廟宇「觀水宮」前廣場加以殺害。（據鄉民口述受難者總計一百二十八名，但真實人數我找不到歷史記載，無法確知）男丁遭屠殺殆盡之後，無以維生的老弱婦孺只能離開本庄，村落因此荒廢。

滾水庄清庄事件在《高縣文獻》及《高雄文獻》等期刊中有多篇相關論述的文章。

關於村子裡的日本人。

小時候，阿嬤常說日治時期家裡住了一些日本女性，她稱她們「日本婆仔」。她們會教她說日語，並在空襲警報響起時，催促她放下手邊的農活、趕快去防空壕躲起來。

我問阿嬤，那些日本婆仔穿的衣服很華麗嗎？像《源氏物語》裡的「十二單」那樣？

阿嬤說，她們的衣服很樸素，只是尋常的白布。有些日本婆仔會捧著摺疊得整整齊齊的和服或腰帶結，拜託她幫忙拿去庄裡換一些白米和食物。

最後談到番外篇的部分，由於常有讀者朋友反應想多看一些阿凱和小雨的生活日常，但因為在Marvel板似乎不太適合PO一些比較偏男女情感向的內容，所以特地寫了兩篇阿凱離開山村後的故事收錄在此，分別是〈月光島事件〉，及時序在月光島之後的〈告白〉，希望大家會喜歡。

山村詛咒解除之後，儘管曾經造成的傷痛無法復原，但眾人的生活漸漸回復常軌：編劇組仍然每天吵吵鬧鬧；小島田和神使回到日本，為了繼承家業努力不懈；鈞皓直接定居在俊毅家，而在鈞皓的費心撮合之下，俊毅依舊憑實力單身。

非常感謝看到這邊的所有讀者朋友們，也謝謝三采文化全體。如果對這個故事有任何想法或指教，歡迎告訴我。

千年雨

國家圖書館出版品預行編目資料

山村奇譚. 3, 共業／千年雨著 – 初版. -- 臺北市：
三采文化股份有限公司，2022.07
面： 公分.（iREAD；155）
ISBN：978-957-658-837-2（平裝）

863.57 111006967

suncolor
三采文化集團

iREAD 155

山村奇譚 3：共業

作者｜千年雨
編輯二部 總編輯｜鄭微宣 責任編輯｜藍勻廷 美術主編｜藍秀婷 封面設計｜李蕙雲
內頁排版｜魏子琪 校對｜黃薇霓 行銷協理｜張育珊 行銷企劃｜蔡芳瑀

發行人｜張輝明 總編輯長｜曾雅青 發行所｜三采文化股份有限公司
地址｜台北市內湖區瑞光路 513 巷 33 號 8 樓
傳訊｜TEL:8797-1234 FAX:8797-1688 網址｜www.suncolor.com.tw
郵政劃撥｜帳號：14319060 戶名：三采文化股份有限公司
本版發行｜2022 年 7 月 1 日 定價｜NT$360